10
18
12, AVENUE D'ITALIE. PARIS XIIIe

Sur l'auteur

Lee Jackson est un passionné du Londres victorien, décor de ses romans policiers historiques. Après *Les Secrets de Londres*, sélectionné en 2003 pour l'Ellis Peters Historical Dagger Award, il a publié cinq romans dont *Le Cadavre du métropolitain*, *Les Bienfaits de la mort*, et plus récemment, *Il était une fois un crime*. Membre de la Crime Writers Association, il anime également un site consacré à l'histoire sociale et culturelle de l'Angleterre victorienne : www.victorianlondon.org.

LEE JACKSON

IL ÉTAIT UNE FOIS UN CRIME

Traduit de l'anglais
par Éric Moreau

INÉDIT

10/18

« Grands Détectives »

créé par Jean-Claude Zylberstein

Du même auteur
aux Éditions 10/18

Titre original :
Diary of a Murder

ISBN-978-2-264-05207-0

CHAPITRE PREMIER

Le sergent en civil, campé sur le seuil, fit tinter la sonnette. Derrière lui, le jeune policier resta sur le trottoir, ôta son casque et observa les hautes fenêtres.

— Tous les volets sont fermés, sergent. Ça fait plusieurs jours que je ne les ai pas vus ouverts. Ils ont pu partir en vacances.

— Vous devez avoir raison, répondit le sergent, qui tira encore le cordon. Comment s'appelle notre bonhomme, déjà ?

— Jones, monsieur.

— Son métier ?

— Premier clerc à la Crystal Palace Company.

— Il ne s'est pas présenté à son travail ?

— Pas depuis vendredi.

Le sergent Preston, élément chevronné de la Detective Branch, jeta un coup d'œil par la grille qui protégeait la courette d'accès au sous-sol. Deux bouteilles de lait semblaient laissées à l'abandon à côté de la porte de la cuisine.

— Et ce sont les proches de madame qui font du tapage ?

— D'après eux elle a disparu. Elle devait rejoindre sa mère à Chelsea, vendredi soir, mais elle ne s'y est jamais rendue.

— Et vous, qu'en pensez-vous ?

— Ils avaient peut-être des retards de loyer, suggéra l'agent. Ils ont pu déménager à la cloche de bois.

— Possible, répondit Preston, peu convaincu.

— Et maintenant, que fait-on ?

Preston réfléchit en regagnant le trottoir.

— Le père de l'épouse est venu ici lui aussi, m'avez-vous dit ?

— Deux fois. Il n'a trouvé personne.

— Est-ce quelqu'un d'important ?

— Ça dépend. Il s'appelle Willis. Paraîtrait qu'il possède un magasin de nouveautés, une grosse affaire près de Regent's Circus.

— Ce n'est donc pas un miséreux, marmonna le sergent. Bien, nous ferions mieux d'aller y regarder de plus près. Suivez-moi.

Preston ouvrit le portail et descendit l'escalier d'un bon pas.

Quelques instants plus tard retentit un bruit de bris de verre.

— On n'a pas de mandat, monsieur ! protesta l'agent.

— J'ai cru entendre quelqu'un crier à l'aide, rétorqua Preston, sans la moindre conviction. Pas vous ?

Sans attendre de réponse, il procéda à un examen rapide et méthodique de la cuisine. Marmites, casseroles et poêlons étaient suspendus au mur avec soin ; plats et ustensiles étaient bien rangés dans des placards et des tiroirs. La souillarde et l'office, de taille modeste, regorgeaient de réserves. Preston posa la main sur le poêle.

— Froid comme la pierre. Allons voir en haut.

Ils montèrent dans le vestibule, tapissé d'un papier peint à motif de roses entrelacées sans doute récent, car ses couleurs, rouge et vert, demeuraient vives et lumineuses. La carpette unie sur le parquet ciré portait elle aussi peu de traces d'usure.

— Il y a quelqu'un ?

La voix de baryton de Preston résonna dans la maison. Pas de réponse.

— Bon, fit le sergent avant de pousser un soupir résigné. Commencez par l'étage, je m'occupe du rez-de-chaussée.

— Que cherche-t-on ?

— J'aimerais le savoir… Soyez gentil, examinez les lieux. Nous pourrons ainsi affirmer à mon supérieur que nous nous sommes montrés méticuleux.

L'agent s'engagea dans l'escalier raide et étroit au fond de l'entrée. Preston déambula dans la salle à manger du devant et, n'y trouvant rien qui fût digne d'intérêt, poussa la porte du petit salon.

Cette pièce était dans un état très différent de sa voisine : on n'avait pas fermé les volets, et la lumière du jour illuminait un véritable capharnaüm. Le miroir à cadre doré qui surmontait la cheminée était fendu, les bibliothèques étaient ouvertes, leur contenu éparpillé au sol ; un fauteuil renversé gisait à côté d'un secrétaire à dessus de cuir. Ce qui attirait le plus l'œil était cependant un tas de papier ministre étalé en pagaille sur le bureau ; des feuilles étaient même tombées par terre. Les pages étaient noircies d'une cursive soignée – toutes sauf une. Posée sur le sommet de la pile, sans doute de façon délibérée, il n'y figurait que quelques lignes rédigées en hâte.

Curieux, le sergent Preston les examina.

J'ai l'intime conviction d'être le seul responsable. Je n'ai accordé aucune valeur à ce que, au contraire, j'aurais dû chérir, et j'ai, au prix de mon âme, poursuivi une illusion de bonheur obtenue dans le péché. Lorsque je partirai, il restera ce témoignage. Si vous prenez la peine de lire ces écrits abominables, vous comprendrez comment nous en sommes arrivés à ce sinistre épilogue...

— Sergent !

Pas rapides dans l'escalier.

L'agent s'arrêta à l'entrée de la pièce, blême, la voix tremblante.

— Qu'y a-t-il ?

— Je l'ai trouvée, monsieur. Dans sa chambre, au premier.

Preston quitta la feuille des yeux, la figure sévère.

— Mrs. Jones ?

Le jeune homme indiqua que oui, hors d'haleine, incapable de prononcer un mot.

— Allons, reprenez-vous, l'ami. Elle est en vie ?

— Non, sergent. Elle est morte.

— Comment ?

— Il me semble que sa tête s'est fracassée contre la cheminée.

— Ah bon ? Est-elle tombée ?

— Non, on l'a réduite en bouillie. J'ignore combien de fois on la lui a…

Le policier se tut.

— Restez là, mon garçon. Je vais aller voir, ensuite nous préviendrons Scotland Yard.

L'agent accepta volontiers. Une fois seul, il saisit le cadre de la porte, car il craignait que ses jambes ne le trahissent s'il effectuait un pas de plus. Pourtant, il ne put s'empêcher d'examiner la scène exposée devant lui, et dès qu'il eut recouvré ses esprits, sa curiosité ne tarda pas à le pousser à s'approcher du secrétaire.

Un journal.

Il considéra les dates. Rien ne serait plus aisé, conclut-il, que de remettre les feuilles dans l'ordre.

Lundi 9 décembre 1861

Victoire !

J'ai rencontré pour la seconde fois le marchand de biens – Mr. Phillips, vieil homme affable qui a un penchant pour le porto – et signé le bail. Nous allons vivre dans Amwell Street. Ce n'est qu'une modeste maison du quartier d'Islington, mais le prix est raisonnable, les six pièces sont lumineuses et spacieuses. Dora aux anges. Il me faut néanmoins espérer obtenir une augmentation si ma chère et tendre n'en fait qu'à sa tête. Elle souhaite « la peindre et la meubler avec raffinement », ce qu'on peut traduire par « se lancer dans des travaux interminables et dépenser une fortune ». Je ne déplore qu'un seul ennui : notre bail ne commencera pas le jour de Noël, mais le 31 décembre.

La cuisinière, elle, « espère que l'escalier ne sera pas trop raide pour ses genoux » (il est peu probable que son vœu soit exaucé, je le crains), ne manque pas une occasion de se plaindre et débite une litanie des épreuves sans fin qui l'attendent à Islington.

Vendredi 13 décembre

Encore des préparatifs pour le « déménagement ».

Ai quitté le bureau une heure en avance (avec la permission de Mr. Hibbert) et me suis rendu au Bedford's Pantechnicon. C'est à la fois un grand entrepôt de meubles et une entreprise de déménagement sis dans Tottenham Court Road, derrière lequel se trouvent des écuries. Ai inspecté les carrioles couvertes, qui m'ont semblé satisfaisantes, et demandé une estimation, sur laquelle on m'a aussitôt accordé une ristourne de deux shillings. Obtenu qu'on me livre « papier d'emballage, couvertures, malles et toiles imperméables » ; ai souscrit assurance contre dégâts pendant le transport.

L'idée de subir le vacarme de l'omnibus m'étant insupportable, suis rentré à pied malgré le temps froid déplaisant. Le commerçant de Londres se « démène », à cette époque de l'année : innombrables enseignes éclairées au gaz ; vitrines ornées de couronnes de houx. En descendant vers la Tamise, j'ai vu des livres, des bonnets et des « diamants » (de la camelote, sans doute) de Noël. On trouve beaucoup de réclame pour les jouets, cette année. Près de Hungerford Market, on a placardé une immense rangée d'affiches sur laquelle on lit : « Papa, achète-moi une araignée mécanique Dugwell & Son. » Ces choses-là n'existaient pas lorsque j'étais enfant, je crois – moi je n'en avais pas, en tout cas –, et les Dugwell & Son de ce monde ne nous imposaient pas de tels boniments.

Puis une question m'a soudain frappé.

Qu'allais-je offrir à ma Dora chérie ?

Samedi 14 décembre

À mon retour du travail, Dora était partie à Chelsea rendre visite à sa mère (qui a écrit hier pour se plaindre de soucis de santé). Seul à la maison avec Mary-Anne. Cette petite sotte a le don pour transformer en corvée la plus simple des tâches ! Je lui avais demandé d'allumer le poêle de la salle à manger. Quelques secondes après, bien qu'enfermé dans la pièce d'au-dessus, je l'ai entendue jurer contre le seau à charbon (ce qu'elle lui reprochait, je ne voulais pas me risquer à le deviner) et s'en prendre au feu en le tisonnant avec une telle vigueur que j'ai craint qu'elle ne démolît la cheminée. Je suis descendu en hâte l'interroger sur la cause de son accès de fureur, avec une immense politesse, et elle m'a informé d'un ton très grave que le chat avait « chipé » son hareng au petit déjeuner, ce qui l'avait « rudement contrariée ». Je n'ai su quoi lui répondre.

Tentative d'écrire, brève et sans succès. Je ne suis pas parvenu à organiser mes pensées ; c'est peut-être le « déménagement » qui me perturbe. Il n'empêche que mon manuscrit avance bien, je crois. Tout ce qu'il me faut pour l'achever, c'est y consacrer un peu de temps.

Je me demande s'il sera publié un jour.

D. rentrée à sept heures. Maman Willis pas aussi souffrante qu'elle le redoutait.

Dimanche 15 décembre

Journée de deuil.

Peu avant midi, un garçon à l'air nerveux, âgé de quatorze ans à peine, s'est présenté chez nous. Il nous a informés qu'il « arrivait droit de chez Mr. Willis ». J'ai alors eu le mauvais pressentiment que maman Willis nous avait quittés de façon subite pendant la nuit, qu'elle avait été souffrante pour de bon. Si papa Willis restait prostré de chagrin…

Je m'étais trompé. Il s'agissait pourtant bien d'un grand malheur. Papa W. avait mis le garçonnet dans un cab et lui avait donné pour instructions d'aller porter la terrible nouvelle aux amis et aux proches, nouvelle qui provenait d'une tout autre maison.

Seigneur ! Je m'en veux d'écrire à ce sujet, mais je n'ai pas le choix.

Le prince Albert est décédé.

Quelle tristesse ! Certes, c'était un être de chair et de sang, et des échos alarmants concernant sa santé nous étaient parvenus. Je n'en éprouvais pas moins une peine et une stupéfaction profondes. Nous venions de perdre l'un des piliers de notre fière nation.

J'ai remis un pourboire d'un penny au coursier et passé l'après-midi seul, à méditer. D. a suggéré que nous fermions les volets, ce qui m'a semblé une bonne idée.

Nous avons assisté à l'office du soir, bien que ce ne soit pas dans nos habitudes. La petite église était pleine à craquer. Il serait peu charitable de laisser entendre que les dames souhaitaient montrer leur plus belle toilette de soie noire, mais force est de constater que nombre d'entre elles portaient cette étoffe. Dora aussi, d'ailleurs, ravissante dans sa robe moirée.

Service ennuyeux, chœur épouvantable. Chacun a retenu son souffle quand on a dit les prières de rigueur en l'honneur de la reine et de sa famille, mais que son nom à lui n'a pas été prononcé.

Leçon salutaire pour nous rappeler que notre vie ne tient qu'à un fil ; rien n'est jamais sûr ni acquis.

Mardi 17 décembre

Tristesse omniprésente dans la City ; les obsèques auront lieu à Windsor lundi 23. L'on doit respecter la volonté de Sa Majesté la reine, mais il est dommage pour Londres qu'elles ne puissent se dérouler à l'abbaye de Westminster.

Trouver une idée de cadeau pour D. est un casse-tête qui accapare mes pensées. Nous ne sommes mariés que depuis peu, mais possédons cependant, autant que je puisse en juger, tous les objets nécessaires à un foyer. Il faut que ce soit un gage de mon affection, de ceux qu'un homme se doit d'offrir à sa femme, sans pour autant – j'aimerais qu'il en soit autrement – me coûter une somme déraisonnable. Mais que lui acheter ? Hier soir, j'ai cherché à savoir discrètement si elle aurait bientôt besoin d'une nouvelle boîte à ouvrage. Le bois est abîmé en plusieurs endroits, et la peinture sur le couvercle – une mère et son enfant représentés dans un décor champêtre – est écaillée. D. m'a répondu qu'elle la tenait de sa grand-mère, qu'elle lui accordait une grande valeur sentimentale et qu'elle préférerait me remplacer moi (!).

Quelle confidence plaisante de la part de son épouse !

Déjeuner au *Lakes*, dans le quartier de Cheapside, en compagnie de Fortesque. Côtelettes ; monologue ennuyeux de F., pétri d'ambition, qui a « des projets personnels », etc.

Une partie de billard ; ai perdu.

Samedi 21 décembre

Suis allé à Regent Street cet après-midi ; bonne occasion d'explorer les boutiques. Tout le monde en deuil, jusqu'aux petits balayeurs de Piccadilly Circus, qui portaient un brassard noir. Échoppes auparavant ornées de houx, à présent couvertes de crêpe ; le pourtour de leur vitrine est peint d'une fine bordure noire. Ai terminé mon périple chez le photographe Medici. Atelier bondé, plein de badauds en train d'admirer les quelques portraits du prince qui restaient. Suis entré me renseigner, mais impossible de m'en procurer un. Même les articles exposés étaient « réservés pour un client ». « Je peux ajouter votre nom à la liste pour le prochain lot, monsieur, mais je ne peux rien vous promettre. »

Dans une petite rue, ai trouvé un autre cliché où l'on voit la reine, le prince et leurs enfants. Le dernier (du moins m'en a-t-on assuré !). Ai dû débourser quatre shillings pour ce qui valait dix-huit pence la semaine précédente.

Jamais je n'ai vu la population émue à ce point. Malgré l'immense chagrin que peut inspirer la perte qui a frappé notre reine, il est néanmoins exaltant de sentir la nation aussi unie dans la peine.

Lundi 23 décembre

Obsèques du prince. Notre malheureux souverain !

Reçu lettre de maman Willis par le premier courrier, invitation à « une réunion familiale et amicale pour Noël ». Ai fait remarquer à D. que le moment était mal choisi, en ce jour de deuil national. Elle m'a rétorqué que sa mère était « trop terre à terre pour songer à de tels détails ». Ai laissé entendre que cela trahissait un grand manque de subtilité. D. n'a pu que me donner raison.

Passer Noël à Chelsea ne m'enthousiasme guère. J'y ai déjà accompagné D. à deux reprises, et à chaque fois certains convives m'ont parlé avec une condescendance et une arrogance telles que je me suis juré de ne jamais renouveler l'expérience. Si j'y vais cette année, ce sera seulement par amour pour D. Maintenant que nous sommes mariés, j'espère néanmoins qu'on me traitera avec le respect qui m'est dû et un minimum de considération.

Quelques heures après mon retour à la maison, un jeune crieur des rues proposait « une feuille commémorative des funérailles ». On ne perd jamais une occasion de commercer, dans notre fabuleuse métropole.

Ai acheté deux exemplaires.

Mardi 24 décembre

Suis allé à Bond Street, toujours à la recherche du fameux cadeau. Comme les libraires et les marchands de fantaisies doivent bénir Notre-Seigneur, la veille de Sa naissance ! Jamais je n'ai vu une telle foule dans les rues. Entrer dans certains établissements relevait du défi, aussi ai-je vite perdu courage. Au bout du compte, j'ai trouvé un ensemble des *Œuvres pour pianoforte* de Mendelssohn, en quatre volumes élégamment reliés et dorés sur tranche.

J'espère que mes efforts paieront et que D. sera contente. J'ignore à quoi va sa préférence. Rares doivent être les maris qui connaissent les secrets que recèle le cœur de leur moitié !

Après le dîner, D. m'a prévenu – ma chère petite femme, si stricte et si sévère ! – que je ne devais pas me montrer « trop exigeant » à Chelsea, que son père dirait « ce qu'il pense sans se soucier des autres » et que je devais m'abstenir de tout commentaire « pour ne pas la mettre mal à l'aise ».

Cette seule perspective m'a mis de mauvaise humeur. J'ai interrogé Mary-Anne concernant l'état de saleté de la salle à manger. Lui ai demandé si elle possédait un plumeau – « oui » – et si elle savait ce qu'était la poussière – « oui » – et si elle comprenait qu'un lien existait sans doute entre les deux. Rien obtenu d'autre qu'un silence insolent.

Je ne devrais pas trop me soucier de la raideur de l'escalier d'Amwell Street ; avec un peu de chance, elle s'y brisera la nuque !

Mercredi 25 décembre

Avons échangé les cadeaux après la messe. Ai reçu de Dora une écritoire d'acajou et d'érable, magnifique, et une pipe. Pour sa part, D. m'a indiqué qu'elle était déjà résolue à s'entraîner plus souvent dès que nous aurions emménagé à Amwell Street, et que les partitions de Mendelssohn lui convenaient à merveille.

Quelle femme sensée !

Midi. D. prépare le déjeuner à la cuisine (!) car elle a donné son congé à Mary-Anne afin qu'elle puisse rendre visite à sa sœur (« nous ne pouvons le lui interdire, si nous voulons qu'elle renonce à passer le Nouvel An chez elle »). Pas de cuisinière, donc. Elle nous a annoncé la semaine dernière qu'elle ne « pourrait pas venir pendant la saison des fêtes ». Je n'ai pas insisté pour qu'elle nous fournisse une raison, mais une chose est sûre, elle est portée sur la bouteille ; je la soupçonne d'avoir la ferme intention d'être dans un état second du début à la fin.

Si seulement nous pouvions nous offrir une domestique d'un rang supérieur !

Trouverons-nous un cab ?

Dix heures du soir. De retour de Chelsea ; écrirai demain.

Jeudi 26 décembre

La tradition des étrennes de Noël est plus pénible que jamais, cette année : chacun a remarqué mon changement de situation matrimoniale et réclame deux fois plus. Je ne suis pas contre donner quelques pennies, mais dans le lot de ceux qui passent se mêlent aussi toutes sortes de mendiants et de musiciens itinérants qui croient mériter récompense pour leur « constance ». Si j'en reconnais certains, c'est seulement parce que je me souviens d'eux comme d'une source d'agacement récurrent. C'est ce que j'ai indiqué à un bonhomme trapu muni d'un cor à pistons, qui a la fâcheuse habitude de me déranger chaque dimanche après-midi quand il traverse le terrain communal d'un pas lent en jouant (si l'on peut appeler ça jouer) *Parti pour les croisades* et autres chansonnettes affreuses. Il s'est présenté à la porte, la casquette à la main, et s'est montré scandalisé par mon refus. Il a déclaré « qu'y me souhaiterait ben la bonne année, mais qu'une once de bonheur allait à tous les coups se coincer dans ma gorge et m'étouffer ». Je lui ai rétorqué que j'éprouverais un grand plaisir à lui faire avaler son instrument de malheur, et nous en sommes restés là.

Bref, si je veux être « constant » dans la rédaction de mon journal, il me faut coucher par écrit quelques épisodes de Chelsea. Je dois mêler le meilleur au pire afin de léguer à mon futur moi un récit fidèle.

Nous avons pris un fiacre, à une heure de l'après-midi comme je l'avais prévu, même s'il n'a pas été aisé d'en trouver un, à cause du mauvais temps. La journée avait commencé avec un ciel bien dégagé, mais un épais brouillard est monté de la Tamise, noir et nauséabond. D. en a eu des quintes de toux, la pauvre, et le cocher s'est trompé de route au moins deux fois. Nous ne sommes donc arrivés que peu avant deux heures. On avait décoré assez gaiement la maison : gui, houx, lierre en abondance et un sapin majestueux, chargé de sucres d'orge et de pains d'épice dorés. J'ai félicité maman Willis pour ses « belles décorations » ; elle m'a répondu que son intention n'était pas « d'épater la galerie mais de marquer l'occasion ». Puisqu'elle paraissait résolue à mal interpréter mes propos, j'ai préféré me taire.

Une vingtaine de convives étaient réunis ; des familles pour la plupart, mais aussi deux sœurs, toutes deux vieilles filles – Mlles Harris –, qui, comme je l'ai appris plus tard, habitaient la demeure voisine. Ç'a été, je dois le reconnaître, un festin, même si j'ai trouvé la dinde trop grasse. J'ai tout de même décidé de terminer mon assiette, de peur que D. me taxe d'ingratitude. Résultat, je me suis senti lourd jusqu'en soirée. Ai bu trop de brandy, dans le seul but de soulager mon estomac.

Après le repas, les hommes ont surtout discuté du prince et porté un toast à sa mémoire. Puis papa Willis a disserté sur la guerre de Sécession américaine, émaillant ses propos de nombreux préjugés, et s'est répandu en injures contre les Nordistes, à qui il reprochait d'avoir arraisonné le *Trent*, etc. M'a demandé si je pensais que cela justifiait une intervention militaire de notre part. J'ai répondu par la négative, indiqué que la Royal Navy avait par le passé exercé ses prérogatives avec autant de belligérance, que les Nègres du Sud souffraient de graves injustices interdites depuis longtemps sur notre territoire et que si Mr. Lincoln entrait dans la pièce je lui serrerais chaleureusement la main. Jolie provocation. J'ai perçu son vif agacement, malgré ses efforts pour le dissimuler. Il est devenu rouge comme une pivoine ! Rien de plus logique, car comme tout marchand de nouveautés qui se respecte (il a beau se gonfler d'orgueil, ce n'est après tout qu'un vulgaire commerçant) il n'a d'autre choix que de s'incliner devant le *Roi Coton*, et soutenir que les Sudistes sont les capitalistes les plus vertueux et les plus pacifistes du monde.

Nous avons rejoint les dames pour écouter de la musique. J'écris « musique », mais il s'agissait en fait de chansons de divertissement, pour l'essentiel l'œuvre d'une demoiselle soi-disant « de talent » et d'un oncle âgé qui nous ont infligé gestes et grimaces si saugrenus (même pendant les ballades les plus sobres) que je m'attendais presque à ce que le vieillard sorte un banjo et prenne la posture d'un ménestrel éthiopien. J'en ai fait la remarque à D., mais son père m'a entendu et a répliqué, à son propre grand amusement, que je « me souciais trop de la condition des Nègres ».

On a servi le thé, puis nous sommes passés aux « jeux ». Je ne vois pas l'intérêt de ceux-ci lorsque l'assemblée se compose en majorité d'adultes. Le premier a été les charades en action, un jeu français qui ne m'enthousiasme guère. On doit pouvoir y prendre plaisir, à condition d'être en bonne compagnie. D'après mon expérience, c'est la porte ouverte à toutes les manières de vulgarité et de chamailleries pénibles. Inutile de préciser que la partie d'hier n'a pas échappé à cette règle (par chance, je n'ai pas eu à me ridiculiser). Peu après, j'ai toutefois dû déplorer une farce puérile. Les invités se sont amusés aux « Exercices prussiens », jeu qui consiste à se mettre en rang à la façon des soldats d'un régiment et à « suivre les instructions » de notre « capitaine » (c'est papa Willis qui a endossé ce rôle, qu'il a pris très au sérieux). Les ordres étaient de nature militaire, « tête à droite », « présentez armes », etc., mais entrecoupés d'actions improbables, telles que « pincez-vous le nez » ou « donnez-vous une gifle », destinées à provoquer les rires et à distribuer des gages. Il va de soi que je n'ai pas trouvé ces âneries divertissantes, mais pour faire plaisir à D. j'y ai participé avec le plus de bonne volonté possible.

Au bout d'un moment, il a fallu exécuter les manœuvres « genou droit à terre » et « présentez armes ». J'ignore si ç'avait été calculé ou s'il ne s'agissait que d'espièglerie enfantine, mais un jeune cousin de D., garçon de treize ans environ, au teint laiteux, a saisi l'occasion pour me donner une bourrade dans les côtes. Il l'a fait avec tant de force que je suis tombé droit sur une des demoiselles Harris, qui a chuté à son tour sur le vieil oncle, lequel a fait s'effondrer toute l'assemblée comme une rangée de dominos. Je reconnais que la plupart ont réagi avec bonne humeur, mais je ne comprends pas comment un gentleman digne de ce nom peut se réjouir d'être la cible d'une telle « blague ».

Pour clore la soirée, on a demandé une « histoire de fantôme ». On a tamisé la lumière, et papa Willis s'est lancé dans un conte parlant d'une voiture de train hantée (peut-on imaginer plus invraisemblable ?), qu'il a terminé par la révélation (j'use de ce mot à la légère) suivante : le personnage principal est lui aussi un revenant effrayant. Mon visage a hélas dû trahir mon incrédulité, car il a alors déclaré (je peux le citer mot pour mot) :

« Certes, chers amis, je ne prétends à aucune finesse poétique ou littéraire. Mon seul but est de vous distraire. Dites-moi, mon petit Jacob, nourrissez-vous toujours des ambitions d'écrivain ? Allons-nous voir votre nom dans les librairies, cette année ? »

Passe encore qu'il me donne du *mon petit*, mais ç'a été le *cette année* qui m'a exaspéré. Je n'ai pu me contenir.

« Si c'est le cas, monsieur, ai-je rétorqué, ce ne sera pas sur la couverture de quelque vieille histoire de nurse qui convient mieux aux enfants crédules. »

Ma réaction était peut-être due au brandy, car outre mes propos je m'étais exprimé avec trop de passion. Il y eut un silence gêné, puis le vieil oncle a déclaré : « Ah, ces hommes de lettres et leurs prises de bec ! » d'un ton jovial qui a rétabli un semblant de bonne humeur. D. a paru très contrariée.

Nous sommes partis peu après, D. prétextant un « mal de tête ». À la porte, papa Willis m'a pris à part et m'a dit espérer « qu'il n'y avait pas d'animosité entre nous » à cause de son opinion concernant la guerre de Sécession. J'ai répondu en toute franchise que non, pas pour cette raison-là. Je savais qu'il n'en avait pas terminé avec moi. Il m'a ensuite confié qu'il se réjouissait pour Dora que j'aie trouvé une maison digne de ce nom à temps pour la nouvelle année (vivons-nous dans un taudis, en ce moment ?), plus en accord avec ses habitudes (!), qu'il me souhaitait de réussir dans mon petit bureau et que si jamais je cherchais un poste correctement rémunéré, une place m'attendait toujours dans son affaire.

Quelle « place » prestigieuse ce serait ! Commis chez un boutiquier !

D. silencieuse durant le trajet du retour. Lui ai demandé s'il lui paraît juste que je doive supporter pareilles insultes à chaque fois que je rencontre son père. Elle m'a répondu qu'il « n'entendait pas m'insulter » et que je devrais me montrer « de disposition plus charitable ».

Quelle naïveté !

Vendredi 27 décembre

Seul au bureau avec Fortesque, car Mr. Hibbert s'est retiré à la campagne jusqu'à la fin de l'année. Je lui ai demandé ce qu'il avait fait pour Noël, et il m'a parlé en long et en large d'une jeune modiste avec qui il avait dansé au casino de Holborn. Ai voulu savoir, juste pour plaisanter, s'il comptait l'épouser, ce à quoi il a répondu : « C'est bien possible, ma foi. C'est une jolie souris. »

Je lui ai indiqué qu'aucune femme qui fréquentait le casino de Holborn, aussi charmante soit-elle, ne pouvait posséder les qualités morales que l'on attend d'une épouse ; en effet, même si sa vertu est par miracle restée intacte, elle ne peut se targuer de l'ignorance du vice souhaitable chez une compagne. F. se prend toutefois pour un « être à part », professe un goût prononcé pour les filles « faciles » et affecte un dédain juvénile envers les mœurs conventionnelles.

Il m'a demandé où j'avais connu D. Lui ai répondu que nous nous étions rencontrés lors d'une conférence à l'Institut polytechnique. Il a rétorqué que, pour le coup, c'était là une garantie d'ignorance. Il se trouvait très spirituel et amusant, mais s'il cherche à s'élever un jour dans la société, se lier à cette chapelière réduit ses espoirs à néant.

Toutefois, je crois avoir retrouvé les bonnes grâces de D. : ce soir, elle m'a accueilli en me donnant un baiser sur la joue, et la cuisinière avait préparé un délicieux morceau de bœuf pour le dîner.

Morale de cette anicroche avec son père : la « famille » est une plaie.

Samedi 28 décembre

La maison déborde de caisses, etc., fournies par Bedford. En outre, nos biens paraissent s'être démultipliés et avoir doublé de volume après que nous les avons rassemblés pour les emballer. Je ne parviens pas à croire qu'ils aient un jour tous tenu chez nous.

Hier, j'évoquais la « famille ». Il me semble parfois que je possède un don de « divination ». Moi qui n'avais pas de nouvelles de mon père depuis cinq mois, une lettre est arrivée ce soir. J'ai aussitôt reconnu son écriture, aussi grêle qu'une toile d'araignée. J'ai ouvert l'enveloppe en secret lorsque Dora s'occupait à ses travaux d'aiguille.

La missive regorge de ses plaintes habituelles : il met sa condition sur le dos du monde ; s'il ne peut pas se lever, il invoque sa malchance, et il reproche à la paroisse de ne pas lui venir en aide. Toujours la même rengaine : une lourde dette (trois livres chez un bottier de Soho) s'est accrue, et les intérêts ont atteint une telle somme qu'il doit ravaler sa fierté (!) et demander l'aumône à son fils.

C'est encore pire que la dernière fois. Il m'annonce, comme si cela s'était produit par le plus grand des hasards, qu'on m'a nommé garant.

Il faut qu'il cherche à m'entraîner dans le cul-de-basse-fosse où il moisit.

Je ne l'y rejoindrai pas.

Heureusement que nous déménageons.

Dimanche 29 décembre

Regrettable rebondissement.

La cloche de la courette a sonné alors que nous terminions de dîner. Drôle d'heure pour une livraison, ce pour quoi j'ai taquiné Mary-Anne en déclarant qu'elle avait un « prétendant » (éventualité si improbable que Dora, qui possède pourtant le plus grand tact, n'a pu réprimer un sourire). Mary-Anne s'en est vigoureusement défendue (elle a même rougi !) avant de partir en hâte à la cuisine. À son retour, quelques minutes plus tard, elle a annoncé qu'un homme demandait à voir « le maître de maison », qu'il refusait de donner son nom, mais qu'il s'agissait d'une « affaire privée ».

— Un homme ? a répété Dora. Un gentleman, voulez-vous dire ?

— Difficile de savoir, madame. Il s'exprime assez bien, mais il a pas les habits qu'il faut.

— Est-ce encore un colporteur ?

— Non, madame. En tout cas, je crois pas qu'il vende quelque chose. Il transporte aucune marchandise.

J'ai dû blêmir, car j'avais un fort pressentiment quant à l'identité de ce visiteur. Je me suis efforcé de recouvrer mon calme et suis descendu sans tarder.

Il s'agissait en effet de mon père et, même si je ne l'avais pas vu depuis plus d'un an, il n'avait guère changé.

C'est toujours un beau spécimen de « pauvre qui garde sa dignité » : son manteau est un vêtement de laine de qualité, mais les boutons pendent comme si on les avait cousus (ou plutôt recousus) avec du fil trop fin ; son pantalon est à pinces, comme l'exige la mode, mais aussi brillant que de la cire d'abeille aux genoux, où il est presque usé jusqu'à la trame ; ses gants « blancs », eux, ont depuis longtemps pris une coloration jaune grisâtre.

J'ai noté une amélioration, si l'on peut employer ce terme, dans son apparence : de gros favoris d'allure fatiguée (ridicules pour un homme de son âge) dont la fonction était en partie de dissimuler son teint rougeaud et goutteux. Impossible en revanche de cacher la forte odeur d'alcool qui émanait de lui, la même puanteur dégradante qui lui colle à la peau depuis vingt ans.

Il m'a regardé, son chapeau serré contre sa poitrine, et a affiché un sourire.

— Mon fils ! s'est-il exclamé, d'un ton larmoyant factice qui me noua l'estomac.

— Tu n'es pas le bienvenu ici, ai-je répondu sans ménagement.

— Je sais, mon garçon. Je mérite tous les reproches dont tu peux m'accabler, mais as-tu reçu ma lettre, mon petit ? On m'abuse sans vergogne…

— Donc tu as pensé que tu pouvais me berner aussi.

— Allons, allons ! Tu n'y es pas du tout. Je croyais que tu n'accepterais pas qu'une crapule persécute ton pauvre père…

Il a poursuivi son récit solennel et bien rodé de miséreux, que j'avais déjà entendu une dizaine de fois. La véritable cause du problème était toutefois facile à extraire de ses boniments : l'argent qu'il doit n'a rien à voir, bien entendu, avec une quelconque paire de chaussures, mais il s'agit d'une « dette d'honneur entre gentlemen » (et quels gentlemen !) contractée à une table de jeu. Le bottier, qui plus est, est un personnage peu recommandable qui dirige son propre tripot au-dessus de sa boutique, et qui a une fâcheuse tendance à « rosser à mort » ceux qui l'entourloupent.

— Si ce bandit te menace ou s'en prend à toi, ai-je dit, tu n'as qu'à prévenir la police. (Cela ne risquait pas d'arriver !) Et s'il se présente chez moi, il découvrira que ton « garant » ne vaut pas un clou.

A suivi la supplication que j'attendais.

— Tu ne peux vraiment pas me venir en aide, mon gars ? En souvenir de ta maman ?

J'aurais pu le frapper, mais je me suis maîtrisé et lui ai répondu que je ne lui donnerais pas un sou, que s'il doutait de ma capacité à être tout à fait insensible, il n'avait qu'à songer à son passé, que je me souvenais très bien que ma mère s'était tuée à la tâche pendant que lui buvait comme un trou, que je ne digérerais jamais qu'elle soit enterrée dans une fosse commune alors que lui respirait toujours, qu'un jour peut-être il se repentirait et trouverait le pardon auprès de Notre-Seigneur, mais que n'étant pas un saint je ne pouvais me montrer aussi charitable. Je me suis exprimé avec une grande virulence, et j'ai eu peur que D. ou Mary-Anne ne m'aient entendu.

Après un moment d'hésitation, il a changé de tactique.

— J'ai taillé le bout de gras avec ta bonne. Semblerait que tu partes habiter les beaux quartiers. Islington, c'est ça ?

J'ai maudit Mary-Anne en silence.

Habile et calculateur comme un renard, il m'a fixé du regard.

— Je viendrai pas te déranger là-bas, mon gars. Je voudrais pas m'imposer dans une maison respectable, ni importuner ta chère et tendre. Par contre, si mes créanciers me posent des questions…

Nous entrions dans le vif du sujet… du chantage. Ses propos parlaient d'eux-mêmes : si je ne lui remettais pas les trois livres (plus les intérêts !), je pouvais m'attendre, une fois installé à Amwell Street, à être harcelé par tous les malandrins qui croiseraient son chemin !

Que faire ? J'étais prêt à lui procurer la somme sur-le-champ rien que pour me débarrasser de lui. Hélas, je n'avais pas plus de quelques shillings sur moi, et je ne pouvais pas retourner dans mon cabinet de travail pour lui rédiger un chèque sans éveiller les soupçons. J'ai alors entendu Mary-Anne descendre l'escalier de la cuisine.

Mon père a aussitôt compris ma gêne et m'a fourré un morceau de papier dans la main, papier qu'à l'évidence il avait écrit à l'avance.

— On n'est pas aux pièces, mais faut pas trop tarder, fils. Je viendrai plus ici, je te le promets. Passe chez moi demain soir, on fera en sorte que ce soit accueillant, c'est juré.

Il a disparu. Lorsque Mary-Anne est arrivée, je l'ai réprimandée.

Dora, naturellement, m'a demandé avec qui je discutais. J'ai répondu qu'il ne s'agissait que d'un mendiant qui s'exprimait correctement. J'ai prétendu qu'il m'avait raconté une longue histoire dans l'espoir de recevoir une récompense pécuniaire – au moins, je ne mentais pas sur ce point – mais que je ne lui avais rien donné.

Si seulement c'était là toute la vérité ! Si seulement je pouvais me confier à elle !

À présent, me voilà obligé de me rendre à « Pear Tree Court, Goswell Street, Clerkenwell » et de remettre trois livres et quelques – dépense que je peux difficilement me permettre – à l'un des êtres les plus abjects de la création. Je me demande si cette brute de bottier existe pour de bon ou s'il n'est qu'une invention de mon père pour obtenir de l'argent.

Je pense que je ne dormirai pas beaucoup cette nuit. Il est redoutable, lorsqu'on s'est hissé si haut à force de labeur et de persévérance, de devoir à nouveau plonger le regard dans les abysses.

CHAPITRE II

L'inspecteur arriva en fiacre une heure et demie après la découverte du cadavre. Les cheveux bruns, arborant des favoris bien taillés, il était vêtu de tweed. Une autorité naturelle compensait sa stature modeste. Il monta les marches d'un pas vif et salua le policier posté devant la porte, puis entra avec autant d'assurance que s'il était chez lui.

Il fut accueilli par le sergent Preston, à qui il s'adressa avec familiarité. Son subalterne lui fournit quelques mots d'explication, puis le conduisit à l'étage. Un peu plus loin, un escalier d'une raideur vertigineuse menait au grenier.

— Nous y sommes, monsieur. Deux chambres. Celle du mari donne sur la rue et compte un petit vestiaire, celle de la femme est au fond. C'est là que nous l'avons trouvée. Il suffit de suivre son instinct, pas vrai ?

L'inspecteur Delby hocha la tête avec calme et sérieux, puis entra.

Comme le reste de la demeure, la pièce était meublée avec goût. Le lit, l'armoire, les fauteuils et le chiffonnier étaient en acajou verni ; sous les rideaux taillés dans un épais reps cramoisi, qui cachaient en partie la fenêtre, on avait placé une méridienne assortie.

Le cadavre gisait à côté de la cheminée en fer forgé, vêtu de crinoline bleu clair. De prime abord, la femme semblait s'être seulement évanouie sur le foyer de pierre noircie, mais son visage livide, plaqué contre le sol la bouche béante, indiquait qu'elle était morte depuis longtemps. Aucun doute qu'on l'avait assassinée, car ses cheveux, toujours ramassés dans un délicat filet de résille d'un côté, s'en étaient échappés de l'autre. Ses tresses brunes formaient à présent des mèches compactes collées par le sang, sous lesquelles les fragments d'os de son crâne brisé offraient un spectacle affreux.

— Depuis quand est-elle ici, à votre avis ?

— D'après l'odeur, répondit Preston en fronçant les sourcils, un jour ou deux.

— Exact, murmura Delby, qui passa de l'autre côté de l'âtre avec précaution. Ça donne à réfléchir, n'est-ce pas ? de constater qu'une fois privé de vie nous pourrissons si vite.

Il considéra les vêtements du cadavre, puis le manteau de la cheminée. Le dos de la robe était moucheté de gouttes écarlates ; foyer et miroir étaient éclaboussés de façon identique.

— Si l'on en juge par les traces sur la glace, poursuivit l'inspecteur, on a dû lui cogner la tête à deux ou trois reprises. Ça part dans toutes les directions, vous voyez ?

— J'ai tiré la même conclusion.

— Si ce n'était qu'une simple fracture, on pourrait envisager la possibilité d'un accident. C'est une femme fluette… il y a peut-être eu une vive dispute… elle aurait été juste à la bonne hauteur…

— Il suffit de regarder son état, monsieur, l'interrompit Preston.

— En effet. Le type a dû la secouer comme un prunier et finir par lui fendre le crâne. Quelle sorte d'homme peut commettre une telle atrocité ?

— Je ne saurais le dire.

— Il s'agit de la maîtresse de maison, je suppose. En est-on certains ?

— C'est Mrs. Jones, inspecteur, pour sûr. Un gars du coin… je vous demande pardon… un policier du quartier l'a reconnue.

— Et le mari ? demanda Delby, qui se tourna vers la fenêtre afin d'observer l'étroit jardin de derrière.

— Envolé. Il a laissé des aveux, remarquez… enfin, si on peut appeler ça comme ça. Tenez, voyez ce que vous en pensez.

Le sergent lui présenta la feuille abandonnée sur le secrétaire du rez-de-chaussée. Delby l'examina.

> *J'ai l'intime conviction d'être le seul responsable. Je n'ai accordé aucune valeur à ce que, au contraire, j'aurais dû chérir, et j'ai au prix de mon âme poursuivi une illusion de bonheur obtenue dans le péché. Lorsque je partirai, il restera ce témoignage. Si vous prenez la peine de lire ces écrits abominables, vous comprendrez comment nous en sommes arrivés à ce sinistre épilogue.*
>
> *Mon unique recours est de me jeter à la merci du Seigneur. Je n'ai pas le courage de me servir d'un couteau, et je ne possède pas de pistolet. Je sauterai dans la Tamise. Je prie pour trouver la force.*
>
> *Je n'attends nul pardon, car je n'en mérite aucun.*
>
> *J.J.*

L'inspecteur parut intrigué.

— Drôle de message, pas vrai ? commenta Preston.

— Quels sont ces « écrits » qu'il évoque ?

— Navré, inspecteur, j'aurais dû vous prévenir… ce Mr. Jones tenait un journal, figurez-vous, qui couvre trois ou quatre ans de sa vie consignés dans de beaux carnets reliés, le tout gardé sous clé, mais nous avons retrouvé ses chapitres des derniers mois sur des feuilles volantes éparpillées sur son bureau. Cette lettre reposait sur le tas. J'ai chargé le gars dont je vous ai parlé de les classer dans l'ordre. J'ai pensé que vous voudriez les consulter.

— Les tribulations domestiques de cet homme sont sans doute passionnantes, sergent, mais j'aimerais mieux lui mettre la main dessus, et le plus tôt possible. Pour commencer, savons-nous s'il a mis fin à ses jours comme annoncé ? Vous êtes-vous renseigné auprès de la police fluviale ?

— Il y a dix minutes à peine, inspecteur. J'ai envoyé un télégramme à Wapping, mais je n'ai vu aucun suicide mentionné dans les notes de service de Scotland Yard. Pas cette semaine, en tout cas.

— Moi non plus. Cela dit, la Tamise ne recrache pas toujours les cadavres aussi vite, si jamais elle les rend. S'il ne s'est pas donné la mort, où pourrait-il se terrer ? A-t-il de la famille à Londres ? Des amis ?

— Hélas, je l'ignore. Je n'ai rien trouvé. Aucune correspondance, sauf avec des commerçants et les proches de sa femme, aucune photographie, rien. Apparemment, ils n'habitaient Amwell Street que depuis janvier. Les parents de l'épouse sont de Chelsea. Son père est marchand de nouveautés, un nabab. Il possède un immense magasin près de Regent's Circus.

— Il est peu probable que Mr. Jones s'y soit réfugié, hein ? Il faut néanmoins les prévenir. Réservons notre première visite pour le négociant. Sinon, où sont passés les gens de maison ?

— J'ai eu une brève discussion avec la domestique des voisins, inspecteur. Je ne lui ai livré aucune information particulière, à part que nous cherchions Mr. et Mrs. Jones. Il semblerait qu'ils n'aient eu qu'une cuisinière qui venait pour le petit déjeuner et le dîner, ainsi qu'une bonne à tout faire qui vivait chez eux. La jeune femme à qui j'ai parlé n'a pas vu la première depuis une semaine, et d'après elle ils ont renvoyé la seconde jeudi soir. Elle a échangé quelques mots avec elle à ce moment-là.

— On doit les retrouver toutes les deux. Avons-nous des noms ? Des adresses ?

— La soubrette s'appelle Mary-Anne Bright, inspecteur. On pense qu'elle a pris une chambre près de King's Cross, c'est tout ce que je sais. J'ai chargé un de mes hommes de la chercher. Il en va de même pour la cuisinière, une certaine Mrs. Galton.

— Excellent, sergent, vous êtes très efficace. Descendons jeter un coup d'œil au journal de Mr. Jones, si ce monsieur tenait tant à ce que nous le lisions.

Les deux policiers allèrent dans le bureau. Ils y trouvèrent le constable du quartier, qui avait terminé sa tâche et compulsait les pages en silence.

Lorsqu'il vit Delby, il se releva d'un bond.

— Excusez-moi, inspecteur, je ne faisais que…

— Je vois ce que vous êtes en train de faire, rétorqua l'enquêteur en approchant du secrétaire. Je devine que vous avez remis tout cela en ordre, puisque vous avez du temps à tuer. Je suppose que vous serez le mieux placé pour me répondre : les détails assommants de la vie de Mr. Jones nous expliquent-ils pourquoi il aurait assassiné sa femme ?

— Il a rien d'ennuyeux, son journal, inspecteur… ce qu'il y raconte… vous devriez le lire vous-même… en entier…

Lundi 30 décembre

Nuit très agitée, comme je m'y attendais. Mal de crâne. Suis arrivé au bureau plus tard qu'à mon habitude.

— Lundi chômé ? a commenté Fortesque.

Je lui ai dit de m'épargner ses sarcasmes.

Journée assommante. Plusieurs ratures en rédigeant des certificats. Obligé de recommencer par trois occasions.

Ai quitté le travail à cinq heures et me suis rendu directement à Goswell Street pour me débarrasser de ma maudite course. Le crachin qui n'a pas cessé de tomber m'a compliqué la tâche. Ayant renoncé à la probabilité de trouver l'endroit sans peine (trop sombre pour cela), je me suis renseigné dans un café. Le patron connaissait bien le quartier et m'a indiqué le chemin.

Pear Tree Court ! Ce nom pittoresque[1], évidemment, ne reflète en rien la réalité : il s'agit d'un bout de terrain jonché de déjections animales et de déchets végétaux, situé derrière un vieux pub, au cœur d'un dédale de venelles, au bord des appentis gris d'une petite usine à gaz nauséabonde. Les habitations qui l'entourent sont pour la plupart en bois noir vermoulu couvert d'une couche de goudron. J'en ai vu deux fabriquées en briques, qui paraissaient en plus piteux état encore : des assemblages de chiffons remplaçaient les vitres de la moitié des fenêtres, on ne comptait plus les tuiles cassées, et les toits menaçaient de s'effondrer.

1. Cité des Poiriers. (*N.d.T.*)

Pas un seul immeuble ne portait de numéro ou d'inscription (pas même celle qui promettait toujours des « logis sans pension ») et je n'ai pu deviner dans lequel pouvait habiter mon père, s'il vivait bien là. J'ai rencontré par hasard un type d'allure rugueuse vêtu d'un pantalon en velours côtelé. Cet homme, comme je l'ai vite saisi, était un camelot qui vendait de la vieille porcelaine ; il m'a proposé aussitôt « une demi-douzaine de tasses, assez belles pour ne pas détonner sur la table de Sa Majesté, ébréchées en quelques endroits seulement… » pour un shilling ! J'ai poliment décliné son offre, puis lui ai demandé s'il pouvait me renseigner, mais il ne connaissait « aucune vieille barbe » dans le coin. Ai frappé à plusieurs portes, pour n'être confronté qu'à l'incompréhension crasse d'une famille d'Irlandais, me voir rétorquer « C'est pas correc', m'sieu » et, à une occasion, essuyer les plus abjectes des insultes. Alors que j'envisageais d'abandonner, une voix familière a retenti.

— Fils ! Monte donc !

J'ai levé la tête et scruté l'obscurité. Seule brillait la lueur chétive des lanternes de l'usine voisine, mais il s'agissait bien de mon père. Sans un mot, j'ai gravi une volée de marches branlantes.

Sa chambre était pitoyable, comme je m'y attendais. Les planches nues, que ne couvraient même pas le tapis ou la thibaude les moins coûteux, étaient toutes bancales. Dans un coin, l'âtre n'était guère qu'un trou percé dans le conduit de la cheminée, entouré de plâtre craquelé et surmonté d'un manteau de fortune construit avec trois étançons écaillés. Près du foyer, sur une corde à linge tendue entre les deux murs, pendouillaient deux chemises humides.

Il se leva pour me saluer.

— J'étais pas en état de briquer comme je l'avais promis, mon gars, a-t-il déclaré en englobant les lieux d'un geste, mais faut pas que tu m'en tiennes rigueur.

Au début, je n'ai pas compris ce qu'il racontait. À part le feu, seules deux bougies de suif posées sur une table de bois blanc éclairaient la pièce. Lorsqu'il a approché, je me suis aperçu qu'il se tenait un bras avec l'autre et qu'il avait un œil au beurre noir impressionnant.

Je lui ai demandé s'il devait ses blessures au bottier.

— Lui ? C'est une brute épaisse, fils. Ne pense pas à lui… ne prononce pas son nom !

— J'aurais préféré ne jamais en avoir entendu parler, tu peux me croire.

— Allez, ne gâchons pas nos retrouvailles ! Serre donc la main à ton papa, tu veux ?

J'ai laissé sa main dans le vide jusqu'à ce qu'elle retombe comme une fleur fanée. Il a fait mine d'être abattu.

— Les affaires, rien que les affaires, pas vrai ? Tu as le sens pratique, ça je le sais, mon gars. C'est ce qui t'a permis de t'en sortir. Ta mère était du même tonneau. C'est tout à ton honneur, mais moi j'ai jamais eu cette force.

— Parce que la plupart du temps tu étais en train de cuver.

— Exact ! J'ai toujours manqué de volonté, toujours été trop faible. Tu as bien raison de m'accabler, mais abordons des sujets plus plaisants… Parle-moi de ta chère et tendre. Je parie que c'est une beauté.

— Je ne suis pas venu discuter de Dora.

— Dora, hein ? Joli prénom ! Tiens, à propos, voici ma petite Ellie qui arrive…

J'ai entendu des pas dans l'escalier, mais ses mots m'ont rendu perplexe. Ce diminutif ne m'évoquait rien. À ma grande surprise, une jeune fille âgée de quinze ou seize ans tout au plus frappa puis entra. Elle portait une robe des plus ordinaires, immaculée, dont l'étoffe crème s'effilochait aux poignets et laissait entrevoir divers accrocs là où on l'avait recousue avec soin. Un châle lui couvrait les épaules. Malgré sa verdeur, elle avait la figure blême et évitait mon regard. Ses traits, ni remarquables ni même jolis, dégageaient pourtant une incroyable vivacité, alors qu'elle contemplait le sol avec timidité.

— Ah, ma chère Ellie, s'est exclamé mon père, sans me la présenter, te voilà ! Voici mon fils, dont je t'ai parlé.

La jeune fille m'a considéré d'un air gêné et nous avons échangé les civilités habituelles. Elle a sorti deux bouteilles de porter, jusqu'alors cachées dans les replis de son fichu.

— Assieds-toi et bois donc un godet avec moi, mon gars.

— J'aimerais mieux pas.

— Ah bon ? J'ai envoyé Ellie chercher de la bière exprès. Pas grave, ça en fera plus pour ton vieux…

J'ai refusé. Mon père a pris une rasade et continué à pérorer, soi-disant qu'il « trouvait formidable d'être en famille », qu'il « pensait souvent à moi », etc.

Je n'ai pu en supporter davantage. Je l'ai prévenu sans ménagement que je ne souhaitais traiter que de l'affaire qui nous intéressait et que notre entretien devait rester strictement confidentiel. La jeune fille est partie en silence sans que j'aie eu à insister.

Enfin, nous allions entrer dans le vif du sujet. Ayant eu tout le temps d'organiser mes pensées, j'ai indiqué mes exigences : même si cela me répugnait, je rendrais en personne visite au bottier (bien que je ne pusse y aller avant la nouvelle année) et le payerais en main propre ; je le rembourserais à la seule condition que mon père ne vienne jamais me déranger à Amwell Street, et si nous devions nous contacter à l'avenir, ce serait par courrier.

Mon discours m'a valu une effroyable effusion de reconnaissance. Larmes, bénédictions et prières se sont mêlées en un flot de paroles peu convaincantes. J'aurais préféré qu'il se taise.

Afin d'endiguer ce torrent, je l'ai interrogé sur Ellie. Il m'a expliqué qu'elle était orpheline, fille de son ancien propriétaire, que ses parents étaient morts du typhus deux ans plus tôt, qu'elle se débrouillait bien avec une aiguille et gagnait sa vie en effectuant des travaux de couture chez un marchand d'habits, qu'elle s'était attachée à lui « à cause de ses petites gentillesses pour elle quand elle était toute petiote » et « lui faisait une course de temps en temps ».

J'ai commenté que la bienveillance du beau sexe envers les plus médiocres des hommes relevait du prodige. Je n'ai pas mentionné ma mère, mais il m'a très bien compris.

— Je ne mérite pas de telles attentions, si infimes qu'elles soient, oui, je l'avoue, a-t-il reconnu.

Propos on ne peut plus sensés ! Pauvre petite sotte !

Une fois notre arrangement conclu, je suis parti en hâte. Dans la ruelle, un type m'a dépassé d'un pas si pressé que j'ai dû m'écarter. Le genre de costaud qui fonce tout droit sans jamais se pousser, peu importe la place qu'il a pour passer. Vêtu d'une veste grise grossière, les cheveux en bataille, le front bas, il avait les yeux remuants caractéristiques de l'Irlandais de Londres. Sur ses talons trottait une femme aux atours trop légers qui portait un bébé contre sa poitrine et un autre sur le dos, enveloppé dans un drap sale, comme un sac de charbon.

Je n'ai adressé aucune remarque à la brute ; je lui ai laissé la satisfaction de son insignifiante victoire. J'ai seulement murmuré une prière pour remercier le Seigneur de m'être élevé au-dessus de telles immondices, puis suis retourné en hâte à Moorgate, où j'ai pris l'omnibus pour Clapham.

Quel bonheur de retrouver un foyer digne de ce nom !

Comme tout ce qui touche à mon père a un goût amer !

Mardi 31 décembre

Jour du « déménagement » !

J'ai été obligé d'aller au bureau ce matin, car Mr. Hibbert ne m'a accordé qu'une demi-journée de congé. Je me suis rendu de bonne heure à Moorgate, me suis occupé avec peine des comptes pour la période voulue, suis reparti à midi et ai sauté dans l'omnibus pour rentrer.

Le fourgon des déménageurs devait arriver à trois heures, et j'étais convaincu que tout serait en ordre. Le spectacle qui s'est offert à mes yeux a donc été tout à fait inattendu : des dizaines de caisses vides emplissaient le vestibule, et un énorme fourbi était éparpillé pêle-mêle dans toute la maison. Moi qui suis par nature excessivement dévoué à ma femme, je dois admettre que j'ai éprouvé de la déception. Reconnaissons-lui ses qualités : Dora est une excellente régisseuse du foyer. Elle sait obtenir, dans une certaine mesure, le respect de Mary-Anne, et possède même un goût naturel pour la propreté et le rangement. Las ! elle n'a nul talent pour l'organisation. Je l'ai rejointe à l'étage. Elle a avoué elle-même qu'elle ne s'y retrouvait plus. Au moins, elle est parvenue à détailler les pertes à déplorer après les nombreuses batailles de la matinée : cinq tasses, cinq assiettes et cinq soucoupes, toutes brisées ; huit verres fêlés ou cassés ; une rayure sur le tabouret de piano, qui devra être reverni ; trois crinolines qui manquent au rapport (comment diable est-ce possible ?) et le plus grave, un félin disparu.

Elle m'a également informé que Mary-Anne, qui est aussi émotive qu'elle est bête, était bouleversée à l'idée que son ennemi juré à la cuisine ait pu choisir ce moment pour s'enfuir. J'ai rétorqué que, dans ce cas précis, le chat avait sans doute fait preuve d'un discernement admirable.

J'ai aussitôt pris en charge la préparation des caisses. D. fort soulagée. Mary-Anne, en revanche, a semblé ne pas apprécier mon intrusion (dans mes propres affaires !) et s'est révélée plus gênante qu'utile. Par exemple, je l'ai réprimandée pour avoir gardé un carton à chapeau cabossé que D. lui avait ordonné de jeter pas plus tard qu'hier. Elle a alors tenu, avec l'entêtement qui la caractérise, à m'interroger sur chaque objet. « Monsieur voudra-t-il de ce vase dans la nouvelle maison ?... Monsieur voudra-t-il de cette tasse dans la nouvelle maison ? » et ainsi de suite. Si seulement on pouvait obtenir d'elle qu'elle s'applique avec une telle méticulosité à mes instructions concernant les tâches courantes !

Nul besoin de consigner chaque échauffourée : nous avons gagné la guerre. Toutes les boîtes ont été scellées et étiquetées, et nous avons même terminé en avance. Le fourgon de Bedford est arrivé à l'heure, et les déménageurs se sont montrés efficaces, soigneux et serviables.

J'ai ensuite fait venir une voiture de place. Nous avons pris la direction d'Islington à bonne allure, laissant derrière nous la totalité de nos possessions, dans le chariot géant qui roulait péniblement en grinçant, tiré par deux chevaux de trait. Étrange spectacle, très émouvant. D. a d'ailleurs versé quelques larmes. Nous avons atteint Amwell Street à cinq heures. La carriole, elle, ne nous a rejoints qu'à sept heures et n'a été déchargée qu'à neuf. J'ai remis à chaque porteur un pourboire, et nous avons dîné comme des Gitans sur une malle retournée.

C'est vraiment une belle maison, même si pour l'instant on s'y sent intrus. J'ai inspecté toutes les pièces et n'ai rien eu à redire. J'ai en outre déjà retrouvé mon secrétaire, et je suis en train d'écrire dans le petit salon qui donne sur le jardin. Cela offrira un parfait « cabinet de travail », de loin supérieur au réduit que j'occupais à Clapham. Je crois que nous nous plairons, ici.

D. et Mary-Anne s'affairent avec les draps et les matelas ; on ne fera rien de plus aujourd'hui.

Mercredi 1er janvier

Belle façon de commencer l'année !

Réveillé à six heures – nouvelle demeure toujours dans l'obscurité et le désordre – par un cri perçant. Un incendie ? Un cambrioleur ? J'ai allumé une chandelle, me suis assuré que Dora allait bien, puis me suis muni du tisonnier. J'ai croisé Mary-Anne dans l'escalier. Une lanterne à la main, elle a levé vers moi des yeux effrayés.

— C'est vous, monsieur ?

— Bien sûr. Quel était ce bruit ?

— Moi ! Je suis désolée ! Il y a quelque chose dans la caisse de l'ottomane ! Quelque chose de surnaturel ! Je l'entends bouger. Moi je m'approche pas !

Je suis descendu et ai ouvert la caisse, qu'on avait laissée dans le vestibule. Ce « quelque chose de surnaturel » n'était autre que le chat ! À l'évidence, il s'était caché à l'intérieur la veille ; il s'en est échappé d'un bond dès que j'ai eu relevé le couvercle. J'ai envoyé un vif coup de pied dans sa direction, mais cette saleté a été trop rapide. J'ai songé plus tard, ma capacité de réflexion ayant sans doute été amoindrie par mon état de fatigue, que j'aurais mieux fait de viser celle qui m'avait arraché à mon sommeil paisible. Mary-Anne, remise de ses émotions, m'a indiqué avec le plus grand sérieux qu'elle allait lui « beurrer les pattes » pour l'empêcher de s'enfuir (solution miracle, m'a-t-elle expliqué, qui se transmettait dans sa famille de génération en génération). Je l'ai sommée de ne pas se livrer à une expérience aussi improbable tant que je n'aurais pas quitté la maison et de se dépêcher de me monter de l'eau chaude.

Moi qui escomptais retrouver un semblant d'ordre après m'être rasé, je m'étais leurré, car les choses ont empiré. En revenant au rez-de-chaussée, je n'ai vu aucune trace de la cuisinière. J'ai certifié à Dora qu'on lui avait donné la bonne adresse. Pas de petit déjeuner aujourd'hui, en tout cas. Seulement une collation de viande froide que nous avions rapportée de Clapham.

Vraiment un beau début !

Je suis parti à huit heures, d'assez méchante humeur, et me suis rendu au bureau à pied par City Road. J'en ai été égayé, car le trajet ne prenait pas plus d'une demi-heure, amélioration non négligeable. Fortesque, quant à lui, est arrivé en retard, paraît-il parce qu'il faisait « un froid de gueux » (je le soupçonnais plutôt d'avoir passé la soirée à l'*Argyll*[1]). Mr. Hibbert

1. *Argyll Rooms* : cabaret du nord de Londres réputé pour être un lieu de débauche. (*N.d.T.*)

est apparu aux environs de onze heures, directement de la gare. Il s'est déclaré ragaillardi par ses congés. Je lui ai remis tous les comptes, les virements bancaires, etc. ; s'est montré très satisfait de mon travail.

À midi, j'ai déjeuné avec Fortesque au *Gilroy*. Nous avons beaucoup parlé de la nouvelle maison ; j'ai bu un verre de bordeaux et je me suis tellement emballé que je lui ai promis une invitation à dîner. Idée regrettable, résultat de mon ébriété passagère. Il est de ceux qu'il ne faut surtout pas convier à sa table.

Comme à notre habitude, nous sommes revenus du petit restaurant par Cheapside. De l'autre côté de la rue s'est déroulé un curieux incident qui mérite d'être relaté en détail :

Non loin de l'église St. Mary, une jeune fille, pauvrement vêtue mais propre, était accroupie sur la chaussée. La jupe traînant dans la boue, elle ramassait une multitude de boîtes d'allumettes éparpillées par terre. Elle s'efforçait de les remettre sur un plateau de bois posé en équilibre sur ses genoux, même si nombre d'entre elles avaient déjà été écrasées par les piétons. Nous n'avions pas assisté à la cause de ce désordre, mais il semblait qu'un vieux gentleman l'avait bousculée tandis qu'elle vendait sa misérable marchandise. Celui-ci se tenait près d'elle, rouge de gêne, et insistait pour lui donner un shilling en guise de dédommagement.

— Sacrée coquine, hein ? a commenté Fortesque cependant que je la considérais avec détachement.

Je lui ai reproché sa vulgarité, ce qui me valut un gros éclat de rire de sa part.

— Vous ne trouvez pas ? a-t-il rétorqué. Venez, je vais vous montrer quelque chose.

Fortesque m'a alors entraîné de côté, tel un conspirateur. À mon grand dam, nous nous sommes cachés derrière un haquet qui s'était arrêté en face du pub voisin. Il m'a incité à observer la jeune fille qui, les larmes aux yeux, avait fini par accepter le shilling et s'éloignait en direction de Mansion House[1]. F. m'a pris par le bras et a déclaré, malgré mes protestations, que nous devions la suivre. J'ignorais ses intentions, mais son insistance a eu raison de mon hésitation.

Il n'a pas fallu longtemps, hélas, pour que je comprenne. Près de la Bank of England, cette même misérable est entrée en « collision » avec un banquier âgé et est repartie en claudiquant. Elle exécutait un numéro remarquable, digne de Mrs. Kean[2].

— C'est du chiqué, a commenté Fortesque. Elle n'a rien à la jambe. C'est la troisième fois que je la vois à l'œuvre dans Cheapside. Elle s'y entend pour repérer les vieux messieurs, pas vrai ? Ils deviennent gâteux face à son joli minois. Je suppose qu'elle empoche un ou deux shillings à chaque coup, tant que les cognes ne la pincent pas.

La canaille !

J'ai eu beau n'adresser aucun reproche à Fortesque, je le maudissais de m'avoir montré les manigances de la petite ! Quelle bassesse que de s'amuser des malheurs d'autrui, et quelle vanité de la part de F. de se prendre pour un jeune « Corinthien » qui m'initie à la vilenie des rues de la ville.

Pour ma part, après mûre réflexion, je n'ai pu éprouver que pitié au sujet de cette malheureuse. Se livrer à pareil stratagème exige d'une femme qu'elle ait abandonné toutes les vertus de son sexe – modestie, honnêteté, etc. Comment pourra-t-elle connaître

1. Résidence du maire de Londres. *(N.d.T.)*

2. Comédienne anglaise (1805-1880), femme du célèbre Charles Kean. *(N.d.T.)*

une vie convenable ? Elle a déjà perdu la notion de valeur, qu'il est difficile de recouvrer.

Suis rentré à la maison à six heures. Aucun progrès dans le domaine de la félicité domestique ; Dora très contrariée. Elle m'a remis une lettre qu'elle venait de recevoir de notre cuisinière :

Chers monsieur et madame,

J'ai beaucoup réfléchi, et Islington me convient pas, à cause des étages.

Je vous donne mon congé et viendrai plus.

Mrs. Gertrude Sutherland

Drôle de façon de donner son « congé » !

Trop âgée, je suppose, pour chercher d'autres maîtres, elle n'a pas besoin de références. Bref, ce n'est pas une grande perte. Dora m'a promis de publier une annonce au bureau de placement le plus proche. Nous n'aurons pas de mal à lui trouver une remplaçante ; avec un peu de chance, elle s'acquittera mieux de sa tâche.

Onze heures du soir. Impossible de fermer l'œil, à cause de cette satanée affaire des trois livres. Je m'évertue à ne pas y songer, mais je ne puis la chasser de mon esprit plus longtemps.

Demain, je rendrai visite au bottier.

Minuit. Toujours éveillé. Vais boire un verre de brandy.

Je pense à mon père, puis, pour une raison qui m'échappe, je revois sans cesse le visage de la « marchande d'allumettes » de Cheapside. Quel destin connaîtra-t-elle ? Si on la prend, son emprisonnement inévitable ne fera sans doute que freiner sa lente chute vers la déchéance.

Si elle échappe à la police, quel espoir de rédemption pour elle ?

Jeudi 2 janvier

Journée lugubre. Froid terrible. Résolu à régler l'affaire des trois livres, j'ai pris le « Paddington » pour Oxford Street à ma sortie du bureau.

Trajet pénible. Au bout de quelques minutes, lorsque l'omnibus s'est arrêté dans Cheapside, plusieurs crinolines me pressaient déjà les jambes quand une vieille femme monta, ballottée par les mouvements du véhicule, s'accrochant à son parapluie comme à une bouée, et nous a infligé un douloureux châtiment, à moi et à un autre passager. J'ai espéré de tout mon cœur que le conducteur me demanderait d'« aider cette dame » et de l'accompagner sur l'impériale, moins encombrée. Hélas, il n'en fut rien.

J'ai trouvé la boutique du bottier sans grande difficulté. Il s'appelle Halifax et son commerce se situe dans Greek Street, à Soho, à deux pas de la place. Plusieurs « petites mains », garçons et filles, s'affairaient à l'intérieur, entourées de souliers et de bottines à divers stades d'avancement. Je me suis renseigné auprès d'une jeune ouvrière, qui m'a indiqué le chemin du « bureau du patron ». C'était une pièce meublée avec goût, pourvue d'une cheminée où crépitait un bon feu et d'un imposant bureau ministre, mais qui empestait malgré tout l'odeur de colle et de cuir. Halifax, bien qu'il portât un costume noir de qualité, était un individu massif à la figure de véritable « voyou », digne d'un tableau de Hogarth. Le visage aussi rugueux et ridé que les peaux non traitées de son atelier, on aurait pu sans mal le prendre pour un lutteur professionnel.

— Mr. Halifax ?

— À qui ai-je l'honneur, monsieur ? s'est-il enquis en relevant à peine la tête.

— Je suis venu régler une dette.

— Tiens donc ? Il me semble pas que vous me devez de l'argent.

— Il s'agit d'une dette d'honneur. Je viens de la part de George Jones.

Le bottier m'a examiné de la tête aux pieds.

— George Jones ? Fallait le dire tout de suite. Il m'a prévenu que vous passeriez, mais j'en ai pas cru un mot. Quelle surprise !

Sans préambule, je lui ai annoncé que j'étais disposé à lui remettre la somme, mais à une seule condition : il ne devait jamais attendre de moi que je lui paie la moindre créance à l'avenir, quoi que lui affirme mon père.

— Pour moi ça change rien, mon ami. Je récupère toujours ce qu'on me doit, d'une façon ou d'une autre.

Je lui ai indiqué que j'avais déjà admiré son œuvre.

— Oh, a-t-il dit en riant, c'était qu'une petite caresse affectueuse pour lui rafraîchir la mémoire ! Vous avez pas l'air très contrarié, en tout cas.

Je suis resté silencieux et lui ai donné l'enveloppe que j'avais préparée. Je n'ai pu réprimer un vif sentiment de colère à l'idée qu'un vulgaire gredin puisse s'enrichir grâce à la faiblesse de mon père. Il a compté l'argent puis, satisfait, a souri.

— Vous pourrez prévenir ce bon vieux Georgie qu'il est quitte avec Halifax. S'il veut revenir, je lui avancerai quelques shillings. Il peut amener sa mignonne, aussi.

J'ai rétorqué que je ne ferais rien de tel, que je ne connaissais aucune femme avec qui il s'acoquinait et que je ne le souhaitais pas. Alors que je m'apprêtais à partir, sa réponse m'arrêta net.

— Sa poulette, là... vous l'avez pas rencontrée ? Ellie, c'est ça ? Ah, je savais bien que oui... ça se voit à votre tête. Elle en pince pour lui, cette drôle de petite. C'est pas une vénus, mais quand même... Elle le gâte, ce vieux bandit... il en a de la chance ! Y a un paquet de messieurs comme il faut qui paieraient cher pour... enfin, nous sommes entre gens corrects... j'en dirai pas plus. Il a de la veine, votre papa.

Son insinuation n'avait rien d'exceptionnel, mais je ne pouvais la laisser passer. Une jeune femme qui pourrait être sa fille... et même sa petite-fille ! Je lui ai demandé ce qu'il entendait par là.

— Vous voulez savoir s'il la monte, c'est ça ? Ce sont pas vraiment mes affaires. Je pourrais pas vous l'affirmer, l'ami. Moi je m'en priverais pas, à sa place. Toute fraîche comme ça... Et puis vous savez, je parie qu'elle serait du genre à aimer ça.

Face à une telle ignominie, j'ai tourné les talons et je suis parti. Qu'aurais-je pu faire d'autre ? Si j'avais eu la force physique de corriger ce scélérat (car ce n'était pas l'envie qui me manquait), je l'aurais assommé sur-le-champ.

Au lieu de cela, je suis allé prendre l'omnibus pour Angel.

Comme c'est étrange : j'avais imaginé que régler cette dette me permettrait de me décharger de mes soucis, de m'affranchir de tous rapports avec mon père, au moins pour quelques mois.

Pourtant, tandis que je montais la côte de Pentonville Hill, je ne me sentais pas apaisé.

Peut-être à cause du froid, qui me met de mauvaise humeur.

Samedi 4 janvier

Journée plus gaie.

Dora très contente pour trois raisons :

Tout d'abord, elle se réjouit à l'idée de « décorer joliment la maison ». Hier, elle a envoyé Mary-Anne à la boutique de décoration murale la plus proche. Deux types du quartier sont venus et nous ont établi un devis. J'ai accepté d'engager l'un d'eux – un certain Saunders – pour tapisser le vestibule et les pièces du rez-de-chaussée. Cela va coûter une fortune, beaucoup plus que de la peinture, mais l'enthousiasme de D. a quelque chose de si pur et naturel qu'il m'est difficile de l'écorner. S'il est « indispensable » que nous posions du papier peint (et un modèle de la plus belle qualité), alors soit !

La deuxième réussite de Dora, qu'elle m'a racontée avec une grande fierté, est d'avoir fait la connaissance d'une voisine, car nous n'avons aucune relation à Islington et devons repartir de zéro. D. a d'abord proposé que nous laissions notre carte à toutes les maisons des alentours, sans distinction, mais je lui ai opposé que cela ressemblerait aux méthodes d'un commis voyageur. J'avoue qu'après avoir écarté ce projet je n'avais guère d'idée sur la façon dont nous pourrions procéder.

Inutile de m'inquiéter. Ce matin même, D. a rencontré une « femme énergique et sensée, fort charmante », chez la bonnetière d'Islington High Street. Pareille chose ne se produirait pas entre hommes, mais ce goût partagé pour les colifichets, qui plaisent tant à la gent féminine, offrira toujours une occasion à deux femmes d'entamer la discussion. Ainsi, toutes les deux ont « bavardé ». Cette dame très respectable s'appelle Mrs. Antrobus ; son mari est médecin, et elle habite du côté sud de Claremont Square. Qui plus est, elle est déjà passée nous laisser sa carte.

Troisième victoire de Dora : avoir réglé le problème de la cuisinière. Elle a reçu deux candidates et s'est décidée pour « une femme ronde et agréable, aux bras puissants et au teint coloré, ni trop âgée ni trop jeune », portant le nom de Galton. Son précédent employeur lui a donné d'excellentes références. D. a envoyé une lettre à la maison en question afin de se renseigner à son sujet, et il est probable qu'elle vienne lundi pour un essai.

Enfin, nous mangerons peut-être autre chose que du jambon froid !

Minuit. Encore une insomnie. Dora va se demander pourquoi je redescends toujours au rez-de-chaussée. De sa chambre, elle m'entend sans doute déambuler.

Ridicule ! Je ne comprends pas les raisons de ce trouble. « Tout va pour le mieux » chez nous, et l'affaire de la dette de jeu est réglée.

Et pourtant…

Je me dois d'être honnête avec moi-même, de tout confesser. Si je ne m'y astreins pas, que vaut ce journal ?

C'est mon père, cette fripouille, qui m'empêche de trouver le sommeil. Maudit soit-il ! Je songe sans cesse à ses paroles (« ma petite Ellie ») et aux insinuations du bottier. Cela m'obnubile depuis deux jours ; ma conscience me travaille. Elle avait l'air d'une bonne petite, gentille et sage.

Qu'une jeune fille à peine sortie de l'enfance, quelle que soit sa moralité, puisse être sa femme me révulse.

Comment pouvait-on s'assujettir à un tel homme ? Impossible qu'elle connaisse sa véritable nature. Elle n'a pas dû assister aux violentes colères que l'alcool provoque chez lui et aux lamentations pitoyables qui les suivent.

Soudain, une pensée prend le dessus…

Halifax pouvait se tromper. Et si elle ne s'était pas dévoyée ? Et si elle était toujours honnête et vertueuse ?

Que deviendra-t-elle en compagnie de mon père ?

Certes, « ce ne sont pas mes affaires », à moi non plus.

Je vais boire un autre verre de brandy et retourner me coucher.

Dimanche 5 janvier

Mal de tête. Trop de brandy.

Sommes allés à l'église St. Mark, à Myddelton Square. La plus majestueuse du quartier, c'est indéniable. Cet immense édifice gothique, pourvu d'un haut clocher, était plein à craquer. Beaucoup de paroissiens respectables. Après la messe, j'ai trouvé un bedeau (non sans peine) et l'ai interrogé concernant les chaises. L'abonnement est de cinq shillings et vingt-cinq pence, pour chacune. C'est une dépense non négligeable, mais s'asseoir indéfiniment sur les bancs communs est inacceptable. J'ai donné six pence au vieil homme, qui m'a juré qu'on nous préviendrait « dès qu'y aurait un siège de libre ». Je lui ai indiqué ma préférence pour la galerie.

Sermon intéressant (Comment les saints risquent de servir le Démon), au cours duquel le pasteur a décrié la mondanité et la satisfaction de la piété.

Sur le chemin du retour, nous avons croisé la nouvelle amie de Dora, Mrs. Antrobus. Elle nous a présenté son mari, un type replet d'une petite cinquantaine d'années, aimable et poli bien qu'assez taciturne. Son épouse, de quinze ans sa cadette, est en revanche très volubile. Elle s'est appliquée à nous abreuver de conseils concernant les lieux de divertissement et les établissements à la mode à fréquenter pendant le repos dominical. J'ai plus tard indiqué à Dora qu'elle est de celles qui peuvent entamer une discussion dans une pièce vide, ce qui ne m'a pas empêché de la trouver charmante et agréable (ce sera une bonne chose que D. fasse plus amplement sa connaissance).

À notre arrivée, Mary-Anne s'est précipitée à la porte pour nous annoncer que la nouvelle maison était « infectée de rats » (encore un exemple de la piètre maîtrise qu'elle a de notre langue). Les faits : un seul rongeur que le chat avait attrapé et déposé dans la cuisine, manquant lui « flanquer une crise cardiaque ».

Ai enterré le rat dans le jardin ; me suis assuré que le chat recevait une double portion de viande de cheval.

Lundi 6 janvier

La réponse concernant Mrs. Galton est arrivée ce matin par le premier courrier. Parfait ; rien à lui reprocher.

De son côté, la cuisinière s'est présentée une heure en avance. Nous l'avons mise à l'essai en lui donnant pour instructions de nous préparer un petit déjeuner tout simple. Grand succès : œufs pochés (parfaits) et haddock (fumé juste ce qu'il faut). J'ai ensuite demandé à Dora de l'appeler et nous avons discuté de son salaire. Avons convenu d'un montant de vingt livres annuelles, et prévenu qu'il n'y aurait aucune « gratification en nature ». Avons insisté sur le fait que la graisse, les os, etc., ont leur utilité et ont été payés comme le reste. Se montrer laxiste sur ce point reviendrait à cautionner une forme de vol. Satisfait de voir qu'elle a accepté sans hésitation ni réserve.

Beaucoup de travail au bureau ; suis rentré tard. J'ai remarqué sur la cheminée une lettre postée de Chelsea. Dora ne m'en a pourtant pas parlé avant que j'aie eu terminé mon dîner et pris une part de gâteau des Rois. Elle a alors déclaré, avec assurance et désinvolture, que maman Willis était fort désireuse de visiter notre nouvelle demeure, que pour sa part elle accueillerait avec plaisir les conseils de sa mère pour « arranger la maison comme il se doit », qu'elle connaissait « mon peu de goût pour ces considérations domestiques » et, enfin, qu'il était fâcheux qu'Islington soit si loin de Chelsea, etc.

Impossible de décrire combien ma petite femme peut être irrésistible quand elle me regarde d'une certaine manière.

Résultat : ma belle-mère viendra bientôt passer une semaine chez nous ; sept jours de chicaneries, de critiques voilées et de silences gênés en perspective. Je m'efforcerai, je pense, de consacrer beaucoup de temps, en soirée, à mon manuscrit ; si cela me vaut des reproches supplémentaires, tant pis.

Ah, la « famille » !

CHAPITRE III

Le fiacre des deux policiers ralentit et s'immobilisa dans Oxford Street, à cinquante mètres de Regent's Circus. Visiblement impatient, Delby tira le cordon d'arrêt.

Le cocher ouvrit la trappe du toit et considéra son passager sans curiosité.

— Que se passe-t-il ? demanda l'inspecteur.

— La rue est bloquée, monsieur. De l'autre côté de la place. Peux pas bouger.

— Ah bon ?

— Eh oui ! Regardez donc ! Peux pas avancer d'un pouce, pardi.

Delby soupira.

— Très bien. Tenez, voici vos deux shillings, nous terminerons à pied.

Le conducteur empocha les pièces. Les enquêteurs, eux, descendirent avec difficulté sur le trottoir, rejoignirent Regent's Circus et prirent Regent Street. Ni l'un ni l'autre ne prononça un mot cependant qu'ils longeaient les nombreuses vitrines, ne portant aucun intérêt aux étalages tapageurs de chapellerie féminine et d'articles de luxe qui attiraient les piétons dans « la plus belle avenue de Londres ».

Ils n'eurent en vérité qu'un trajet très bref à accomplir avant d'atteindre leur destination, le « Grand Metropolitan Warehouse » de James Willis, marchand de nouveautés et mercier, qui faisait partie d'une suite d'immeubles de style Régence, à moins de cinquante mètres de Piccadilly. Les bâtiments étaient de construction élégante et raffinée, mais leur sobriété classique était gâchée par le patronyme du propriétaire de l'affaire, peint en grosses lettres de près d'un mètre de haut au dernier étage.

— J'ai envoyé le télégramme, inspecteur, déclara Preston. Il attend notre visite.

— Bien, je suppose que c'est déjà ça.

Ils entrèrent dans la boutique, pleine de clients même si elle avait ouvert à peine une heure plus tôt. Les jeunes femmes chics étaient les plus nombreuses, assises à des comptoirs bas en bois, où des vendeurs soignés et leurs assistantes soumettaient catalogues et échantillons à leur approbation. Preston chuchota quelques mots au portier en livrée qui les avait accueillis. Peu après, on les conduisit discrètement à un escalier au fond du magasin, situé en retrait des salles remplies de rouleaux de lin et de soie, qui menait à un bureau installé à l'étage supérieur et donnant sur la rue animée. Son occupant n'était autre que le Mr. James Willis dont le nom s'affichait en grand derrière sa fenêtre, bien qu'on eût abrégé son prénom en « Jas » à des fins pratiques et commerciales. Le visage rond, d'allure robuste, plus petit encore que l'inspecteur, il était vêtu d'un costume qui ne pouvait provenir que de chez le meilleur tailleur de Mayfair, avec une cravate ornée d'une petite épingle de diamant et une montre dont on ne voyait que la chaîne en or dans son gousset. C'était à l'évidence un homme d'affaires rompu à toutes sortes de négociations, mais on percevait dans sa voix une impatience fâcheuse, et il s'adressa à ses visiteurs sans politesses ni préliminaires.

— Vous avez du nouveau, je suppose ?

— En effet, répondit Delby.

— Je vous écoute.

— Nous sommes porteurs d'une terrible nouvelle. Vous devriez peut-être vous asseoir, monsieur.

Mr. Willis baissa les yeux et essuya son front du plat de la main.

— Ne me ménagez pas, je vous en prie. Je ne supporte pas qu'on tourne autour du pot.

— Très bien. Ce n'est jamais... j'ai le regret de vous annoncer que votre fille est morte.

Willis se fit silencieux. Lorsque enfin il s'exprima, il fixa l'inspecteur du regard.

— Je l'avais deviné à votre télégramme. A-t-elle eu un accident ?

— Non.

— Ah bon ? Que s'est-il passé, alors ?

— L'affaire est pénible. Vous devriez boire un remontant avant que nous vous en disions davantage. Je vous conseille un verre de brandy.

— Au diable votre brandy, et vous aussi ! tonna le mercier, son agitation latente laissant place à la colère. Je vous ai demandé de ne pas prendre de gants ! Comment vous appelez-vous ?

— Delby, monsieur. Inspecteur Delby, de la Detective Branch de Scotland Yard.

— Pressez-vous, Delby ! Cherchez-vous à me torturer ? Qu'est-il arrivé à ma fille ?

L'inspecteur respira à fond.

— On l'a assassinée. Nous avons trouvé son corps ce matin, à Amwell Street.

— À Amwell Street ? Chez elle ? Mais j'y suis allé…

— D'après nous, cela fait deux jours qu'elle… qu'elle est décédée.

— Elle gisait là-bas depuis le début ?

— Vous ne pouviez pas le savoir. Ne vous accablez pas pour cela.

— Comment est-elle morte ?

— Comme je vous l'ai expliqué, les détails sont pénibles.

— J'exige de les connaître.

— Je crois que quelqu'un s'est saisi d'elle et l'a secouée violemment… qu'on lui a cogné la tête contre la cheminée de sa chambre…

— Poursuivez.

— Qu'on s'y est pris avec une force considérable et à plusieurs reprises, jusqu'à la tuer.

Mr. Willis se rendit à grands pas vers le vaste foyer de marbre qui décorait son bureau, le dos tourné aux policiers.

— On ne l'a pas… je veux dire… on ne lui a rien infligé d'autre ?

— Non, monsieur. Rien de cette nature, rassurez-vous.

— Que Dieu la protège. Ma Dora chérie ! Où était son mari de malheur, pendant ce temps-là ?

— C'est une question que nous-mêmes aimerions poser à Mr. Jones. Il semble avoir disparu.

Willis se retourna et lança un regard perçant à l'inspecteur.

— Il a disparu ?

— Oui. Nous n'avons trouvé aucune trace de lui, jusqu'à présent.

— Je comprends.

— Quoi donc, monsieur ?

— Tout. C'est lui qui a assassiné ma fille.

— L'absence de Mr. Jones ne plaide pas en sa faveur, déclara Delby avec prudence, mais rien ne permet de l'affirmer… pas encore.

— Moi j'en ai la certitude, et je ferai tout ce qui est en mon pouvoir pour qu'il soit pendu.

— Avez-vous des enfants, inspecteur ?

Quelques minutes plus tard, Mr. Willis buvait un verre de brandy, assis à son bureau ; les deux policiers occupaient les fauteuils en face de lui.

— Non, monsieur.

— Dora était ma cadette, ma préférée. Elle n'a jamais eu mauvais caractère, elle était douce et aimante. Elle a reçu une éducation pieuse. J'ai veillé à ce qu'elle acquière toutes les qualités requises chez une femme. Elle possédait une belle dot, et tout pour épouser un gentleman, quelqu'un de haut rang. Savez-vous comment ma fille adorée m'a remercié ?

— Non.

— En choisissant un clerc, et même pas un clerc à la Bourse, pour couronner le tout. Un homme qui, bien qu'il fût de quinze ans son aîné, parvenait à peine à grappiller deux cents livres par an.

— C'était donc un mariage d'amour ?

— De son côté à elle, oui, dit Willis.

— Je crois comprendre que vous n'avez jamais éprouvé une grande estime pour votre gendre ?

— Deux cents livres par an ! Qui peut faire vivre une famille avec cette misère ? Après leurs noces, je lui ai proposé un poste ici, au moins une demi-douzaine de fois, une bonne occasion de promotion. Il a refusé net.

— Il est peut-être trop fier pour accepter.

— Si par là vous entendez qu'il pensait être supérieur à son beau-père, et trop bien pour mon affaire, je n'en doute pas une seconde.

— Auriez-vous pu interdire cette union ? demanda Delby.

— Ma fille venait d'atteindre sa majorité, inspecteur. Parfois, les jeunes femmes jettent leur dévolu sur un homme… et peu importe alors l'avis de leur père.

— Puis-je vous poser une simple question, monsieur ? intervint Preston. Vous avez dit à l'instant, avec beaucoup de conviction, être certain que votre gendre était le coupable, si je ne m'abuse.

— Qui voulez-vous que ce soit ?

— C'est en effet fort probable, vu les apparences. Cependant, je vous prie de m'excuser, mais vous avez peut-être des raisons précises de le penser. C'est l'impression que j'ai eue, en tout cas.

— Il va falloir que ça se sache, répondit Willis après une courte hésitation, alors espérons que cela vous aidera à retrouver cet enragé. Ma fille est venue se confier à moi il n'y a pas deux semaines, sergent. Jamais je ne l'avais vue aussi bouleversée. Lorsqu'elle a eu fini de pleurer, il s'est avéré qu'elle souhaitait obtenir mes conseils. Elle m'a demandé de jurer que je garderais le secret. Je lui en ai fait le serment, même si, pour ne rien vous cacher, j'étais fort troublé par ce qui se passait. Elle m'a expliqué qu'elle avait toutes les raisons de suspecter que son mari… comment tourner cela… que ses sentiments allaient à une autre. Elle craignait qu'il ne la quitte. Elle voulait savoir, si cela se produisait, si elle devait rester sa femme ou si la famille pouvait envisager d'être confrontée au scandale que ne manquerait pas de provoquer un divorce.

L'inspecteur haussa les sourcils.

— Situation délicate, monsieur.

— Avant que Dora ne vienne me parler ce jour-là, je croyais que mon gendre, quels que soient ses défauts, était honnête et droit. En toute franchise, je le trouvais donneur de leçons. Mais entendre cela de la bouche de Dora ! Vous imaginez mon état. Je me suis engagé à tirer les choses au clair avec lui.

— Mais vous n'en avez rien fait ?

— Ma fille m'a supplié… elle s'est mise à genoux et m'a imploré de me rappeler ma promesse, avant de déclarer qu'il lui était encore possible de le reconquérir ! Elle n'a même pas voulu me dire le nom de celle qu'elle soupçonnait. « Le reconquérir » ! Drôle de conquête ! Comme un imbécile, j'ai tenu parole. Je ne me suis confié qu'à ma femme et lui ai fait jurer de se taire.

Le mercier but une grande gorgée de brandy.

— Et maintenant elle est morte.

— Monsieur, reprit Delby après un instant de silence, j'aimerais me montrer plus respectueux de votre chagrin, mais je crains de devoir vous importuner davantage. Dora a-t-elle déjà mentionné une certaine Ellen Hungerford ?

Les deux policiers quittèrent le bureau et traversèrent le magasin.

— Vous ne lui avez pas parlé du journal, inspecteur, commenta le sergent.

— Je redoute qu'il demande à le lire. Qui plus est, il me paraît préférable d'interroger toutes les parties sans a priori afin de tirer nos propres conclusions.

— Tout semble désigner la même direction.

— Peut-être. Quoi qu'il en soit, pensez-vous que Willis aurait une meilleure opinion de son gendre s'il connaissait la vérité ?

— Non, pas une seule seconde, répondit Preston sans la moindre hésitation.

Samedi 11 janvier

Cet après-midi, j'ai eu l'occasion d'observer le « peintre et décorateur » de Dora à l'œuvre, privilège auquel je renoncerai à la première occasion ; Mr. Saunders est un petit bonhomme vulgaire qui finit toutes ses phrases par « vous voyez, quoi ? » ou « comprenez ? » et je ne puis dire que je me réjouisse de sa présence dans la maison. Pour couronner le tout, il vient accompagné de trois ouvriers ! J'ai d'abord pensé que c'était un nombre d'employés excessif, mais c'est le contraire, car ils consacrent les trois quarts de leur temps à des discussions d'ordre privé (avec une grande grossièreté) et le reste à faire des allers-retours pour boire de la bière. Devant tant de laisser-aller, j'ai demandé à Saunders quand les travaux commenceraient pour de bon, ce qui m'a valu un sermon sur l'« importance des préparatifs ». Après s'être remis à la tâche avec des pierres ponces, etc., il m'a néanmoins annoncé ce soir que les murs étaient « prêts ». La pose du papier débutera lundi et n'exigera pas plus de deux jours. Saunders est apparemment lui-même ravi de ces progrès, mais comme le dit l'adage : « C'est à l'usage… », etc.

Encore une lettre de Chelsea, la quatrième en quatre jours. D. m'explique que c'est la liste des requêtes de maman Willis (qui déplorerait une « santé délicate », ce dont je n'ai jamais vu le moindre signe) concernant son confort. Ses desiderata couvrent plusieurs domaines, allant de son régime (instructions fournies pour la cuisinière !) au nombre d'oreillers pour son lit. Elle prendra la chambre de D., ce qui ne présente pas de grand inconvénient.

J'ai passé la soirée à travailler à mon manuscrit. L'histoire avance comme je l'entends, et la fin approche à grands pas ; il sera peut-être achevé avant l'arrivée de maman W.

Quel beau pied de nez à ce cher papa W. si on le publiait !

Dimanche 12 janvier

Vu Mr. et Mrs. Antrobus à l'église. Ils n'ont pas manqué de nous « remarquer » et de nous présenter à plusieurs membres de la congrégation. Mieux encore, Mrs. A. nous a indiqué qu'ils avaient des invitations pour un concert de Charles Hallé au St. James's Hall le 22 de ce mois (cadeau offert au bon docteur par un malade reconnaissant) et nous a demandé si nous désirions y assister.

Dora folle d'impatience.

Mrs. A. se révèle une connaissance très utile.

Lundi 13 janvier

Dora souffrante. Les ouvriers ont commencé la pose et la colle de Saunders dégage une odeur singulière, qui nous rend tous deux nauséeux et, semble-t-il, donne des maux de ventre à Dora. Je ne ressens pas autant de symptômes. Laissons les fenêtres ouvertes la journée, mais froid insupportable la nuit ; en outre, peur des cambrioleurs. Ai demandé à S. s'il pouvait utiliser une autre solution.

— Pour votre papier ?

— Oui.

— Si vous voulez qu'il reste accroché au mur, nan.

Impertinence typique du personnage.

Mercredi 15 janvier

Saunders n'a toujours pas terminé. Que faire ? Le renvoyer reviendrait à « scier la branche sur laquelle on est assis », les travaux étant à moitié achevés.

D. souffre le martyre.

Un des ouvriers se montre aussi par trop familier avec Mary-Anne, en paroles et en gestes. Elle est trop naïve et idiote pour se rendre compte que cela n'a rien de flatteur, mais que ces attentions sont plutôt insultantes pour elle et la gent féminine.

Ai donné à Saunders ordre d'en toucher un mot au bonhomme.

Vendredi 17 janvier

Pose du papier enfin terminée ; dernier lé collé cet après-midi. Saunders déjà parti à mon retour. Quel soulagement !

Ils ont pris leur temps, certes, mais je ne peux reprocher à S. la qualité de leur travail, même si j'aurais à redire sur leur méthode. Le modèle qu'a choisi Dora, « roses et épines », rend très bien. Les relents perdurent, en revanche, et D. est toujours souffrante, bien que ses symptômes s'atténuent. Saunders lui aurait certifié que l'odeur diminuera dans « une semaine ou deux seulement » (!).

Reçu autre lettre de Chelsea, par courrier du soir. Maman Willis a décidé d'une date pour sa visite royale – ce sera le 24. J'ai demandé à D. « où Mary-Anne doit-elle suspendre les banderoles et les drapeaux ? », mais ça ne l'a guère amusée.

Ses fâcheux maux digestifs lui sapent le moral.

Samedi 18 janvier

Enfin une vraie raison de se livrer à une modeste célébration : après un grand coup de cravache, j'ai mis la touche finale à mon manuscrit, le résultat de quelque six mois de travail.

J'ai terminé la dernière page dans l'exaltation de l'effort cérébral à neuf heures ce soir. Suis aussitôt allé voir D. et lui ai donné à lire l'ultime chapitre, qu'elle a jugé « des plus saisissants et émouvants ». Avons pris un verre de porto.

Le plus difficile reste à venir. J'ai l'intime conviction que, pour les auteurs inconnus du public, le titre a une importance majeure. J'ai en tête *Un fâcheux avantage*, mais D. me soutient que c'est « trop compliqué et pas assez chargé de promesses ». En ce qui la concerne, elle préférerait « de loin quelque chose de plus précis ». Sur mon insistance, elle m'a suggéré *Le Voyage de Mr. Avery*, que j'ai trouvé plat et insipide, même si je ne l'ai pas avoué à ma D. chérie.

C'est une affaire de goût, et je dois y réfléchir.

Certes, l'autre question sur laquelle il va falloir se pencher – un point de détail ! – est celle de la publication. Ce sera dans un périodique, dont la direction voudra bien s'intéresser à l'œuvre d'un novice. Cette semaine, je me rendrai à la bibliothèque de prêt de Mudie et relèverai les titres de toutes les revues vendues à Londres.

Étrange sensation d'euphorie.

Dimanche 19 janvier

Matinée ensoleillée ; première belle journée depuis le Nouvel An.

Odeur de colle persistante.

Église, puis accordé à Mary-Anne sa demi-journée de congé ; pris fiacre pour Hampstead, promenade dans le Heath (distraction agréable et bon air), puis avons déjeuné au *Jack Straw's Castle*. D. se plaint de ne pas être dans son assiette, même si la marche lui a redonné des couleurs.

Mary-Anne est revenue avec une heure de retard. Sévère réprimande de la part de D. ; manifestation de regret de M.-A., mais rien de plus.

Je me rends compte que deux semaines ont passé sans que j'aie eu de nouvelles de mon père.

Son image est semblable à une ombre inquiétante qui suit le moindre de mes mouvements, car la question n'est pas de savoir s'il sera capable de tenir parole et de me laisser tranquille, mais seulement combien de temps j'aurai la paix.

Pourquoi ces pensées déplaisantes me hantent-elles alors que tout va pour le mieux ?

Lundi 20 janvier

Décidé de renoncer à un autre déjeuner avec F. pour aller à la bibliothèque Mudie, à Cheapside.

Lieu très fréquenté. On y bradait de vieux volumes et des invendus ; tenté par un coffret de *The House and Home*[1] à la reliure magnifique, mais ne peux me permettre une telle dépense. Ai noté les titres de revues susceptibles de me publier, leur

1. Série de manuels d'économie domestique. (*N.d.T.*)

adresse, le nom du rédacteur en chef, etc. Ai aussi rendu visite à Reynolds, le copiste ; lui ai confié la charge de mon manuscrit pour un tarif raisonnable (7 shillings).

À mon retour au bureau, Fortesque m'a annoncé qu'il avait vu « la marchande d'allumettes » (la « comédienne » que nous avions observée quelques semaines plus tôt) se faire arrêter près du Bank.

La pauvre enfant !

Mardi 21 janvier

Mr. Hibbert sorti pour affaires toute la journée.

Déjeuné au *Lakes* avec Fortesque. Je ne supporte plus cet endroit. Côtelettes archibrûlées, et le serveur a osé le contester. Je n'aime pas le côté flagorneur germanique du personnel de certains établissements de la City, mais le bonhomme du *Lakes*, un cockney imbu de lui-même, est beaucoup trop impertinent. Je n'y retournerai pas.

F. très bavard ; pérore sur ses ambitions d'avancement. Rien d'extraordinaire, jusqu'à ce que j'évoque quelque menu souci domestique, après quoi l'aveu suivant lui a échappé :

— Vous savez, mon vieux, je vois toujours Betsy, et ça ne m'étonnerait pas qu'on se marie bientôt.

Eux, mariés !

Cette « Betsy » n'est autre que la modiste qu'il a rencontrée au casino. Cela ne fait qu'un mois qu'ils se fréquentent. Il s'est à l'évidence entiché d'elle et ne tarit pas d'éloges à son sujet. Qui plus est, il la trouve « vive comme tout », compliment qui, d'après moi, s'applique mieux à un mastiff qu'à une future épouse. Dans l'état d'esprit « dissolu » de F., en revanche, l'allégresse sans retenue est une qualité indiscutable, que ce soit chez un homme, une femme ou un chien.

Je me suis efforcé de le dissuader. Je lui ai rappelé sa condition : un simple commis de bureau n'a pas les moyens d'entretenir une compagne, et encore moins une famille, avec toutes les dépenses que cela implique, et que moi-même (oui, je l'ai avoué à F. !) j'estimais mon salaire à peine suffisant ; en outre, une telle union, si agréable lui parût-elle, n'accroîtrait pas ses chances de réussite et ne pouvait au contraire que nuire à ses ambitions.

Ce à quoi F. m'a répondu que la modiste, bien que « sans grande éducation, je vous l'accorde », était « une femme comme il faut » et « beaucoup plus convenable que ce que vous décrivez ».

J'ai reconnu qu'il serait déplacé de préjuger de la moralité de sa petite amie.

Mais (hélas ! je ne m'en souviens que trop bien) il ne s'est pas arrêté là.

— Mon vieux, ça me dérangerait pas de connaître votre opinion sur elle, je crois même qu'elle serait pertinente. Si ce repas chez vous tient toujours, elle pourrait m'accompagner, non ?

Ce dîner de malheur !

J'avais pensé, ou plutôt espéré, qu'il aurait oublié mon invitation.

Comment pouvais-je m'en sortir ? Je me trouvais dans une impasse. Je me suis surpris à prier que le serveur querelleur revienne et me fournisse une diversion. Je me suis d'ailleurs demandé si F. devinait ma profonde gêne et, fidèle à lui-même, tentait de la tourner en dérision, mais il paraissait on ne peut plus sérieux. J'ai louvoyé par tous les moyens : je lui ai répondu que Mrs. Galton était à l'essai, qu'il restait beaucoup de décoration à finir, etc., mais que je serais ravi de rencontrer la jeune femme et de découvrir ses qualités en des circonstances plus favorables. Mon enthousiasme à ce sujet, pourtant feint, devait néanmoins porter une pointe de conviction, car à peine ai-je eu terminé ma phrase que F. a voulu que nous arrêtions un lieu et une date.

Moi-même et « madame » sommes cordialement invités à une soirée donnée à l'Astley's Amphitheatre (!) le 28 courant.

Sur le moment, j'étais trop stupéfait pour refuser et, sans doute, surpris et flatté que F. souhaite tant connaître mon avis.

L'Astley ! J'aurais presque envie d'y emmener maman Willis ! Il lui plairait peut-être de sortir au « théâtre », même si dans celui-ci on voit la dernière écuyère à la mode en tenue légère et sa troupe de chevaux de spectacle. Lui présenter F. se révélerait amusant.

Bien sûr, c'est hors de question.

Mais comment me défiler ?

Demain, au moins, nous allons au concert de Hallé… du ridicule au sublime !

Mercredi 22 janvier

À mon retour, accueilli par une mauvaise nouvelle. Dora s'est alitée. Grande fatigue, nausée, etc. Se plaint des mêmes troubles qui l'affligent depuis presque une semaine. Je lui ai proposé de faire venir un médecin, mais elle a refusé.

Saleté de papier peint !

Tergiversations au sujet de Hallé. D. a insisté pour que je m'y rende seul. Je lui ai opposé que jouer le rôle du « mari célibataire » risquait d'être mal vu par nos nouvelles connaissances, étant donné les circonstances. Elle m'a répondu qu'elle avait déjà écrit à Mrs. Antrobus et réglé la question.

Ce que ma petite femme chérie est généreuse ! J'avais très envie d'aller écouter le pianiste, et elle le savait. J'ai cédé à ses instances et, à contrecœur, me suis présenté à Claremont Square à six heures et demie.

La maison des Antrobus est de proportions imposantes, de conception similaire à la nôtre, mais plus vaste, et meublée avec beaucoup de raffinement. À mon arrivée, six personnes étaient réunies dans le salon : le Dr. et Mrs. Antrobus, Mr. et Mrs. Wynne-Smith (lui, avocat à la cour, une quarantaine d'années, qui possède son cabinet dans le quartier de Temple), Mr. Poulford (étudiant en médecine, neveu de Mr. A. ; plein de fougue et exalté), et Mr. Taunton (connaissance de ce dernier ; ennuyeux comme la pluie). Deux cabs sont venus à sept heures ; ai voyagé avec les jeunes gens. Poulford s'est lancé dans une tirade morbide sur la mort affreuse des mineurs du Northumberland (on en parle beaucoup dans les journaux, ces jours-ci) et le rôle du gaz dans cette catastrophe ; il a affirmé que n'importe quel médecin savait que le « sauvetage » était vain. Taunton, quant à lui, nous a informés qu'il s'était installé à Knightsbridge et qu'il envisageait de « louer pour des bénéfices substantiels » au moment de l'Exposition universelle.

N'ai été « charmé » ni par l'un ni par l'autre. Heureusement, le fiacre a roulé à bonne allure en direction du West End et le trajet n'a duré qu'une demi-heure.

Le St. James's Hall est un prodige. Nous sommes entrés côté Piccadilly : le bâtiment est beaucoup plus majestueux que je ne l'avais imaginé. Plafond aux boiseries remarquables ; deux douzaines de lustres suspendus aux intersections des poutres fournissent assez de lumière pour l'ensemble des lieux.

J'étais assis à côté de Mrs. Antrobus. C'est une personne bienveillante (s'est montrée très soucieuse de la santé de Dora), mais un moulin à paroles. Elle m'a expliqué qu'elle non plus ne supportait pas l'odeur de peinture et de colle, que ces exhalaisons nuisaient à la constitution du sexe faible, et m'a énuméré les noms de ses connaissances qui en avaient souffert, etc. Elle a ensuite demandé à son mari son opinion professionnelle. Il s'est contenté de confirmer ce qu'elle avançait et s'est replongé dans la lecture du programme.

Le Dr. Antrobus offre un sujet d'observation fascinant. Sa femme ne cesse de le citer ou de solliciter son avis : « N'êtes-vous pas d'accord ? », « Mon mari répète toujours que… », « N'est-ce pas, très cher ? » Lui, en revanche, reste en général silencieux et impassible. Ne fait-il qu'ignorer les bavardages de sa femme, ou subit-il la loi du jupon au point qu'il est incapable d'y mettre un terme ? On devine que c'est elle qui porte la culotte ; certes, elle se réfère fréquemment à son appréciation, mais je doute qu'elle fasse souvent preuve de déférence envers lui. Mrs. A. recèle à n'en pas douter de nombreuses vertus (en effet, elle nous a témoigné une belle considération, à D. et à moi), mais quelle corvée ce doit être de vivre avec une perruche pareille !

Hallé est monté sur scène à l'heure prévue et s'est installé au piano. Nous avions la chance d'être placés dans l'orchestre, d'où j'ai pu observer ce grand homme de près. Il a le front haut et le nez proéminent ; ses yeux, bien sûr, dégagent une immense intelligence. Interprétation des sonates de Beethoven (de mémoire) émouvante et subtile ;

incroyable maîtrise et délicatesse dans chaque note. Mr. Wynne-Smith, qui était assis à ma gauche et suivait la partition dans son propre recueil (ai regretté de ne pas posséder cette faculté !), l'a qualifiée de « pure et raffinée » et « tout à fait fidèle ».

Ovation debout à la fin, amplement méritée.

Nous sommes rentrés à Islington peu après onze heures ; ai décliné une invitation à Claremont Square. À la maison, Mary-Anne est venue me trouver à la porte et m'a averti que sa maîtresse dormait. D. s'est réveillée quand je suis passé devant sa chambre. D'une humeur terrible, elle n'a pas voulu entendre le moindre mot sur le concert. Elle s'est plainte que j'aurais dû « avoir davantage de considération pour ma femme » et « ne pas faire un tel vacarme dans le couloir ». Je suis tombé des nues. Je ne me souviens pas qu'on ait jamais employé ce ton avec moi sous mon propre toit.

Mrs. Antrobus a promis de lui rendre visite demain. Cela lui remontera peut-être le moral ; ces maux sont vraiment éprouvants.

Jeudi 23 janvier

Fortesque croit toujours que nous le retrouverons à l'Astley mardi ! J'aurais pu prétexter les soucis de santé de Dora pour nous décommander, si je ne m'étais pas vanté, avant qu'il aborde ce sujet inopportun, d'être allé seul voir Hallé.

Dois-je rejeter son invitation ? Très gênant.

À mon retour, D. se sentait beaucoup mieux. Moi qui m'attendais à ce qu'elle m'annonce ne pas avoir reçu Mrs. A., ç'a été l'inverse : elle m'a raconté qu'elles avaient eu « une longue conversation » et que Mrs. A. était « l'amie la plus précieuse qu'une femme puisse avoir ».

Dora a souri en contant cela ; elle s'est montrée enfantine et enjouée toute la soirée.

L'esprit féminin est décidément bien insondable.

Mon humeur à moi est loin d'être aussi légère ; notre invitée arrive demain.

Vendredi 24 janvier

Suis retourné voir Reynolds à l'heure du déjeuner ; il a terminé la copie de mon manuscrit, comme promis. Du beau travail, qui vaut chaque penny versé.

Maman Willis s'est installée à la maison avec trois malles.

Maquereau fumé pour le dîner, à sa demande ; je n'aurais jamais dû y accéder, car je n'aime pas le poisson fort. Ai à peine avalé une bouchée.

Samedi 25 janvier

Belle journée, mais temps glacial ; trottoirs très glissants. Vu deux chevaux à terre sur City Road ; nul espoir d'en sauver un seul.

J'ai quitté le bureau à midi. À la maison, un jeune garçon, âgé de quatorze ans tout au plus, se tenait devant la porte, muni d'un grand objet rectangulaire soigneusement enveloppé de papier d'emballage. Il semblait peiner à porter l'encombrant paquet en équilibre et à libérer une de ses mains pour tirer la cloche ; il n'a pas caché son soulagement lorsque je l'ai rejoint sur les marches.

— Êtes-vous Mr. Jones ?

Très étonné, je le lui ai confirmé.

— Livraison pour vous, monsieur. J'allais sonner, figurez-vous. Mon patron insiste toujours pour qu'on les descende pas par la courette, à cause qu'ils prennent des coups. J'espère que vous êtes pas trop tatillon sur la façon dont la marchandise arrive chez vous.

Je lui ai répondu que je ne pouvais dire si j'étais « tatillon », puisque j'ignorais ce que pouvait contenir ce colis. Le garçon m'a informé que c'était un miroir doré, acheté « au magasin Berwick d'Upper Street ».

Après avoir questionné Dora, j'ai découvert que cet article avait été commandé par maman Willis alors qu'elle courait les magasins hier après-midi avec elle, afin qu'il décore la cheminée de notre petit salon. Supposant qu'il s'agissait d'un présent pour notre emménagement, j'ai accepté la livraison avec réticence bien que l'objet ne fût pas à mon goût.

J'ai donc été surpris d'apprendre, plus tard dans la journée, trois précisions édifiantes : tout d'abord, la glace ne plaisait pas tant que ça à Dora, mais elle n'avait pas eu le courage de contredire sa mère ; ensuite, bien que ce soit maman Willis qui l'avait choisie, ce n'était pas un cadeau, et que nous devrons la payer ; enfin, il nous en coûtera quatre livres !

C'est une dépense terriblement excessive que nous ne pouvons nous permettre, et pourtant il n'est pas envisageable que maman W. découvre notre situation.

Que dois-je faire ?

La voilà posée là, qui me rappelle en silence que je ne suis pas maître chez moi.

Je ne peux m'empêcher de me questionner : est-ce l'« aide » qu'attendait Dora ? Si c'est le cas, elle se révèle fort onéreuse !

Mary-Anne, de son côté, se plaint déjà de « m'dame W. ». J'ai surpris sa discussion avec D. : « Ses draps sont impossibles à border » et « elle me demande de changer son broc et son linge de toilette toutes les deux minutes ».

Une fois n'est pas coutume, Mary-Anne et moi sommes en parfait accord – quelle étrange sensation !

Dimanche 26 janvier

À l'église.

Toujours sur les bancs communs ; maman W. a fait la remarque qu'elle les trouvait « en plein courant d'air et bondés », qu'elle s'était « sans doute habituée à sa petite chapelle tranquille de Chelsea », mais « que l'on devait pouvoir louer le Seigneur partout, si l'on y est disposé ».

Je l'aurais volontiers renvoyée à Chelsea sur-le-champ !

Il n'empêche, nous étions vraiment serrés. Je me suis entretenu avec le même bedeau que trois semaines auparavant. Il est devenu lyrique pour expliquer combien il était difficile « d'accueillir tant de bons chrétiens ».

Cet homme se livre à de l'extorsion pure et dure !

L'envie de me plaindre au vicaire me démangeait, mais je craignais qu'il ne se montre pas moins vénal. J'ai remis un autre shilling au bedeau ; si je n'obtiens pas satisfaction d'ici quinze jours, je demanderai à le récupérer !

Après mûre réflexion, j'ai arrêté ma décision pour le manuscrit. Le titre sera *Un voyage regrettable* et je l'enverrai au *Gentleman's Remembrancer*. C'est, je crois, une revue adéquate pour commencer. Elle n'est pas très connue et ne possède pas une vaste distribution en dehors de Londres. Le rédacteur en chef,

Mr. Filks, en appelle néanmoins « aux contributions imaginatives et intelligentes de nos lecteurs, sur le thème de leur choix », ce qui me permet d'espérer qu'ils se pencheront sur mes efforts littéraires. Il serait insensé de viser trop haut au premier essai. Me rendrai à leurs bureaux demain.

Maman Willis se plaint de la nonchalance de Mary-Anne ; me soutient qu'elle n'a pas nettoyé le poêle et que le sol n'a pas été balayé.

D. a réprimandé M.-A. à contrecœur ; « ambiance tendue » tout l'après-midi.

Lundi 27 janvier

Déjeuner, puis ai porté le manuscrit aux bureaux du *Gentleman's Remembrancer* ; alignement de pièces poussiéreuses, à deux pas de Fleet Street, près de la Dr. Johnson's House.

J'avais espéré être reçu par le rédacteur en chef, mais « Mr. Filks parti déjeuner ». Ai hésité à l'attendre et à risquer les foudres de Mr. Hibbert. Ai finalement perdu patience et laissé mon texte au commis, qui m'a donné sa parole que mes écrits auraient la plus grande attention de son maître.

C'est fait ! Je me suis lancé sur l'océan de la littérature : souhaitons que je ne m'abîmerai pas sur les récifs !

À mon retour, maman Willis installée dans le petit salon, occupée à quelque ouvrage, en train d'admirer notre nouveau miroir. Affirme qu'elle juge l'endroit très agréable, qu'on y trouve la meilleure lumière pour « les travaux d'aiguille délicats ».

Je peux tirer un trait sur mon refuge !

Minuit. L'Astley prévu pour demain !

Comment puis-je m'en sortir ?

Mardi 28 janvier

La journée a débuté par de nouvelles hostilités domestiques.

Dora, encore en vêtements de nuit, s'est vue informer par sa mère que, tandis qu'elle accomplissait ses tâches de la matinée, Mary-Anne avait fait tomber de la poussière de charbon par terre et taché la robe neuve de maman W.

J'ai invoqué le prétexte de mon travail et suis parti sans déjeuner. J'ai bu un café au marché de City Road, parmi un mélange d'artisans, d'ouvriers et de clercs serrés les uns contre les autres autour des braseros. Quelle situation déplorable quand chercher la « chaleur » sur le trottoir est plus agréable que prendre le petit déjeuner à sa propre table !

Fortesque s'affairait déjà à son bureau, tiré à quatre épingles en prévision de notre soirée à l'Astley. Je l'ai averti que Dora était épuisée et ai prétendu souffrir d'un mal de tête. Il a déclaré que « Betsy serait rudement déçue si vous veniez pas » et dit qu'elle avait même acheté un nouveau chapeau « pour l'occasion ». Nous avons été interrompus par Mr. Hibbert, et je ne me suis engagé d'aucune manière. À la fin de la journée, F. a toutefois beaucoup insisté pour que nous nous joignions à eux. J'ai éprouvé un terrible sentiment de contrainte. J'ai répondu que si tout allait bien, il pouvait nous attendre à huit heures devant l'Astley.

Mensonge éhonté !

Je suis reparti à six heures, mais je rechignais à regagner la maison. J'ai traîné près de la barrière de péage d'Angel sans but particulier, à observer divers équipages imposants qui payaient leur passage. Ai pris un « petit remontant » au bar pour me donner du courage, chose très inhabituelle pour moi, puis suis rentré peu avant sept heures. Mes craintes concernant Amwell Street ont été confirmées, car j'ai été accueilli par un spectacle effarant : Dora presque en larmes dans le salon.

Je lui ai aussitôt servi un fond de porto pour la calmer et au bout d'un moment elle m'a relaté une véritable série de désastres :

Tout avait commencé par l'incident de la poussière de charbon. Mary-Anne était restée maussade toute la matinée, sans montrer le moindre signe de regret ; les excuses qu'elle avait présentées à maman W. avaient été peu convaincantes, même si l'évidence voulait qu'elle fût fautive.

Maman Willis avait ensuite porté une autre accusation contre elle, peu après le déjeuner, se plaignant de l'humidité des draps. Mary-Anne avait nié. Dora (ma douce et innocente Dora !) m'a confié qu'elle avait examiné elle-même le linge et indiqué à maman W. qu'il était froid, certes, mais pas humide, et que même si c'était le cas, ils seraient bientôt secs.

Cette réponse, bien sûr, ne l'a pas satisfaite.

La pire des catastrophes restait à venir. Maman W. s'était retirée dans sa chambre pour la sieste (les draps ayant été changés) et avait découvert à son réveil un rat mort au pied de son lit. Elle a vite eu la conviction que ce n'était pas seulement l'œuvre du chat, mais un gage d'estime de la part de notre bonne. Elle est ensuite allée voir Mary-Anne dans la cuisine, l'a accusée d'être l'auteur de cet affront et l'a renvoyée !

Dora m'a imploré « de ne pas trop me mettre en colère » et assuré que « maman ne pensait pas à mal ».

Ma chère D., bien sûr, ne pouvait guère plus discuter les ordres de sa mère qu'un capitaine ne peut s'opposer à son général.

Dois-je mentionner que je ne me suis pas encombré d'autant de scrupules ?

J'ai choisi de braver la lionne dans sa tanière. Maman Willis se trouvait dans le petit salon, où elle avait établi ses quartiers pour la journée. J'ai demandé en quel honneur elle avait congédié Mary-Anne alors qu'il s'agissait de ma domestique, si elle accordait la moindre importance à mon avis et à celui de ma femme, et si elle croyait sa fille incapable de s'occuper de la conduite de son foyer, etc.

Elle savait qu'elle avait dépassé les limites, mais elle a simplement reconnu qu'elle n'avait « aucun droit concret, sinon moral », de punir Mary-Anne, et que la tâche incombait à D. ou à moi-même. Mais (car il y avait un mais !) il lui pesait de ne « pas fermer l'œil » tant que « pareille créature diabolique serait l'employée de Dora » et la bonne devait partir sans quoi elle-même quitterait la maison.

J'ai répondu que je ne pouvais donner son préavis à la soubrette sans preuve indiscutable d'une faute de sa part.

Elle s'est étonnée qu'un cadavre de rat ne me suffise pas.

J'ai rétorqué qu'il s'agissait très probablement d'un tour du chat. J'ai ajouté que je considérais qu'on avait traité Mary-Anne de façon arbitraire et injuste, et que si elle souhaitait toujours travailler chez nous après un tel outrage, je me sentirais obligé de lui concéder une augmentation.

J'ai touché dans le mille… jamais je n'avais vu son visage se décomposer aussi vite !

— Très bien, si vous accordez plus d'importance à la sensibilité de votre bonne qu'au respect qui m'est dû, alors je partirai ce soir.

Du chantage ! Je n'ai pas cédé. Sans plus tarder, je suis allé parler à Mary-Anne, qui s'est montrée fort surprise et reconnaissante lorsque je lui ai annoncé qu'elle pouvait rester si elle le désirait.

Quand je suis redescendu, maman W. avait déjà tout raconté à sa fille. Dora aux cent coups : ne pouvais-je pas demander pardon à sa mère, peut-être y avait-il eu un malentendu ? Je dois avouer que j'ai été déconcerté de constater que ma petite femme était si prompte à se ranger du côté de sa mère.

Je n'ai pas faibli. J'ai affirmé que la situation était limpide, que j'étais maître chez moi et que si j'avais compris correctement Mrs. Willis (Mrs., oui, car à présent je bouillais de colère), il lui fallait un cab.

Maman W., vaincue à plate couture, s'est retirée du champ de bataille !

Dora, de son côté, anéantie. Elle avait fermé son esprit à tout discours rationnel et s'était laissé empoisonner par les arguments de sa mère (« pas trop tard pour s'excuser », « vous pourriez vous réconcilier », etc.).

S'est ensuivi une « belle dispute ». Je crains que même les voisins n'aient pu nous entendre.

Quoi qu'il en soit, je ne me suis pas déjugé et, puisque ma femme a trouvé mes opinions si détestables, je suis sorti « prendre l'air ». Mieux vaut laisser les esprits s'apaiser après un échange aussi vif.

Que n'en suis-je pas resté là ! Un accès de malice pure a dirigé mes actions. J'ai hélé un fiacre à Pentonville Hill. J'ai dit au cocher…

Je poursuivrai mon récit demain, car je suis exténué. Je dois mettre de l'ordre dans mes pensées. Nul doute que tout sera plus clair le jour venu.

Une heure (du matin). Insomnie. Ai essayé le brandy, sans succès. Je crains de ne pas fermer l'œil de la nuit.

Une question me taraude : Mary-Anne a-t-elle oui ou non mis le rat dans la chambre de cette chère belle-maman ?

Si c'était le cas, elle monterait dans mon estime.

Mercredi 29 janvier

Me suis réveillé frappé d'un mal de crâne terrible.

Je dois noter que maman Willis a tenu sa promesse et est repartie hier soir. Je ne regrette pas de l'avoir affrontée – m'incliner devant elle n'aurait pas été digne d'un homme. Dora très apaisée. Au petit déjeuner, elle m'a dit espérer que je pourrais « faire la paix », car « maman m'est très chère, même si ses manières sont parfois abruptes et déroutantes ». Je lui ai répondu que je réfléchirais à la question, mais que je ne pouvais (et que je ne voulais) accepter que l'on me contredise sous mon propre toit et qu'on m'avait poussé à me ridiculiser. J'ai ajouté qu'une épouse qui se respecte se doit de soutenir son mari et non pas s'accrocher aux jupons de sa mère.

D. a blêmi et s'est tue, mais n'a eu d'autre choix que d'acquiescer.

C'est assez !

Si je tiens à ne pas me parjurer, je me dois de relater ce qui s'est produit après mon départ d'Amwell Street. C'est un roman en soi.

En résumé, j'ai pris un cab pour l'Astley, où j'ai retrouvé Fortesque. Je n'avais nulle envie d'errer dans les rues et souhaitais me changer les idées. Gageons que c'est un vil esprit de contradiction qui m'a poussé à agir.

Fortesque s'est montré aimable et jovial ; en tenue chic, avec des gants de cuir blanc et une épingle à cravate tape-à-l'œil. Je l'ai vite reconnu dans la foule qui attendait devant l'édifice. Il était accompagné d'une jeune femme, peut-être d'un an ou deux l'aînée de D., sur son trente et un, vêtue *à la mode**[1], affublée d'un feutre rond orné d'une plume qui menaçait d'éborgner les passants. On ne pouvait nier qu'elle était fort agréable à regarder, mais je trouve toujours ridicules ces demoiselles de la classe des chapelières qui singent les dames. Cette plume immense, en outre, pour reprendre une des expressions favorites de F., c'était « pousser le bouchon un peu loin ».

J'ai demandé d'excuser l'absence de D., et on m'a présenté à « Elizabeth » (!). F. ne m'a pas fait remarquer que je portais les mêmes vêtements qu'au bureau et m'a épargné ses sarcasmes habituels. Il ne serait pourtant guère surprenant qu'il soupçonne une querelle domestique. Nous sommes ensuite entrés directement, car F. avait acheté des places dans les loges.

Celles-ci, très correctes, étaient pourvues de tentures cramoisies, de fauteuils moelleux et pouvaient accueillir une vingtaine de spectateurs. Une demi-douzaine des jeunes gens présents, des types d'allure canaille et fanfaronne de pilier de pub, semblaient connaître mes compagnons et ont échangé avec eux des regards entendus. Ils m'avaient l'air d'individus qui fréquentent l'université, étudiants en médecine ou freluquets de cet acabit. Les « dames » qui les accompagnaient appartenaient sans doute possible à la catégorie des modistes et des filles de magasin. Aucune ne possédait ni grâce ni raffinement véritable, rien que les magnifiques atours de la gent féminine (robes à volants de dentelle fine, etc.), probablement réalisés de leurs propres mains aux petites heures de la nuit,

1. Les mots en italique suivis d'un astérisque sont en français dans le texte.

dans les ateliers mêmes où elles s'échinent durant le jour.

« Elizabeth » – non ! Je l'appellerai Betsy, car je ne peux me résoudre à faire autrement – m'a demandé : « Depuis combien de temps mon Billy chéri et vous êtes copains ? » Copains, c'est la meilleure ! Je lui ai répondu que je travaillais au bureau depuis huit ans et F. depuis deux. Elle m'a confié qu'il « parle pas mal de vous » et je lui ai retourné ce compliment peu plausible. Puis, grâce à Dieu, le premier « acte » a commencé.

Dois-je louer les délices qu'offre l'Astley ? Le « Diablotin d'Orient » et ses contorsions, la pantomime des clowns, l'inévitable (la déplorable) écuyère aux bas couleur chair, représentation dont le seul but est de réveiller les instincts les plus bestiaux des hommes, le dernier numéro où le « Chasseur de renards anglais » (un Espagnol, sans doute, à en juger par son faciès), hissé sur deux chevaux, poursuit un vrai renard pendant trois tours de piste. Mieux vaut tirer un voile sur tant de médiocrité. Toutes ces attractions, je suppose, peuvent être source d'amusement pour l'esprit juvénile et béotien. Il n'est guère flatteur pour la population de notre grande métropole, cependant, que de tels divertissements puissent « attirer » tous les soirs deux mille spectateurs. Betsy, elle, s'est en effet montrée « vive comme tout », riant à chaque culbute et acrobatie avec un enthousiasme croissant à mesure que Fortesque l'abreuvait en champagne (pour un prix ridiculement élevé… comment peut-il se permettre cette folie ?).

Je me suis moi aussi laissé aller à boire, encore une fois, avec trop d'insouciance. Mon humeur ne s'en est pas trouvée plus légère.

J'ai pris congé à dix heures environ en prétextant un « mal de tête ». Je ne souhaitais pas m'attarder. Fortesque m'a serré la main et, à voix basse, m'a demandé : « Qu'avez-vous pensé d'elle, alors, mon vieux ? »

J'avais observé la jeune femme toute la soirée, puisqu'il s'agissait de ma mission officielle.

Lui ai-je confié que sa dulcinée était une créature vénale et commune, si bien taillée pour sa condition qu'elle ne pourrait jamais s'élever plus haut ?

Non.

Lui ai-je indiqué que, si ravissante soit-elle, elle ne constituerait jamais qu'une simple décoration pour le foyer, guère plus utile qu'une peinture à l'huile ou une porcelaine ? Que toutes les jolies fleurs dans son genre se fanaient un jour, et qu'elle ne possédait ni l'élégance intérieure ni la beauté d'esprit indispensables à une épouse ?

Je n'en ai rien fait.

Ai-je affirmé qu'elle ne serait pas plus capable de s'occuper de l'intendance de la maison que moi d'accomplir les évolutions rapides du « Diablotin d'Orient » ?

Non plus.

J'ai préféré lui répondre qu'il « ne pouvait rêver compagne plus appropriée ». Je ne crois d'ailleurs pas lui avoir menti, car F. est tout à fait aveugle aux torts qu'il se causera en l'épousant ; il paraît inapte à le comprendre.

Impossible de trouver un cab à la sortie du spectacle. Toujours en proie à de sombres considérations, je suis reparti par Waterloo Bridge. C'était sans doute idiot de se promener à pareille heure, en tout cas de traverser la Tamise, car le pont, malgré la barrière de péage, était infesté de femmes de mauvaise vie. Plusieurs m'ont « remarqué », et deux d'entre elles ont tenté de me pousser en direction de Lambeth. J'ai été obligé de hausser le ton et de prononcer le mot, la formule magique, qui permet de se débarrasser d'un tel désagrément en un instant : « Je vais appeler la police. »

— Pas la peine de le prendre si mal, chéri…

— C'était qu'un fâcheux malentendu, d'accord ?

J'ai choisi de ne pas ralentir le pas et de monter dans le premier fiacre venu, mais il n'y en avait toujours aucun en vue. J'ai donc poursuivi mon chemin par le Strand jusqu'à Temple Bar. C'est là, à l'ombre des antiques portes, que s'est produite une étrange coïncidence.

Le trottoir n'était occupé que par deux personnes, un homme et une jeune femme, qui se livraient à une vive querelle. Le premier, qui portait des favoris, vêtu de beaux habits, avait saisi sa victime par les poignets et cherchait à l'éloigner de force de l'entrée enténébrée. D'apparence plus misérable, la femme résistait farouchement.

Des scènes similaires, bien sûr, se déroulent chaque soir dans les rues de notre capitale, mais j'avais alors toutes les raisons d'être stupéfait, car la petite n'était autre que celle qui avait apporté à boire chez mon ivrogne de père, cette même « Ellie » qui avait l'honneur douteux d'être l'objet de son amitié et de ses bons auspices.

Quelle perversité du destin avait fait en sorte que je passe là à cet instant précis ?

J'ai recouvré mon calme et me suis approché ; je n'avais guère le choix. J'ai demandé à l'inconnu ce qu'il fabriquait. De dix ans mon aîné, il n'était pas de carrure robuste, mais un peu plus grand que moi. Il m'a aussitôt invectivé, me reprochant mon « ingérence dans ses affaires ».

J'ai rétorqué que tout gentleman digne de ce nom se devait de « s'ingérer » en voyant une demoiselle malmenée de la sorte. Malgré sa colère, l'homme s'est montré très amusé par ma remarque.

— Cette « demoiselle », comme vous dites, est une chapardeuse, cher monsieur. Elle m'a volé un shilling, sous un prétexte fallacieux. Elle ne mérite pas votre intervention chevaleresque.

— J'ai rien fauché, protesta la jeune fille, et gardez-le, votre shilling ! Je vous répète que je veux pas avoir affaire à vous… Laissez-moi tranquille !

Elle s'est débattue avec une telle vigueur que l'autre a été obligé de la lâcher. Ma présence ayant contrarié ses plans, ignorant à l'évidence comment poursuivre, il a craché un juron, tourné les talons et s'est éloigné à grands pas. Il ne s'est arrêté qu'une fois, pour me lancer un regard méprisant et crier :

— Je me tiendrais à distance d'elle, à votre place ! Elle n'a rien d'une grande beauté, et le jeu n'en vaut pas la chandelle !

Je refusai de m'abaisser à m'en défendre. D'après ses paroles, et son comportement en général, aucun doute que ses actes n'étaient pas motivés par une colère fondée, mais par un but immoral. Restait à établir si l'objet de son désir était complice.

Que devais-je faire, à présent ? Je ne pouvais me contenter de repartir. Je me suis enquis auprès de la jeune amie de mon père si elle était blessée (elle ne le croyait pas), et si elle me reconnaissait. « Oui », a-t-elle répondu, même si elle n'avait « pigé » qu'au moment où je m'étais avancé sous le bec de gaz.

J'ai demandé quelle était la cause de cette altercation.

— Je préfère pas vous dire.

J'ai insisté et lui ai affirmé qu'il le fallait.

— Vous devez pas le savoir, a-t-elle déclaré avec une réticence visible, mais y a des messieurs qui passent leur temps à harceler les filles, à leur promettre ci et ça en échange de… eh ben, quelque chose en retour. Il m'a pas lâchée de tout le chemin depuis Charing Cross. Sauf que moi je lui ai pas donné de signe d'encouragement, pas un mot, je vous le jure, mais il a pas voulu me laisser tranquille.

Se pouvait-il qu'elle me raconte la vérité ? Je lui ai indiqué que croiser une jeune femme seule dans la rue, si tard, pouvait prêter à confusion.

— Ça j'y peux rien, pas vrai ? a-t-elle rétorqué, avec une exaspération si profonde et si touchante que les doutes que j'avais pu nourrir concernant son rôle dans l'affaire ont été aussitôt balayés.

Je lui ai demandé ce qui l'amenait au Strand, et elle m'a expliqué qu'elle devait livrer un vêtement à son patron, à Tothill Fields, qu'il refusait d'attendre le lendemain, qu'elle ne sortirait pas la nuit si elle pouvait l'éviter, mais qu'elle devait « s'en accommoder ».

J'ai voulu savoir où elle se rendait à présent.

— Je rentre chez moi, à Whitecross Street.

Elle m'a alors remercié pour mon aide et s'est apprêtée à repartir.

Je n'ai pu m'empêcher de penser qu'elle risquait d'être encore l'objet d'attentions inopportunes en chemin. Elle m'a dit qu'elle « n'en doutait pas », mais qu'elle s'y était habituée et que « la plupart de ces rupins comprennent le message si on leur adresse pas la parole ».

Sa modestie et le contraste saisissant avec le comportement du « gentleman » qui l'avait rudoyée me frappèrent. J'ai alors fait une chose absurde : je lui ai proposé de la raccompagner.

Pourquoi perd-on tout sens commun dès lors que l'on est face à une jeune femme dans la détresse ?

Je n'insinue pas que sa conduite m'a poussé à réviser mon opinion sur elle. Elle a accepté mon offre avec une gratitude sincère, puis a observé un silence contemplatif, ne parlant que pour répondre à mes questions sur son passé et ses perspectives d'avenir.

Néanmoins, quel risque inconsidéré !

Qu'auraient imaginé ceux de ma connaissance, si l'on m'avait vu ? Et même, qu'aurait pensé un inconnu ? Notre écart d'âge, la différence de qualité de nos vêtements, l'heure tardive… aux yeux de la société, ces éléments ne pouvaient mener qu'à une seule conclusion.

Pourtant, rien n'aurait pu être plus éloigné de la vérité. La jeune fille m'a même interdit d'aller plus loin qu'Aldersgate, pour éviter qu'on ne la voie « en compagnie d'un gentleman », car sa logeuse se montrait « très à cheval sur la probité de ses locataires et refusait la moindre entorse ».

Dire, alors que tant décrient la moralité des pauvres, qu'une petite tailleuse de Whitecross Street devait être au-dessus de tout soupçon !

J'en ai appris beaucoup sur l'histoire de la jeune fille. Son véritable nom est Ellen Hungerford, elle a seize ans, loge chez une certaine « Mrs. Bartholomew ». Ses parents sont morts « d'une mauvaise fièvre, qui a emporté une bonne moitié de notre cité il y a presque deux ans ». Son père vivait dans une grande maison dans ladite cité et louait des chambres, mais on avait découvert, à la lecture de son testament, qu'il n'était lui-même que locataire et ne possédait pas les murs. Depuis, elle joue de l'aiguille « jour et nuit » pour différents maîtres.

— Je ne vois pas d'autre moyen de survivre que de travailler, de suer sang et eau.

Pauvre petite !

Comme notre discussion se terminait, je me suis rendu compte qu'elle n'avait pas évoqué mon père. Preuve de tact remarquable chez quelqu'un de si jeune. Moi, en revanche, je n'ai pu me taire. Je lui ai demandé, avant que nous nous quittions, si elle le connaissait bien. « Pas mal, il faut croire, vu qu'il a habité la même pension que mon père », m'a-t-elle répondu.

Voilà au moins qui me paraissait honnête et franc, et qui n'étayait pas les insinuations grossières du bottier concernant un attachement plus intime.

Je lui ai alors parlé d'Halifax, justement, et elle a reconnu qu'elle s'était déjà rendue dans son établissement, « parce que votre papa voulait que je lui tienne compagnie, mais moi j'ai pas trop aimé cet endroit, ni les gens que j'y ai rencontrés, et j'y retournerai pas ». J'ai rétorqué qu'elle pourrait améliorer sa condition en choisissant des fréquentations plus recommandables, et qu'il valait mieux se passer de l'amitié d'un homme qui l'emmenait dans les maisons de jeu.

Je vais à présent consigner sa réponse mot pour mot, car je ne m'en souviens que trop bien :

— C'est impossible, monsieur, parce que votre père a été rudement gentil avec moi ces deux dernières années. Il m'a prêté de l'argent, entre autres, et faut croire qu'il est pas si mauvais que vous le dites, à part quand il boit un coup de trop.

— Ce qui se produit trop souvent.

La jeune fille m'a lancé un regard entendu.

— Si je vous annonçais qu'il a presque pas avalé la moindre goutte depuis votre visite, vous seriez moins dur avec lui ?

J'ai aussitôt répliqué qu'elle ne le connaissait pas autant qu'elle le pensait, que de telles phases de sobriété n'étaient chez lui qu'un prélude à une nouvelle plongée dans l'ivrognerie.

— C'est pas impossible, mais depuis qu'il va à la messe, votre vieux… pardon, monsieur… j'ai l'impression qu'il a pris de meilleures habitudes.

À la messe !

Je lui ai demandé des précisions, et elle m'a informé qu'un jour ou deux à peine après que j'avais payé sa dette au bottier, mon père s'était laissé convaincre par un « révérend » (un laïc itinérant, de ceux qui s'installent aux carrefours), malgré ses réticences, d'aller assister aux sermons de Spurgeon[1] au Metropolitan Tabernacle. Même s'il n'était pas ressorti « converti » de cette expérience, il avait « sacrément réfléchi » et « fait vœu de tempérance ». Au bout du compte, il avait même réussi à « demander service à un ami à lui » et trouvé un emploi comme « abreuveur » dans une station de cabs.

Après quoi, convaincue de la volonté de mon père de s'amender, elle m'a dit au revoir.

S'amender ! Cette idée est à se tordre de rire. Quant à sa promesse d'abstinence, j'ai encore en mémoire le monceau de cartes posé sur sa cheminée, toutes noircies de leur noble texte, que mon père avait accumulées à chaque fois qu'il avait « fait vœu de tempérance ». Qui plus est, que fait un « abreuveur », hormis passer son temps à accomplir des allers-retours au pub pour apporter de la bière aux cochers ? Penser qu'il pourrait résister à pareille tentation est ridicule. Par respect pour Ellen, j'ai toutefois préféré me taire.

Je ne peux que trouver admirable qu'une fille si jeune – éprouvée par la vie, honnête et confiante, probablement condamnée à vivre dans le besoin et la privation permanente – puisse prendre mon père pour un saint en devenir. Elle a même osé suggérer qu'un jour je pourrais « rendre visite au vieil homme et chercher à recoller les morceaux ».

Les femmes… depuis toujours des créatures affligées de sensiblerie !

1. Charles Spurgeon (1824-1892). Prédicateur le plus célèbre de son temps. *(N.d.T.)*

Évidemment, je n'en ferai rien. C'est un sentier battu qui ne mène qu'à la souffrance.

Jeudi 30 janvier

Je ne supporte plus la tension qui « empoisonne » l'atmosphère de la maison. Dora n'a pas protesté davantage, mais elle est encore très contrariée. À peine prononcé un mot du dîner. En fin de semaine, je vais envoyer à maman Willis une lettre d'apaisement (à défaut d'excuse). Concession désagréable mais nécessaire.

Beaucoup songé à mon père. Je ne bougerai pas le petit doigt pour lui, mais je suis prêt à consentir de nombreux efforts pour Ellen. Elle, au moins, montre de grandes qualités morales (honnêteté, loyauté, chasteté), naturelles et spontanées, mais comment pourra-t-elle les conserver en compagnie de ce brigand ? Combien de temps s'écoulera-t-il avant qu'il abuse de sa confiance et de sa naïveté ? Elle affirme qu'il est son « ami » depuis deux ans, qu'il est bon envers elle, mais dans quel but ?

Pourquoi s'occupe-t-il d'elle ?

Cherche-t-il à la séduire ? Veut-il l'épouser ?

Dieu l'en préserve, la pauvre !

Je ne pouvais formuler de tels doutes lors de notre conversation, car ç'aurait été indécent. À présent, ils se bousculent dans ma tête. Je ne vois pas d'autre explication possible à son « amitié », car ce n'est pas une vertu qui abonde chez lui.

Que puis-je faire ? Je ne suis pas fortuné : je ne peux lui donner ni argent ni poste susceptible d'améliorer son sort ou de la soustraire à son influence.

La malheureuse petite, bercée d'illusions !

Je dois la chasser de mon esprit.

Samedi 1er février

Aujourd'hui est un jour à marquer d'une pierre blanche !

Lorsque je suis rentré, peu avant une heure, le Dr. Antrobus sortait de chez nous. Il a compris mon inquiétude et m'a assuré, de la façon laconique qui lui est propre, que « tout va bien… je n'ai pas le temps de m'arrêter… demandez donc à votre femme ».

Surpris : Dora attendait dans le salon.

Je vais être père !

D. connaît son état, ou du moins le soupçonnait, depuis la visite de Mrs. Antrobus. Mrs. A., qui a de l'expérience en la matière, a reconnu les signes sur-le-champ. Elle lui a toutefois conseillé la prudence avant qu'un médecin l'ait examinée, et a chargé son mari de confirmer (gratis !) que D. est *enceinte**.

Voilà qui explique ses maux des deux dernières semaines !

Ma douce D. a gardé le secret (« comme un petit trésor », m'a-t-elle avoué) sept jours durant, sans même mettre sa mère dans la confidence.

Comme je déplore que nous nous soyons querellés ; grands regrets !

Elle va envoyer une lettre à Chelsea sans plus tarder ; elle ne peut patienter davantage. Au moins, je suppose qu'à ce titre tout sera à présent pardonné et oublié, et j'échappe au calvaire de la rédaction d'une missive.

Je dois demander à Mr. Hibbert s'il accepterait de m'accorder une modeste augmentation de salaire, car un enfant est source de dépenses considérables.

CHAPITRE IV

L'inspecteur Delby contempla les locaux de la Crystal Palace Company, à Moorgate. Sans prétention, ceux-ci n'avaient rien en commun avec la resplendissante salle d'exposition de Sydenham[1], dont les profits et la prospérité étaient déterminants pour la pérennité de l'entreprise. Pas de bas-reliefs florentins aux murs, ni de mosaïques byzantines au sol. Les pièces étaient poussiéreuses, éclairées au gaz (une unique lucarne ne laissait pénétrer que peu de lumière). Les seules « curiosités historiques » qu'on y trouvait étaient plusieurs antiques bureaux et secrétaires, que l'on attribuait aux commis les moins chevronnés. L'âge de ces meubles, qui plus est, se mesurait en dizaines d'années, non pas en siècles ; leurs gonds rouillés, leur bois creusé par l'usure, égratigné et taché d'encre, constituaient des inconvénients plus qu'un point d'intérêt.

1. Le Crystal Palace, conçu pour l'Exposition de 1851, fut démonté et transféré de Hyde Park à Sydenham, au sud de Londres. La Crystal Palace Company avait pour objet d'assurer la sauvegarde du bâtiment, qui devint un lieu d'attractions, centré sur la présentation des civilisations, avec de nombreux moulages. *(N.d.T.)*

Delby estima qu'une vingtaine d'hommes, jeunes et vieux, travaillaient là, penchés sur des livres et des documents dans l'atmosphère morose et studieuse qui est le lot des clercs de Londres. Quelques-uns relevèrent la tête lorsque les deux policiers traversèrent les locaux ; la plupart restèrent néanmoins concentrés sur leur tâche.

— Par ici, messieurs, je vous prie.

Le cabinet de Mr. William James Hibbert différait de l'environnement où s'affairaient ses employés. Le gaz y brillait avec vigueur. Sur une cheminée de marbre, on avait posé un tableau de l'Exposition universelle ; devant le foyer s'étendait un tapis turc coloré. Derrière un bureau d'acajou finement verni les attendait le maître des lieux, gentleman bien en chair âgé d'une soixantaine d'années, au visage grassouillet, qui portait un costume de qualité et avait pour habitude de glisser les pouces dans ses goussets.

Il se leva pour les accueillir.

— C'est très aimable à vous de nous recevoir, monsieur, dit Delby. Vous devez être curieux de connaître la raison de notre venue.

— Je vous avouerai que je suis assez inquiet, inspecteur. Ce matin, un jeune policier m'a questionné sur un de mes employés qui aurait, eh bien… disparu.

— Mr. Jones.

— Exact. Depuis, je suis fort préoccupé, car ce n'est pas son genre. Et voilà que la Detective Branch demande à me voir. Quel est donc le problème ?

— Rien de réjouissant. Mr. Jones travaille pour vous depuis longtemps, c'est juste ?

— Depuis huit ans, je crois.

— À quelle fonction, si vous permettez ?

— Il est premier clerc, en charge des titres d'actions et des virements. Lui est-il arrivé quelque chose ?

— C'est possible. C'est ce que nous tentons d'établir. Le connaissiez-vous… ou plutôt, le connaissez-vous bien ?

— Je suis proche de tous mes hommes.

— Et sa femme ? s'enquit Delby.

— Non, je le regrette, je n'ai jamais eu le plaisir de la rencontrer. C'est sans doute quelqu'un de charmant.

— C'était, rectifia l'inspecteur.

— Comment cela ?

— Nous apportons une mauvaise nouvelle. Il n'y a aucune façon agréable de vous informer, monsieur. Mrs. Jones a été assassinée chez elle.

— C'est terrible !

— Comme vous vous en doutez, ajouta Preston, nous aimerions beaucoup nous entretenir avec Mr. Jones, et ce le plus tôt possible. Le problème, c'est que nous ne parvenons pas à lui mettre la main dessus. Auriez-vous une idée de l'endroit où il se trouve ?

— Aucune. Je le répète, ça ne lui ressemble pas, mais… pour sa femme… vous ne pensez quand même pas qu'il soit capable d'une telle horreur ?

— Je préfère ne pas m'avancer concernant ses aptitudes, tout ce qui est certain, c'est qu'une jeune dame est morte et que son mari s'est éclipsé.

Hibbert secoua la tête.

— Je ne peux… je refuse de croire cela de Jones. C'est quelqu'un de correct… il doit y avoir une explication. J'ai personnellement investi une grande confiance en lui, et je n'ai jamais été déçu.

— Vraiment ? Que connaissez-vous de son passé ? demanda Preston.

— Beaucoup de choses, figurez-vous, répondit Hibbert d'un ton hautain. Jamais je n'emploierais quelqu'un sans rien savoir d'où il vient.

— En ce cas, monsieur, les renseignements en votre possession nous seront utiles. Nous n'avons pas appris grand-chose, pour l'instant, sauf que son père n'est guère fréquentable... c'est un ivrogne invétéré et un criminel patenté.

— Je le sais, mon brave. C'est précisément pour cela que j'ai engagé son fils.

— La première fois que j'ai rencontré Mr. Jones, raconta Hibbert, il n'avait pas plus de dix-huit ans. À l'époque, je travaillais comme courtier à la Bourse et, une fois par semaine, j'avais l'honneur de donner une conférence au Mechanic's Institute, dans les Southampton Buildings.

— Je connais, commenta Delby.

— Ce jour-là, je devais parler des fonds et valeurs en vue. Il s'agissait d'une introduction à la finance pour les petits employés. J'ai repéré dans l'assemblée un garçon qui assistait à toutes mes interventions. Il n'hésitait pas à m'interroger, à la fin des séances, pour éclaircir un point particulier ou confirmer la réponse à une question qu'il avait formulée plus tôt. J'ai compris qu'il possédait une grande intelligence et un caractère bien trempé. Je me suis renseigné et j'ai découvert qu'il venait à la bibliothèque de l'Institut presque tous les soirs, jusqu'à la fermeture, et souvent de bonne heure le matin.

— C'était Mr. Jones ?

— En personne. À l'évidence très motivé et bûcheur, ce qui m'a fort impressionné chez quelqu'un de si jeune. Bien entendu, je l'ai félicité pour sa détermination à progresser.

— Lui avez-vous proposé un poste ?

— Non, pas à ce moment-là. Je n'en avais pas la possibilité, mais je lui ai donné ma carte. Quelques mois plus tard, j'ai eu le plaisir d'apprendre qu'il avait trouvé une place à la banque London Joint Stock. Il n'y était que garçon de bureau, mais il avait mis le pied à l'étrier. J'avais la certitude qu'il s'en sortirait à merveille. Par le plus grand des hasards, je l'ai revu trois ou quatre ans après devant la Bourse. Il portait un costume de qualité et un chapeau de soie, et il m'a annoncé qu'il venait de passer commis.

— Belle promotion, alors ?

— En effet. Excellent exemple de ce que nous appellerions, en ces temps éclairés, « savoir se prendre en main ». Vous imaginerez donc sans mal quelle a été ma stupéfaction quand je l'ai de nouveau croisé dans Cheapside, au bout de quelques mois, vêtu d'une vulgaire tenue de futaine. Avait-on jamais vu homme plus embarrassé, si honteux de son apparence ? Il peinait à me regarder dans les yeux, et je crois qu'il m'aurait évité s'il avait pu. De toute évidence, il avait connu un terrible revers, mais il s'est contenté de me dire qu'il avait perdu son poste, et qu'il travaillait comme serveur – comme serveur, vous vous rendez compte ? – dans la taverne voisine. Je suppose qu'un autre que moi en serait resté là, mais ma curiosité était piquée. Voulez-vous savoir ce que j'ai fait ?

— Je ne peux le deviner, monsieur.

— Je suis allé me renseigner à la London Joint Stock. En bref, deux mois avant son renvoi, car on l'avait licencié, Mr. Jones avait réussi à persuader son patron d'engager son père. J'ignore les détails de l'affaire… c'était une fonction très humble, mais pour laquelle on confiait de temps à autre à cet homme la livraison de faibles sommes d'argent.

— Laissez-moi deviner, monsieur, intervint le sergent. Mr. Jones père était un voleur.

— En effet, mais pas doué. On l'a arrêté et condamné moins d'un mois plus tard. Deux ans à la prison de Pentonville. Mr. Jones fils a lui aussi perdu sa place, sans obtenir de recommandations.

— C'est donc là que pour la première fois vous avez joué un rôle dans sa carrière.

— Exact. Je me suis entretenu avec plusieurs personnes à la banque. J'ai acquis la certitude que le jeune homme n'était en rien impliqué dans les forfaits de son père, mais qu'en revanche il les avait payés cher. Pourquoi quelqu'un qui touchait un revenu correct, après s'être donné tant de mal pour s'élever, se mouillerait-il dans de si menus larcins ? Rien ne permettait de l'incriminer, et les récits des uns et des autres plaidaient au contraire en sa faveur. Il s'est avéré que son père était un ivrogne soi-disant « repenti ». Il avait remercié son fils de sa confiance malavisée en volant pour acheter à boire et fréquenter les tripots. J'étais choqué que l'on punisse Jones à cause de lui.

— Vous lui avez offert un emploi, donc ?

— C'était trois fois rien, un simple geste de charité. La compagnie n'existait pas depuis un an. Je l'ai placé au plus bas de l'échelle, à un poste rémunéré cinquante livres annuelles. Je l'ai mis à l'essai pour six mois et l'ai observé de près. Il ne m'a pas déçu. Jamais personne ne s'est davantage démené pour mériter ma bonne opinion. Vous pouvez me croire sur parole, inspecteur : Mr. Jones compte parmi mes meilleurs éléments, et il a toujours prouvé son honnêteté et sa fiabilité.

— Vous le tenez en haute estime, commenta le sergent.

— À juste titre.

— Puis-je vous demander, dit Delby après un court silence, quel est le salaire de Mr. Jones, à présent ?

— Plaît-il ?

— Il doit être beaucoup plus conséquent, expliqua Delby.

— D'accord, je suppose qu'il n'y a pas de mal à vous en révéler le montant. Il est d'un peu plus de deux cents livres par an.

— Pardonnez-moi, déclara Delby. Je ne m'y entends guère en affaires, mais cela me paraît peu pour un premier commis.

— Nous ne sommes pas à la Banque d'Angleterre, monsieur, rétorqua Hibbert.

— Certes non. Je vous prie de bien vouloir m'excuser, encore une fois, car j'ai plusieurs questions à vous poser… vous allez comprendre… il me semble que Mr. Jones avait un collègue, ici… un jeune homme du nom de Fortesque ?

Mr. Hibbert se rembrunit.

— Mr. Fortesque a quitté la compagnie.

— De son propre chef ?

— C'est un fait regrettable. Nul doute que ça n'a aucun rapport avec ce terrible… eh bien, avec ce qui est advenu de Mr. Jones.

— Il n'empêche, insista l'inspecteur, vous seriez aimable de m'éclairer.

— D'accord. J'ai demandé à Mr. Fortesque de s'en aller.

— Pour quel motif ?

— Il s'est marié il y a peu, répondit Hibbert en remuant nerveusement dans son fauteuil. J'ai découvert que sa femme…

Il hésita.

— Vous pouvez nous parler en toute franchise, monsieur, l'encouragea le sergent.

— Elle avait une moralité douteuse.

— Ah, d'accord, dit Delby. Qui a porté ces renseignements à votre connaissance ?

— Mr. Jones. Il m'a informé qu'il avait vu Mrs. Fortesque entrer dans une maison mal famée, qui plus est en compagnie d'un homme qui n'était pas son époux. Nous devions dès lors nous passer de ses services, évidemment.

— Mr. Fortesque ne s'est pas rendu coupable d'une faute plus grave ?

— Non, mais la Compagnie doit se prémunir de toute calomnie. On ne peut fermer les yeux sur pareil écart.

— Je comprends. Rien n'est plus important que la réputation.

— C'est exact.

— Hélas ! poursuivit Delby, vous auriez dû surveiller vos employés de plus près encore.

— Qu'entendez-vous par là ? s'enquit Hibbert.

— J'ai une autre mauvaise nouvelle à vous annoncer, monsieur. Nous avons découvert chez Mr. Jones un journal… un document confidentiel fort instructif, si je puis me permettre. On y dévoile des épisodes fâcheux qui ne vous réjouiront pas. Y a-t-il un poste télégraphique près d'ici ?

— À dix mètres à peine de l'entrée de nos bureaux, indiqua Hibbert, perplexe. Pourquoi cette question ?

— Parce que si vous êtes à ce point soucieux de la réputation de la Crystal Palace Company, vous feriez mieux de contacter vos directeurs.

Les deux policiers s'engagèrent dans Moorgate Street.

— Ce cher Mr. Hibbert m'a paru sous le choc, commenta Preston.

— Il ne l'a pas volé, répondit Delby. C'est une ordure. Il a toujours tiré vers le bas le salaire de

Jones, même quand celui-ci a gravi les échelons, sachant qu'il ne trouverait pas de place ailleurs.

— Tout s'emboîte, pas vrai, inspecteur ? Fortesque… le journal…

— Si vous le dites, sergent. En ce qui me concerne, il m'en faudra plus pour être convaincu.

Dimanche 2 février

À l'église.

Mon shilling n'a pas été dépensé en vain : le bedeau, tout sourire et dégoulinant de servilité, nous a conduits à des chaises dans la galerie. Ce sera désormais notre place attitrée, pourvue d'une bonne vue sur la chaire. Excellent sermon, intitulé *Notre espoir, notre foi.*

Dora toujours « un peu patraque ». Sa décision de me cacher son état a été, je le crains, malavisée, même si son intention était de m'épargner une grande anxiété. La tension l'a vidée d'une énergie qu'en d'autres circonstances elle aurait conservée. Sa fatigue n'a pas été arrangée par le fait que Mary-Anne est rentrée en retard de sa demi-journée – encore ! Elle était partie « se promener le long du canal et s'est perdue ».

Ce comportement est-il la conséquence fâcheuse de la dispute avec maman Willis ? Ai-je donné à Mary-Anne l'impression qu'elle nous est indispensable ?

Si c'est le cas, je dois la détromper.

Lundi 3 février

Dora en meilleure santé.

À table, ce matin, nous avons discuté de « notre petit invité » et elle m'a fait savoir qu'elle « serait ravie d'avoir une fille... pour commencer, du moins ». J'ai indiqué que je n'avais pas de préférence, même si je pensais être plus à même de comprendre les humeurs et les colères d'un garçon, et être davantage armé pour participer à son éducation. D. a avancé que les filles sont moins obstinées et plus sensibles aux recommandations morales ; il y a sans doute là une part de vérité. A suivi une conversation amusante sur l'hérédité. D. très flatteuse concernant les traits qu'elle aimerait que je transmette à un garçon. J'ai répondu que je souhaitais à mes filles d'avoir toutes les qualités, spirituelles et physiques, de ma chère femme.

Ai reçu un baiser !

Il m'apparaît, alors que j'écris ces lignes (quelle sombre considération !), qu'il vaudrait mieux une fille. Car si je creuse la question de l'atavisme, je ne peux que songer à mon père et à tout ce qui l'a rendu détestable à mes yeux. Je n'ai pas hérité de sa faiblesse de caractère, mais s'il existe une tare qui passe de génération en génération, visible et active chez certains, dormante et invisible chez d'autres, je ne désire guère que mon propre fils en soit affligé.

Encore un problème de « famille » : une lettre est arrivée de Chelsea. Nous devons nous attendre à une visite de ces chers maman et papa Willis. Il me faut parvenir à une réconciliation. Ai parlé à D. Elle m'a dit, dans le cours de la conversation, que c'était « vraiment déplorable » qu'aucun de mes parents à moi n'ait vécu assez vieux pour fêter notre mariage ou profiter de nos enfants.

« Déplorable », en effet… cela ne fait aucun doute !

Mardi 4 février

Ai mangé seul au *Gilroy*. Fortesque s'est entiché d'un courtier qu'il a rencontré au casino de Holborn et s'est mis en tête de déjeuner avec lui. Je le soupçonne de vouloir se faire bien voir, afin d'obtenir une place plus lucrative à la Bourse. C'est un effort vain, car il ne possède ni l'argent ni les relations qui pourraient lui attirer les faveurs d'hommes de la City.

L'après-midi, ai sollicité un entretien auprès de Mr. Hibbert. Je lui ai parlé du changement survenu dans ma situation domestique, ai évoqué les dépenses qu'allait occasionner la nouvelle maison, etc., et lui ai demandé s'il consentirait à m'accorder une augmentation de salaire. Il m'a adressé de chaleureuses félicitations, et nous avons bu un verre de bordeaux. Quant à ma requête, elle me vaudra une bonification de six livres par an, à compter du 1er juillet.

J'aurais préféré davantage, mais je lui suis néanmoins reconnaissant.

Ai tout raconté à Fortesque avant de quitter le bureau ; lui aussi m'a congratulé, mais de la façon la plus vulgaire qui soit. Affreux ! S'il ne peut s'élever plus haut que le caniveau, alors il ne mérite même pas sa modiste.

Maman et papa Willis dans le salon à mon arrivée ; leur voiture en attente devant le perron. Pauvre D., très nerveuse ; elle s'en tordait presque les mains ! Papa W., de son côté, avait à l'évidence préparé un laïus. J'ai décelé la posture particulière et l'air suffisant qu'il adopte en de telles circonstances, semblable à un petit rouge-gorge. « Je vous félicite, monsieur, pour ce premier pas dans la fondation d'une famille, l'institution la plus noble jamais bénie par Dieu et les hommes… » a-t-il commencé, avant de se répandre en flagorneries de cet acabit. « J'espère que tout malentendu insignifiant qui aurait pu naître, au cours de ces deux dernières semaines, sera relativisé et mis de côté », a-t-il terminé. Maman Willis renfrognée du début à la fin ! J'ai répondu que je regrettais profondément tout ce qui s'était passé pendant le séjour de maman W. chez nous, et que bien sûr je souhaitais qu'aucun malaise ne s'installe entre nous.

Que de diplomatie !

On n'a rien exigé de plus de moi. Trêve tacite appelée dans les deux camps, avec effet immédiat. Maman et papa W., malgré les instances de Dora, ne sont toutefois pas restés à dîner, sous prétexte qu'ils avaient déjà un engagement.

Une des conséquences détestables de l'état de Dora est que nous allons les voir davantage. Espérons que nous parviendrons à maintenir notre cessez-le-feu.

Mercredi 5 février

Dora en bonne santé. Elle ne s'est pas sentie « patraque » depuis dimanche ; quelle joie de la voir tout à fait remise !

Au dîner, je me suis rendu compte que je n'avais plus eu la moindre pensée pour mon manuscrit. Ainsi vont les considérations d'un père de famille !

Quoi qu'il en soit, j'imaginais que j'aurais reçu un courrier, car il s'est déjà écoulé une semaine.

Demain j'écrirai à Mr. Filks.

Jeudi 6 février

Reçu deux lettres ce soir, toutes deux méritant que je prenne la plume, pour des raisons différentes cependant.

La première venait de Mrs. Antrobus, qui prenait des nouvelles de Dora, espérant qu'elle ne se sentait pas trop fragile, et nous invitait à dîner le 15 courant. Nous allons accepter, évidemment.

La seconde est arrivée alors que nous étions attablés et nous a été portée d'une façon mystérieuse et peu conventionnelle, déposée à mi-hauteur des marches de la courette ! Nul ne l'a remarquée avant que Mrs. Galton quitte la maison. Mary-Anne me l'a apportée à mon cabinet de travail : c'était une enveloppe d'aspect misérable, noircie de nombreuses taches, qui portait l'adresse « MR. JONES – PERSONNEL » inscrite en majuscules irrégulières.

Après avoir congédié la bonne, j'ai retourné le pli dans mes mains. Ce n'était pas l'écriture de mon père. Venait-il, me suis-je demandé, de cet abject bottier ? Mon père avait-il manqué à sa parole et donné mon adresse à ce sinistre personnage ?

Il contenait un court message, rédigé d'une main maladroite.

Whitecross Street
5 février

Cher monsieur,

Je vous écris cette lettre pour vous remercier de vos gentilles paroles et de votre bonté. Je raconterai rien à personne. Je souhaite aussi vous dire, vu que je regrette de pas l'avoir fait, qu'un certain monsieur est abreuveur à la station de fiacres du Cross Keys, *à Snow Hill, si des fois vous avez envie d'aller le voir. Il est pas si mauvais que vous le pensez, bien mieux que ça, même, et je sais que ça l'aidera si vous lui rendez visite et que vous faites la paix. J'espère que vous êtes en bonne santé et je vous adresse mes bons vœux,*

E.

En bref, une lettre (si l'on peut dire !) à la décharge de mon père, de la part de Miss Ellen Hungerford.

En la lisant, j'ai ressenti à la fois une colère noire contre elle, pour m'exposer avec naïveté à de tels risques (le danger que Dora la découvre, la mauvaise interprétation que l'on pourrait facilement faire de son contenu, les cancans des domestiques), et une totale stupéfaction devant son dévouement à l'égard de mon père. Elle avait dû venir elle-même déposer la missive sur les marches, trop craintive pour approcher de la porte d'entrée.

Certes, je comprends à présent qu'il ne rimait à rien de voir rouge. Nul doute qu'elle est incapable de prévoir les possibles conséquences de ses actes, ou d'envisager la position délicate dans laquelle elle m'a mis.

Mais que se passerait-il si elle m'écrivait de nouveau ou se présentait en personne ?

Hors de question que j'entame une correspondance privée avec elle, peu importe la nature innocente de nos relations, et je ne souhaite pas non plus me promener dans les environs de Whitecross Street.

Pourtant, il faut agir, car elle ne doit plus jamais revenir à la maison.

Une heure (du matin). J'ai beaucoup réfléchi à la question. Aller à la rencontre d'Ellen, ou lui écrire, ne ferait que m'exposer au risque que je souhaite justement éviter : que l'on puisse imaginer qu'il existe une intimité répréhensible entre nous.

Je dois par conséquent aller voir mon père.

Vendredi 7 février

Froid mordant ; après-midi pluvieux.

Ai travaillé avec diligence, mais préoccupé par la lettre d'Ellen Hungerford. J'avais en effet prévu, à mon départ du bureau, de gagner Amwell Street via Snow Hill mais, transi de froid, j'ai abandonné cette idée et suis rentré.

Dora avait acheté un nouveau chapeau : feutre blanc, décoré de velours noir et de plumes d'autruche. Elle m'a expliqué qu'il lui en fallait « un nouveau pour notre dîner de samedi ». M'a demandé mon avis ; j'ai répondu que je ne me souciais guère de la mode, et que, pour un esprit masculin sensé, sacrifier dix shillings à un accessoire que l'on allait ôter dans le vestibule représentait une dépense extravagante.

Je me suis gardé d'ajouter « et ça me rappelle une jeune modiste aussi jolie qu'évaporée, que j'ai rencontrée l'autre soir à l'Astley » !

Elle va le rapporter.

Mary-Anne, quant à elle, se plaint d'une mauvaise odeur dans la cuisine et maugrée au sujet des « égouts ». Ni Dora ni moi ne la sentons. Espérons qu'elle se trompe, car nous ne pouvons prendre aucun risque pour la santé de D.

Je dois m'armer de courage et débusquer mon père ; advienne que pourra.

Samedi 8 février

Temps toujours exécrable ; affreux vent glacial.

Ai tenu ma résolution, même si j'ai dû travailler jusque tard dans l'après-midi. J'ai quitté le bureau à cinq heures et suis allé directement à Snow Hill. La nuit était déjà tombée et je n'ai pas vu mon père aux abords du *Cross Keys*, petite taverne d'aspect minable, devant laquelle aucun fiacre n'attendait. J'ai repéré la « station », qui n'est guère qu'un simple coin sous deux lampadaires où l'on a étalé une meule de foin et disposé plusieurs grands abreuvoirs pour les chevaux. J'ai envisagé un instant d'entrer dans la taverne et de me renseigner, mais le risque d'y rencontrer mon père, pris de boisson, entouré de ses comparses « soûlographes », me rappelait de trop nombreux souvenirs douloureux. J'ai donc décidé d'attendre pour voir s'il allait « se pointer » à son poste. Un petit café, tranquille et relativement respectable, se trouvait sur le trottoir d'en face. Je me suis installé près de la fenêtre, d'où j'ai surveillé la rue.

Je n'ai pas eu à patienter longtemps. Il est sorti du pub cinq minutes plus tard, au moment même où deux fiacres, des berlines, s'arrêtaient entre les réverbères. Moi qui avais le dessein d'aller lui parler sur-le-champ, je suis en fait resté au moins une demi-heure à l'observer. Mon intention de départ n'était pas de jouer les espions. Toutefois, l'épier sans être vu m'a procuré un sentiment singulier ; je crains d'en avoir éprouvé une fascination particulière.

Je présumais, bien sûr, le trouver dans son état d'ébriété habituel. Pourtant, il ne se mouvait pas avec la démarche lourde et mollassonne des ivrognes invétérés. Je pensais qu'il boirait au moins « un godet » avec les cochers, mais il n'en a rien fait. Il s'est acquitté de son humble tâche (ravitailler les chevaux en foin et en eau, les hommes en tabac et en alcool) avec une diligence et une efficacité remarquables. Sur les visages de la demi-douzaine d'hommes pour qui il a hélé un cab, on ne lisait ni la condescendance ni la répulsion qu'ils affichaient d'ordinaire, mais tous se montraient aimables et respectueux. C'est ainsi que je me suis attardé plus longtemps que prévu à ma table. Ma plus grande surprise a été de constater, quand je suis enfin allé à sa rencontre, qu'il n'empestait pas l'alcool.

Il m'a souri et m'a présenté sa main, que j'ai serrée à contrecœur.

— Mon petit gars ! Quel heureux hasard de te croiser ici !

Je n'ai pas prétendu qu'il s'agissait d'une simple coïncidence ; je lui ai parlé de mon informatrice, qui souhaitait que je « fasse la paix ».

— Aïe, elle aurait pas dû, mon gars ! a-t-il répondu en secouant la tête. Faut pas t'embêter, j'ai pourtant insisté là-dessus, mais elle est drôlement sentimentale, cette petite, et elle a des idées à elle sur ce que devraient être les relations entre un père et son fils. Je me suis demandé pourquoi elle arrêtait pas de me demander où t'habites, mais j'aurais jamais pensé qu'elle viendrait chez toi, parole d'honneur !

J'ai répondu qu'il ferait mieux de ne pas parler de son « honneur » et qu'à ce que je voyais il avait « fait vœu d'abstinence ». Je n'ai pas dit « encore une fois » (même si ç'a été au prix d'un grand effort de retenue), mais le message est passé.

— Je comprends que tu doutes de ma volonté, mon gars. Tu as de bonnes raisons. En tout cas, je me suis juré de plus boire une goutte, et ce coup-ci je vais pas flancher… tu verras !

— Si dans un mois tu es toujours sobre et employé ici, j'y croirai peut-être.

— Voilà ! s'est-il exclamé. Tope là, p'tit ! Je vais te le prouver. Dans un mois jour pour jour.

— Je préférerais que tu te contentes de dire à ta jeune protégée qu'elle ne se mêle plus de mes affaires.

— Elle pensait pas à mal, mon gars.

Je lui ai expliqué qu'en me contactant de la sorte, d'une façon si susceptible d'éveiller les soupçons, elle ne pouvait que me faire du tort et que si, de son côté, il ressentait la moindre reconnaissance à mon endroit après le service que je venais de lui rendre, il lui intimerait l'ordre de ne plus jamais m'écrire et lui signifierait que toute réconciliation entre nous était hors de question.

Sa réponse a été à la fois inattendue et malavisée.

— Ah bon ? Même pas dans un mois… tu vois, ça me plairait que…

Il a hésité ; sans doute avait-il décelé ma stupéfaction. Il avait raison de s'interrompre ! Quel culot de s'imaginer que là, les pieds dans la boue, une simple déclaration de volonté (un mois sans boire) pouvait éveiller quelque sentiment d'affection familiale dans ma poitrine ! Ces mêmes sentiments qu'il avait rejetés, par ses paroles et ses actes, depuis le jour de ma naissance !

Seule l'arrivée d'un fiacre m'a empêché de lui dire ses quatre vérités.

— Ce monsieur cherche un cab, Georgie ? a crié le cocher.

J'ai répondu que oui. Pour jouer mon rôle jusqu'au bout, j'ai même glissé le penny de rigueur dans la main de mon père.

Signe de sa déchéance, à lui que l'on considérait autrefois, il y a longtemps, comme un « gentleman », il l'a accepté volontiers.

J'ai fait ce que je pouvais.

Je ne peux qu'espérer ne plus jamais avoir de nouvelles de la couturière.

Minuit. Impossible de fermer l'œil. Vais essayer le brandy.

Minuit et demi. Le brandy est inefficace. C'est un accès de conscience saugrenu et pervers qui m'empêche de dormir. J'ai omis la dernière partie de mon récit. Il me fait horreur de le coucher sur le papier, pourtant je suppose qu'il le faut, après quoi je parviendrai peut-être à me reposer.

Sur le chemin du retour, j'ai demandé au cocher s'il « connaissait le vieil homme de la station », car j'avais l'intention de l'interroger au sujet de mon père. Il a reconnu que oui, « depuis à peu près un mois ». J'ai déclaré que ces types étaient souvent des grigous de la pire sorte, portés sur la boisson. Il m'a répondu qu'en général c'était exact, mais qu'il ne l'avait jamais vu boire une goutte, même quand on lui proposait un verre.

Mes soupçons ont donc été démentis, je dois l'avouer. Il a fait vœu d'abstinence et s'y est tenu, plus longtemps que jamais.

Ça ne durera pas, bien sûr. Il recommencera, et sa soif aura redoublé d'intensité.

Alors il entraînera la pauvre âme confiante par le fond avec lui.

Dimanche 9 février

Le repos dominical a bien mal commencé.

Mary-Anne a demandé à sa maîtresse si l'on pouvait « avancer » sa demi-journée (qu'elle ne devait prendre que dans une semaine), afin de pouvoir « rendre visite à une proche souffrante ». Dora a aussitôt subodoré un mensonge, à cause de l'air faux de la jeune femme et parce qu'elle n'avait jamais entendu parler de ladite proche. (Mary-Anne ne peut s'empêcher de raconter tous les potins, même les plus inintéressants, concernant membres de sa famille, anciennes connaissances et consorts). D. a donc informé Mary-Anne que nous ne saurions autoriser un arrangement aussi laxiste.

— Et Monsieur, il serait peut-être d'accord, lui…

D. « est restée baba » (comme dirait Fortesque) devant une telle impertinence. Mes craintes venaient de se vérifier : la bonne se considérait à présent à l'abri des reproches.

Je suis descendu et l'ai réprimandée avec la plus grande fermeté, afin de lever toute méprise concernant la nature des relations convenables qui devaient exister entre domestiques et maîtres. Je lui ai indiqué que rares étaient les patrons qui accorderaient deux demi-journées par mois, qu'elle était grassement payée et que, si elle estimait sa situation incompatible avec les contraintes que lui imposaient ses parents, elle pouvait chercher une place ailleurs.

Voilà qui l'a débarrassée, je crois, de toute suffisance, car elle nous a accompagnés à l'église en témoignant un repentir silencieux auquel nous n'avions encore jamais assisté.

Nous allons peut-être réussir à goûter quelques jours d'harmonie !

Avons discuté avec le Dr. et Mrs. Antrobus sur le parvis ; croisé aussi deux autres « connaissances » parmi l'assemblée de fidèles, à savoir deux des ouvriers frustes qui ont posé le papier peint dans notre vestibule.

L'un d'eux a levé son chapeau pour me saluer. Nul doute qu'ils espèrent se voir confier des travaux supplémentaires.

Mardi 11 février

Lettre de Mr. Filks par le courrier du matin.

Une déception, hélas. Il y accuse réception de mon manuscrit, « avec mes sincères remerciements pour avoir adressé au *Gent.* [*sic !*] vos foisonnements littéraires », mais conclut ainsi : « Je me vois dans l'obligation de vous indiquer que pour le moment "notre coupe déborde" des écrits de dizaines de jeunes esprits imaginatifs, qui attendent tous que nous leur accordions notre attention, le vôtre comptant parmi eux » et enfin : « Nous sommes dans l'incapacité de vous donner une réponse plus satisfaisante avant de les avoir tous lus dans leur intégralité. »

C'est un message courtois, et je suis convaincu qu'il ne s'agit là que de la vérité.

Cela n'en reste pas moins fort contrariant.

Il semblerait qu'il me faille prendre mon mal en patience !

Jeudi 13 février

Fortesque est un imbécile fini.

Avant le déjeuner, il m'a informé avec la plus grande gravité qu'il avait décidé de « sauter le pas et de demander sa main à Betsy », ce qu'il fera demain, le jour de la Saint-Valentin, « parce que je vois pas de meilleur moment pour mettre le grappin sur une petite ». Je n'ai pas cherché à l'en dissuader (ce serait un effort consenti en vain), mais je lui ai conseillé de ne pas se précipiter une fois fiancé. Après quoi il m'a confié que son père n'ayant « pas été très emballé » par sa promise, il comptait cacher ses projets à sa famille et convoler dès qu'il aurait le certificat de publication des bans.

Ces jeunes gens et leur insouciance !

Il va se jeter dans cet engagement irrévocable parce qu'il estime le jour « propice ».

Ensuite il fera l'impasse sur la lecture des bans, et s'interdira de prendre le temps de la réflexion, uniquement pour contrarier son père !

Le seul espoir pour lui de connaître le bonheur serait un refus de la modiste… issue peu probable. Que de souffrances peuvent découler d'une si piètre union, et quelle chance que la mienne !

Conscient de cela, après mon départ du bureau, je suis passé chez Rimmel, à Cornhill, où j'ai acheté un « Cœur » illustré et parfumé pour Dora (2 shillings).

Vendredi 14 février

Nombreuses sources de profond embarras, sur lesquelles je vais revenir sans grand plaisir.

La journée avait plutôt bien commencé. Je me suis réveillé à six heures et j'ai réfléchi à une façon de délivrer « en secret » mon cadeau de Saint-Valentin à Dora. Au bout du compte, je l'ai posé à un endroit discret de la salle à manger. Je me suis rendu compte que j'avais été trop délicat, car D. ne l'a même pas remarqué. J'ai donc été contraint à lancer des allusions (« A-t-on reçu du courrier, ce matin ? » etc.) jusqu'à ce que je n'y tienne plus et déclare sans détour : « Il se peut qu'il y ait quelque chose pour toi, sur la cheminée, qui est arrivé très tôt. » D. s'est montrée surprise et, j'ai plaisir à le noter, a rougi de manière exquise lorsqu'elle a trouvé son présent. Elle a été ravie, et nous avons eu une discussion très drôle au sujet de son « admirateur ».

Je n'ai alors pu m'empêcher de me demander si ma femme avait elle aussi dissimulé intelligemment un gage d'affection ; à vrai dire, j'en étais convaincu. C'est cette assurance, toutefois, qui m'a trahi et a été la cause de la première catastrophe de la journée. Juste avant de quitter la maison, j'ai croisé Mary-Anne dans le vestibule et repéré une enveloppe dans sa poche de tablier.

— Ceci doit m'être destiné, je suppose ? ai-je lancé d'un ton confiant.

Elle a sorti la lettre, que décorait un motif de cœur qui ne permettait aucun doute, comme si celle-ci s'était retrouvée sur elle par accident, sans qu'elle en ait eu connaissance. J'ai cru bêtement que si elle bégayait et se montrait gênée, c'était parce que je l'avais prise la main dans le sac, alors que D. l'avait chargée de trouver une cachette adéquate. Malgré ses protestations, je la lui ai arrachée des doigts en poussant une fausse exclamation de triomphe.

Quelle n'a pas été ma consternation, donc, lorsque j'ai découvert une carte de Saint-Valentin « comique », où figuraient un pêcheur, une sirène dans ses filets, et un poème qui commençait par « Si tu étais un poisson… » !

Je me suis ensuite rendu compte que la carte était adressée « À M.-A. ».

Je n'ai pu que m'interroger sur l'expéditeur de ces hommages d'un goût douteux (sans doute une plaisanterie du garçon boucher ou d'un type de son espèce). Je me suis néanmoins gardé de tout commentaire et ai déclaré qu'à l'évidence je m'étais trompé.

Mary-Anne, comme on pouvait le prévoir, est devenue rouge écarlate.

Refroidi par cet épisode, je me suis rendu au bureau d'un bon pas. Les simples commis parlaient beaucoup des cartes qu'ils avaient reçues, eux (F. toujours décidé à demander sa modiste en mariage, le malheureux !) et montraient peu d'entrain pour le travail. Je suis rentré à la maison à l'heure habituelle. M'attendait sur la console du vestibule une enveloppe, adressée à « Mr. Jones ».

Enfin, j'en étais sûr, je tenais là mon présent de Saint-Valentin !

Le pli, qu'on avait eu la ruse d'envoyer par la poste, contenait une carte représentant un visage de femme en silhouette, entourée de dentelle bleu pastel et imprimée des vers suivants :

Pour toi mon cœur
Brûle d'un
Tendre amour.

Je suis aussitôt allé voir Dora et lui ai annoncé que moi aussi je ne pouvais me vanter que d'« une seule admiratrice », que « la gent féminine n'était pas tout à fait insensible à mes nombreuses attentions », etc. Il s'agissait là de taquineries bon enfant, similaires à celles que nous avions échangées en début de journée. Dora, pourtant, a paru moins s'amuser de notre plaisanterie. Ce n'est qu'après le dîner, alors que nous étions tous deux assis près du feu, que j'ai découvert la vérité. J'ai remarqué qu'elle n'avait pas avancé dans sa broderie, et que de temps à autre elle se frottait les yeux comme pour chasser une larme. Je l'ai priée de se confier à moi et, bien qu'elle ait d'abord refusé, elle a fini par y concéder.

— Je sais que c'est bête, a-t-elle dit, mais moi je ne t'ai rien envoyé.

Ainsi, ma petite Dora adorée – irréprochable créature ! – avait observé toute la soirée un silence plein de gravité alors qu'elle craignait que son mari ne soit l'objet de l'affection d'une autre ! Elle m'a avoué avoir oublié la date d'aujourd'hui (rien de plus normal, connaissant l'état singulier qui bouleverse ses pensées) et croyait que je n'aurais pas apprécié un gage tardif de son estime.

J'ai affirmé que j'étais probablement la cible du même esprit puéril qui s'était mis en tête de tourmenter Mary-Anne, que je n'avais donné à nulle femme, à la seule exception de la mienne, la moindre raison de m'adresser une carte aussi extravagante et qu'elle n'avait pas à douter de mon dévouement pour elle.

Il m'a cependant fallu jeter au feu le poème incriminé afin de la rasséréner, et j'ai dû jurer que jamais plus nous ne célébrerions cette fête, même sur le ton de la plaisanterie, pour que revienne sa bonne humeur.

Quelle morale doit-on tirer de cet épisode ?

Que l'instinct galant, du moins chez la femme, ne souffre pas les badineries, et que nous devrions en effet exclure à jamais monsieur « saint Valentin » de notre vie.

Je n'ai aucune idée de qui peut m'avoir joué un tel tour.

Samedi 15 février

Avons dîné chez les Antrobus, à huit heures.

Ai découvert, trop tard pour exprimer mon mécontentement, que Dora n'avait pas rapporté son chapeau, accessoire qui a vite provoqué de ridicules ergotages concernant la façon de le mettre, et toutes sortes de difficultés lorsqu'il a fallu l'ôter.

Quelle vanité que celle du sexe faible !

Les convives étaient mes compagnons de concert au St. James's Hall : Mr. et Mrs. Wynne-Smith, Mr. Poulford et Mr. Taunton. On a fait les présentations, pour Dora, puis nous sommes descendus à la salle à manger. En ce qui concernait le menu, on touchait à la perfection : potage à la palestine, rouget, ris d'agneau, longe de veau rôtie, pudding, sorbets ; excellents sherry et porto ; et un domestique en livrée pour le service (engagé pour l'occasion).

Je ne puis prétendre que la conversation a été autre que banale, malgré son caractère animé et distrayant.

Mr. Antrobus n'est guère plus loquace après un copieux repas, ni même après un bon verre de porto. Mr. Wynne-Smith, au contraire, se répand en potins d'avocat, auxquels on ne comprend quasi rien si l'on n'a pas son cabinet aux Inns of Court[1]. Mrs. Antrobus toujours très bavarde, mais je suis incapable de me rappeler à propos de quels sujets, à l'exception d'un projet d'excursion à Sydenham. Mr. Antrobus affirme n'avoir jamais visité le Crystal Palace, ni pendant l'Exposition universelle ni à Sydenham (quelle surprise de découvrir qu'il existe un tel homme à Londres !). J'ai déclaré que si voyager en train leur convenait, je pourrais sans mal obtenir des places pour un petit groupe dans la voiture de notre directeur.

Mr. Poulford et Mr. Taunton, quant à eux, n'ont pas dit grand-chose en compagnie des dames. Je soupçonne le neveu de se rendre chez son oncle par devoir plus que par affection. Tous deux se sont animés davantage quand nous nous sommes absentés entre messieurs pour aller fumer le cigare. Taunton s'est encore une fois étendu sur ses spéculations (assommant). Poulford, lui, a évoqué l'« extraordinaire disparition d'une dame » relatée dans le *Times* du matin. J'ai lu l'article en question à notre retour à la maison ; d'après moi, il ne s'agit que de fadaises. On aurait endormi une jeune femme au chloroforme, quelque part entre King's Cross et Leeds, puis on l'aurait extraite du train, avec ses bagages, sans que nul ne remarque ses ravisseurs. C'est trop peu crédible. Cela n'a pourtant pas empêché Mr. Poulford de disserter sur les usages possibles de cette drogue, avec une considérable ferveur, durant dix minutes. (Chez un jeune homme, afficher l'étendue de son

1. Écoles de droit de Londres qui supervisent les juristes et leur proposent des locaux professionnels. *(N.d.T.)*

savoir est valorisant, mais c'est une marque de sagesse que de la garder pour soi.)

Nous sommes rentrés à onze heures. J'ai indiqué à D. que la soirée s'était agréablement passée. Elle a acquiescé mais a ajouté qu'elle aurait aimé « trouver dans la demeure de Mrs. Antrobus quelque chose qui ne soit pas parfait ». J'ai alors demandé ce qu'elle entendait par cette remarque, qui semblait mesquine après que l'on nous avait si bien reçus. Elle m'a expliqué que si nous leur rendions leur invitation (comme le veut la politesse), nous étions pour l'heure « très à notre désavantage » en ce qui concernait les verres, la porcelaine et l'argenterie. J'ai rétorqué que nous ne possédions rien dont nous dussions avoir honte, ce à quoi elle a répliqué qu'étant « un homme » je n'en avais « pas la moindre idée ».

Ce que je sais, en revanche, c'est combien nous coûterait de racheter un service complet.

Soirée très agréable, quoi qu'il en soit. Je me réjouis grandement que nous fréquentions la bonne société.

Dimanche 16 février

À l'église.

Le sermon, *Des ravissements des Saintes Écritures*, peu à mon goût ; sans doute très profond, mais ne m'a pas touché.

Mary-Anne a presque quitté la maison en courant dès les premiers coups de midi. Nous n'avons pas eu d'autres nouvelles du « membre de sa famille souffrant ». À l'évidence, ce n'était qu'un prétexte peu convaincant. Dora la soupçonne de fréquenter « un jeune homme ». Pour ma part, je ne parviens à imaginer quel aspect du tempérament ou de l'apparence de notre bonne pourrait susciter l'attirance. Au moins, elle est rentrée à l'heure. Lorsqu'elle nous a apporté le thé au salon, j'ai cru sage de lui rappeler que nous nous souciions de sa vertu, et que nous espérions tous deux qu'une personne convenable n'aurait pas à réprouver ses sorties du dimanche.

Elle m'a certifié que non, de façon fort impertinente cependant. Je n'ai rien trouvé à ajouter sur le sujet.

Si cela ne tenait qu'à moi, je lui donnerais son congé.

Minuit. Un terrible rebondissement m'a tellement bouleversé que je me sens obligé de prendre la plume.

Je n'avais pas l'intention d'écrire avant demain, mais je suis incapable de m'endormir. Je ressens le besoin de m'adresser à un confident, même si ce n'est que le miroir de ma conscience.

C'est encore mon père, bien sûr, qui est la cause de mes souffrances ; c'est le cas depuis toujours, et je ne me débarrasserai jamais de lui. Je ne connaîtrai la paix que lorsqu'il aura payé son tribut… mais quel espoir que cela se produira ? Il semble posséder une incroyable résistance.

C'est assez. Je vais me contenter de consigner les faits.

Ce soir, peu après dix heures et demie, on a sonné. J'ai accompagné Mary-Anne, car il était tard (Dora déjà couchée). Nous nous sommes trouvés en présence d'un policier, qui a demandé « Mr. Jacob Jones ». J'ai congédié Mary-Anne et fait entrer l'agent dans la salle à manger.

Je pensais savoir ce que je risquais d'apprendre avant même qu'il ait prononcé un mot, et il ne m'a pas détrompé.

Deux heures plus tôt, on avait arrêté mon père devant le pub *Wheatsheaf* de Goswell Road, pour agression sur la personne de William Halifax (« bottier à Greek Street, dans Soho »). Tandis qu'il attendait le magistrat, il avait indiqué au sergent du commissariat d'Old Street qu'un « gentleman respectable » d'Amwell Street, à Islington, se porterait garant de son honnêteté.

Souhaitais-je donc me rendre au tribunal de police le lendemain matin et plaider en sa faveur ?

Je n'ai pas demandé quelle était la nature ou la cause de l'altercation ; nul doute qu'il s'agissait d'une autre dette. Il me semblait évident que s'il désirait ma présence, c'était un prétexte pour obtenir celle de mon portefeuille !

J'ai rétorqué que Mr. George Jones comptait en effet parmi mes connaissances, mais que je n'avais aucune intention de répondre de sa probité. J'en serais en outre incapable, car je savais que cet ivrogne patenté avait manqué battre sa femme à mort et déjà été écroué une demi-douzaine de fois.

Gêné, le policier m'a remercié et s'en est allé.

Et mon père qui voulait que je me présente devant un juge d'instance ! Quel culot !

Pourquoi devrait-on passer l'éponge sur ses crimes d'autrefois ? Avec un peu de chance, le policier mentionnera mes commentaires, et on l'emprisonnera pour un mois ou deux, peut-être plus. Au moins, je pourrai prétendre à un semblant de quiétude.

J'ai raconté à Dora, qui s'était levée, que l'agent était venu au sujet de Fortesque. Je n'ai pas trouvé de meilleure excuse ; je lui ai souvent parlé de son comportement dévoyé. Je lui ai dit que F. s'était fourvoyé dans quelque rixe sans gravité et me demandait de me porter garant de sa conduite au tribunal.

— Vas-tu y aller ?

J'ai répondu que l'on devait payer le prix de ses actes et que je ne lui servirais pas de nounou.

Elle est restée silencieuse ; elle a dû me juger trop dur.

Bien entendu, elle ne sait pas dans quelles conditions mon caractère s'est forgé.

Si c'était le cas, elle me verrait comme un saint.

Lundi 17 février

J'ai réussi à dormir, mais d'un sommeil agité.

Alors que je procédais à mes ablutions, je me suis coupé au menton en me rasant, tachant abominablement ma chemise, puis j'ai renversé mon eau de rasage. J'ai ensuite mal parlé à Mary-Anne, qui n'avait pas épongé le sol comme il se devait.

Ai quitté la maison à huit heures.

City Road aussi encombrée que d'ordinaire, submergée par le torrent matinal des commis de bureau et des artisans. Il n'est pas rare que des femmes se mêlent à cette foule : pour certaines, ce sont des compagnes de travailleurs manuels, chargées de quelque course. D'autres sont des vendeuses de fleurs, d'allumettes et consorts. En traversant le pont du canal, une gamine m'a approché d'un pas rapide. J'ai supposé d'instinct qu'il s'agissait d'une petite marchande, et je m'apprêtais à lui adresser ma phrase de rebuffade habituelle. Au moment où sa main s'est posée avec légèreté sur mon bras, je me suis rendu compte que ce n'était autre qu'Ellen Hungerford.

— Puis-je vous parler, monsieur ?

J'ai aussitôt compris qu'elle avait dû me suivre – depuis Amwell Street ! – avec tous les risques que cela comporte. Pourtant, ma colère a été apaisée quand j'ai vu que son châle, dont elle s'était enveloppé la tête, servait à dissimuler en partie un œil tuméfié. Mon père, j'en étais convaincu, avait dû la frapper lors du même accès de violence avinée au cours duquel il s'était attaqué au bottier. J'ai éprouvé une certaine compassion mais n'ai pas ralenti.

— Si vous voulez bien m'écouter quelques instants… etc.

Elle a prononcé quelques mots, et j'ai vite deviné qu'elle venait me demander d'intervenir dans le jugement de mon père. Je lui ai indiqué sans ambages que rien ne changerait mon opinion d'un homme – si l'on pouvait le qualifier ainsi – capable d'assener un coup de poing à une jeune femme. J'ai ajouté qu'il s'agissait d'une curieuse faiblesse, par trop répandue chez les femmes, que celle d'être si prompte à pardonner de telles violences et à rejeter la responsabilité sur « la boisson » (sinistres souvenirs de ma mère !). Cette réplique a semblé l'emplir d'une grande perplexité, jusqu'à ce qu'elle comprenne.

— Oh, Seigneur ! Ça ? dit-elle en se touchant le visage. Non, vous vous trompez. C'est pas votre père… il a même pas reniflé un verre d'alcool… il y est pour rien…

J'avais déjà résolu de mettre un terme à notre entretien, mais sa requête avait un côté si pathétique et si pressant que je l'ai conduite à l'écart afin d'écouter son récit. Je ne puis expliquer ma réaction. Sans doute ai-je éprouvé une certaine pitié à son égard.

Je vais tâcher de reproduire notre conversation dans son intégralité.

— Il a pas bu une goutte, monsieur, a-t-elle affirmé avec insistance. Je le saurais, sinon.

— Alors d'où vous vient cette blessure ? ai-je demandé.

Elle a porté timidement la main à son front, comme pour cacher ses ecchymoses à ma vue.

— Et pourquoi passe-t-il devant le juge d'instance ?

— C'est de ma faute.

Je ne saisissais pas où elle voulait en venir, même si elle paraissait en proie à la honte.

— Comment cela ?

— C'est pas de mon fait, mais je crois que c'est à cause de moi. Vous connaissez Mr. Halifax, à qui il devait une somme ?

— Et comment ! C'est lui qui a mes trois livres, et à ce que j'ai compris, c'est lui que mon père a agressé.

— Oui, c'est vrai, a-t-elle reconnu, mais vous savez pas tout.

— Expliquez-vous.

Les joues de la jeune fille ont rosi. Elle a parlé d'un ton précipité, nerveux.

— Je l'ai croisé… Halifax, vous voyez… la semaine dernière, dans la City. Il m'a suivie et abordée. Il m'a raconté qu'il s'était épris de moi, la fois où votre père a perdu son argent, et qu'il arrivait pas à « me chasser de ses pensées ». Je me souviens que c'est l'expression qu'il a employée, parce que ça m'a pas beaucoup plu.

Je me suis alors rappelé les propos du bottier.

« Je connais quelques messieurs très bien qui paieraient cher pour… »

— Je vous ai pourtant expliqué qu'il faut éviter ce genre d'hommes.

— Je sais ! Le problème c'est qu'il a pas arrêté de me coller, comprenez ? Il savait où j'habite, même si j'ignore de qui il le tenait. Il est venu m'attendre en bas de chez moi trois jours de suite. Un soir, votre père m'a raccompagnée, et il lui a ordonné de déguerpir, mais l'autre a refusé de bouger. Samedi, quand je suis rentrée, il était dans ma chambre. Il avait raconté à la logeuse qu'il était mon cousin… je parie qu'il lui a filé quelques pièces, tenez… et qu'elle l'avait laissé monter.

La jeune fille parlait d'une voix entrecoupée. Il me paraissait inconvenant de lui poser la question, pourtant je pressentais qu'elle souhaitait se confier à moi.

— Que s'est-il passé entre vous ?

— Il m'a embrassée sans que j'aie eu le temps de protester, a-t-elle répondu avec un dégoût palpable. Moi je voulais pas. Ensuite il a dit des tas de choses répugnantes que je répéterai pas, et puis il a essayé de…

Je lui ai signifié qu'il était inutile de relater les propos du bottier, que je ne devinais que trop bien.

— Mais j'ai refusé, vous voyez ? Je me suis débattue comme un beau diable, même si je me doutais pas que je pouvais me démener comme ça contre un homme. J'ai hurlé et fichu un tel vacarme que la logeuse est venue prévenir qu'elle allait appeler la police s'il déguerpissait pas. C'est à ce moment-là qu'il m'a fait ça.

Elle a désigné d'un geste timide l'hématome sur son visage et grimacé à ce souvenir, consciente de son enlaidissement provisoire. Je lui ai demandé quel rapport il y avait avec l'arrestation de mon père.

— Il s'est mis dans une colère noire. Je l'avais jamais vu aussi furieux. Il a dit que c'était lui le coupable, qu'il aurait jamais dû m'emmener chez le bottier. Hier soir, j'ai dû lui avouer qu'on m'avait chassée de chez moi.

(Je me suis montré dubitatif, mais elle m'a informé que la logeuse avait tranché la question et décrété qu'elle ne voulait pas « de ce genre de problèmes dans une maison respectable », puis expulsé sa locataire sans autre forme de procès. Quelle sagesse admirable !)

— Bref, votre père est parti à la recherche d'Halifax… il savait où le trouver. Il l'a cogné, ça je le nie pas, tout le monde l'a vu, mais un roussin a assisté à la scène, lui aussi, et il l'a pincé avant que ça dégénère. Je pense que c'est une chance qu'on l'a arrêté, parce que sinon Halifax lui aurait réglé son compte.

Je suis resté silencieux, perdu dans mes réflexions. La jeune fille, elle, a tenté de me prendre par le bras.

— Vous comprenez pas, monsieur ? C'est pas votre père le fautif, pas vrai ? Pas vraiment. Vous irez pas, alors ? C'est qu'à St. Luke… c'est pas très loin, non ?

J'ai pesé le pour et le contre, sans qu'Ellen ne cesse de m'implorer du regard. J'ai repensé à mon échange avec l'infâme bottier et songé que moi-même j'avais eu envie de l'occire.

— Vous voulez pas y aller ? L'audience commence à dix heures.

— Vous devriez témoigner contre Halifax vous-même, ai-je suggéré.

Cette perspective a semblé l'emplir de terreur.

— Oh non, pas moi ! Il me tuerait. Et votre père dira rien contre lui non plus… il osera pas.

— Si tout le monde a peur à ce point de cet homme… que puis-je faire ?

— J'en sais rien… ce qui est en votre pouvoir.

J'ai cédé à ses prières ; impossible de résister. Je lui ai indiqué que je ne pouvais marcher à ses côtés plus longtemps, que j'étais déjà en retard pour mon travail, mais que je me présenterais au tribunal. Elle m'a alors remercié avec une chaleur si sincère que je me suis rappelé avec regret la description impitoyable que j'avais donnée au policier, la veille au soir, et me suis demandé s'il existait un moyen de réparer les dégâts.

Ainsi a commencé la journée !

Je suis trop fatigué pour écrire davantage. Je terminerai demain.

Mardi 18 février

Je suis toujours déconcerté par les événements d'hier, même si depuis j'ai eu amplement le temps de réfléchir au caractère inconsidéré de mes actes.

Quoi qu'il en soit – je reprends ici mon récit –, je suis arrivé au travail un peu en retard, mais pas assez pour devoir m'en excuser. Je savais néanmoins que je ne pourrais me rendre au jugement sans m'absenter au moins une heure, aussi suis-je allé voir Mr. Hibbert et lui ai-je raconté une histoire la plus proche possible de la vérité : la veille, j'avais assisté à une rixe et la police m'avait demandé de me présenter devant le juge d'instance en qualité de témoin.

À dix heures, donc, je me suis joint à la populace qui attendait devant le tribunal qu'un huissier nous laisse entrer dans le prétoire. J'aurais volontiers payé six pence pour m'assurer un siège, mais personne n'était préposé à cela. Ensuite, ç'a été la bousculade ; tout le monde s'est précipité tête baissée dans l'édifice. Certains, comme moi, étaient peut-être concernés par une affaire précise, mais il paraissait évident que d'autres ne venaient que pour se divertir. Au bout du compte, j'ai fini par me faufiler à l'avant (nombreuses protestations « Hé, poussez pas ! », etc.) et trouver un clerc qui m'a informé que mon père serait jugé en deuxième.

À son arrivée sur le banc des accusés – on ne l'y a amené que quelques minutes après mon échange avec le fonctionnaire –, il présentait une apparence des plus misérables. L'air abattu, ses traits renvoyaient l'image d'un criminel sans qu'on ait eu à prononcer le moindre mot. Halifax était présent, lui aussi. Sa tenue, en revanche, était celle d'un gentleman, très soignée ; il affichait une expression sévère et confiante, et on ne voyait comme unique trace de l'attaque de mon père qu'une petite marque à la joue. Si l'on avait dû délibérer, nul doute que le bottier aurait emporté les suffrages par sa seule prestance, mais mon père s'est contenté de plaider coupable et, lorsqu'on lui a demandé la raison de son geste, ou s'il souhaitait avancer des circonstances atténuantes, de répondre qu'il n'en avait aucune, autre que « sa tête lui revenait pas », et qu'il était peut-être ivre. Le juge s'est montré bref et nous a épargné un discours moralisateur. Sentence : une amende de quarante shillings ou trois mois de prison.

Le visage de mon père s'est allongé lorsqu'il s'est imaginé derrière les barreaux. Je l'ai laissé faisander quelques instants, puis suis allé payer l'amende.

Quelle mouche m'avait piqué ?

Impossible de ne pas déceler sa stupéfaction lorsque je me suis présenté devant le banc. Je tenais au moins la preuve qu'il n'était pas de connivence avec Ellen Hungerford. D'ailleurs, je ne l'ai vue nulle part au tribunal.

Pourtant, jeter encore une fois de l'argent dans ce puits sans fond !

J'ai quitté les lieux en hâte, car je n'avais aucune envie de lui parler, et au bout de quelques secondes, je me suis accablé de récriminations. Aucun être sensé ne dépenserait deux livres ainsi. Je n'avais pas à cœur d'éviter la prison à mon père, je n'étais pas convaincu par sa « rédemption », et encore moins qu'un seul acte douteux de « galanterie » pouvait racheter ses méfaits.

Non, inutile de me voiler la face, si j'ai agi pour une raison rationnelle, et non dans un accès de folie furieuse, c'était pour la jeune fille. Parce qu'elle m'avait supplié.

Preuve que tous les hommes sont des imbéciles dès qu'ils se laissent aller à de telles lubies. Car j'ai reçu une lettre ce matin même, de la part de mon père. Outre ses billevesées habituelles, il m'y exprimait ses « chaleureux remerciements pour mon intervention spontanée » (il venait d'échapper à trois mois dans un cachot de Pentonville… c'était bien le moins !) et me fournissait un renseignement sinistre, qui présage des conséquences si malheureuses (et involontaires de ma part) que j'aurais préféré qu'il purge sa peine. Cette nouvelle est si répugnante que ses mots sont gravés de façon indélébile dans ma mémoire :

> *Si tu t'inquiétais du sort de la petite Ellie, qui se retrouve sans toit, rassure-toi. Elle accepte d'habiter chez moi jusqu'à ce qu'elle trouve un logis de meilleure qualité. Je vais installer un rideau et un lit, et à nous deux nous aménagerons un petit endroit douillet !*

Un rideau, rien de plus !

C'est dire la confiance que lui accorde Ellen Hungerford. Nul doute qu'elle voit là un autre exemple de sa bonté envers elle.

Mais si cet arrangement ne constituait qu'un prélude à une entreprise de séduction ?

Et s'il la convainquait de partager sa couche ?

Cette idée me hante.

Minuit. Tout est la faute du bottier ; mes propres pensées ont été polluées par ses infâmes insinuations, les soupçons d'un homme qui n'hésiterait pas à violer une jeune fille innocente.

Si elle lui cède, elle est perdue ; si elle résiste, il le lui revaudra… cela commencera par l'alcool, et se terminera par les coups de poing, jusqu'à ce qu'elle morde la poussière.

CHAPITRE V

Le pub était chargé de fumée, épais brouillard de tabac bon marché, qui flottait en volutes grises sous le plafond bas. L'odeur qui dominait, en revanche, n'était pas celle qui émanait des nombreuses pipes de terre, ni du charbon qui brûlait dans le foyer, mais celle de la bière éventée mêlée à la sueur.

L'inspecteur Delby contempla la salle. Le policier du quartier l'avait prévenu que le *Wheatsheaf* était un « assommoir », un vieil établissement, lieu favori des ouvriers qui évitaient la lumière au gaz et les dorures des bars à gin plus modernes. Il ne s'attendait pourtant pas à trouver une pénombre aussi contre nature, et la sensation de plonger le regard dans la semi-obscurité lui déplaisait.

— Ça donne envie d'aller chercher une lanterne et de la leur coller en plein visage, non, inspecteur ? commenta Preston à voix basse.

— Pas sûr que je prendrais cette peine, rétorqua Delby. Qu'avez-vous appris ?

— Vous aviez raison. C'est ici. Il vient presque tous les jours. Le taulier me l'a montré. Gentil comme tout, le patron, dès que je l'ai entretenu des futurs renouvellements de sa licence, en tout cas.

— Passez donc devant.

Le sergent conduisit Delby jusqu'à une table de bois blanc dans un angle de la pièce voisine. Deux hommes y discutaient : l'un de petite taille, au physique maigre et nerveux, et l'autre qui se distinguait par sa carrure imposante et sa tenue élégante. À l'approche des policiers, le premier déguerpit. Preston haussa les sourcils, l'air d'indiquer « Je peux le rattraper, si vous voulez », mais Delby fit non de la tête.

— Mr. Halifax, c'est cela ? s'enquit Delby.

Le bottier leva les yeux, en affichant une surprise théâtrale, comme s'il ne les avait pas vus arriver.

— Vous avez l'avantage sur moi, répondit-il.

— Je suis l'inspecteur Delby, et ce monsieur est le sergent Preston, de la Detective Branch.

— J'avais deviné que vous étiez des cognes.

— Bravo, vous êtes très perspicace, rétorqua sèchement Delby. Puis-je me joindre à vous ?

— Je vous en prie.

Delby s'assit en face d'Halifax, qui demeurait impassible.

— Vous devez vous demander ce qui nous amène, déclara Preston.

— Vous finirez bien par me l'apprendre.

Delby sourit.

— Sapristi ! Vous n'êtes pas loquace, Mr. Halifax.

— Si vous le dites, ce doit être vrai.

— C'est d'ordinaire une règle sensée, je pense, mais pas dans le cas présent… pas avec moi. Je vais vous raconter ce que je sais de vous, monsieur, et vous déciderez ensuite si vous êtes d'humeur plus bavarde et courtoise. Si mes renseignements sont justes, vous tenez un magasin de chaussures, sur Greek Street, dans le quartier de Soho.

— Ce n'est pas faux.

— On m'a rapporté que vous complétiez cette activité par un commerce nocturne.

— J'ignore de quoi vous parlez.

— Je vais m'exprimer plus clairement, alors. Une ou deux fois par semaine, vous donneriez de petites sauteries au-dessus de votre boutique, où certains jouent aux cartes ou aux dés, et où de l'argent passe de main en main… des sommes coquettes.

— C'est ridicule.

— Vraiment ? Il paraîtrait aussi que vous avez pratiqué la boxe, autrefois… est-ce exact ?

— Ça, ce n'est un secret pour personne.

— En effet. J'ai en outre entendu dire que vous êtes souvent de la « fête » lorsque quelqu'un veut organiser une rencontre, que vous trouvez toujours des candidats prêts à s'affronter et que vous misez gros.

— Vous avez « entendu dire », hein ? J'ignore qui répand ces bobards. Des jeux d'argent et des combats de boxe ! Je suis un honnête homme.

— Ces « bobards » ? répéta Delby. Vous pourrez sans doute m'expliquer ce qu'un « honnête homme » tel que vous fabrique dans pareil bouge, en si mauvaise compagnie.

— C'est juste que je me donne pas d'airs, inspecteur, faut pas chercher midi à quatorze heures.

Delby secoua la tête.

— Très amusant. Parlons sans détour, à présent. Je sais qui vous êtes, monsieur, et comment vous gagnez votre vie. Vous vous en sortirez peut-être à bon compte, à Soho, si vous ne compliquez pas la tâche au juge d'instance. Mais si vous ne voulez pas que Scotland Yard ferme votre tripot, vous feriez bien de jouer cartes sur table avec moi.

Le bottier resta silencieux.

— Qu'est-ce que vous voulez, au juste ? s'enquit-il au bout d'un moment.

— Voilà qui est plus plaisant. Je souhaite obtenir quelques précisions, Mr. Halifax, en particulier au sujet d'une jeune demoiselle du nom d'Ellen Hungerford.

Halifax but une gorgée de porter.

— Que voulez-vous savoir ?

— Pourriez-vous m'indiquer si vous la connaissez ?

— Ce n'est pas impossible.

— Attention, le mit en garde l'inspecteur. Souvenez-vous de ce que j'ai dit.

— Ce nom m'évoque quelque chose. Elle a dû passer chez moi, une seule fois, à la fin de l'année dernière, avec un de mes vieux amis.

— Avec George Jones.

— Lui-même. Paix à son âme.

Le sergent eut un petit sourire narquois.

— Vous étiez proches ?

— Assez.

— Et elle, vous l'avez revue ? s'enquit Delby.

— Non, répondit Halifax, qui choisit ses mots avec soin. Je ne suis même pas sûr de l'avoir jamais rencontrée.

— Rester courtois exige un immense effort de ma part, Mr. Halifax, car je sais que vous mentez. Pour commencer, vous vous êtes rendu chez elle et avez tenté de la forcer. C'est pour cela que votre grand copain, Mr. George Jones, s'en est pris à vous. D'autre part, j'ai appris que vous l'aviez emmenée dans la City, deux mois plus tard, à l'*Argyll*.

Halifax fronça les sourcils, à l'évidence troublé pour la première fois.

— Qui vous a raconté ces mensonges ? Quelle est la raison de tout ça ?

— Un meurtre.

— La jeune fille est impliquée ? s'étonna Halifax, après avoir écouté le récit résumé avec soin de la mort de Dora Jones.

— J'ai de bonnes raisons de le penser, répondit Delby.

— Je jure sur ma tête que je n'ai rien à voir avec cette affaire.

— Avec l'assassinat ? Non, je ne crois pas, je vous l'accorde. En ce qui concerne l'« affaire », comme vous l'appelez, en revanche, j'ai l'impression que si, d'une certaine manière. Vous ne pourrez nier que vous n'étiez pas insensible aux charmes d'Ellen Hungerford.

— Je la connaissais à peine.

— Il n'empêche que vous vous êtes entiché d'elle. Vous ne vouliez pas la laisser tranquille, au dire de tous.

— C'est faux.

— Nous devons la retrouver. Si vous avez la moindre idée de…

— Écoutez, le coupa Halifax, vous en savez plus que moi, à ce qu'il semble. Si elle s'est enfuie, j'ignore où elle peut se cacher. Ça fait deux mois que j'ai pas posé les yeux sur elle, pas depuis que…

— Depuis que vous avez essayé de la contraindre à se prostituer ? intervint Preston.

— J'aurais fait quoi ? s'exclama le bottier en poussant un grognement ironique. Je vous le répète, l'ami, quelqu'un vous a servi des craques. C'est que des sornettes, tout ça.

— Niez-vous avoir agressé Miss Hungerford chez elle, à Whitecross Street ?

— Whitecross Street ? Jamais mis les pieds là-bas.

— Il est stipulé dans nos registres que George Jones vous a frappé le 16 février au soir, devant cette même maison. D'après lui, vous aviez tenté d'abuser d'elle.

— Peu m'importe ce qu'il croyait. Il m'a sauté dessus, Dieu sait pourquoi, et je lui aurais fichu une correction si on m'en avait laissé l'occasion. À tous les coups il était ivre.

— Ellen Hungerford a confié au fils de Jones que vous aviez cherché à la violer, et que Jones voulait défendre son honneur.

Le bottier se montra surpris, puis partit d'un fou rire. Les policiers échangèrent des regards déconcertés.

— Excusez-moi, messieurs, dit Halifax, qui recouvra son sérieux. N'empêche, c'est à se tordre !

— Ai-je l'air de m'amuser ? rétorqua Delby.

— Ellie Hungerford était une putain de caniveau. Je le savais, et George encore mieux que moi, je vous l'assure ! Du genre à se faire tringler par son père pour deux pence. Son honneur… en voilà une bien bonne !

Un grand sourire s'étendit sur les lèvres de William Halifax, jusqu'à ce qu'il n'y tienne plus et, encore une fois, éclate de rire.

Jeudi 20 février

L'« extraordinaire disparition d'une dame » (une certaine « Mrs. Buxton ») est à présent expliquée dans la presse, d'une manière sans doute décevante pour Mr. Poulford. Loin d'avoir été enlevée par une bande de malandrins sans scrupules, cette femme avait seulement manqué le train prévu et s'était retirée dans une maison de Barnsbury, où on ne l'avait retrouvée que grâce aux investigations d'un détective. Elle avance des causes invraisemblables, à savoir qu'elle serait tombée malade et n'aurait pu contacter ni son mari ni la famille de ce dernier. On ne donne pas les raisons qui l'auraient poussée à agir ainsi. Nul doute que l'affaire « cache quelque chose » (pauvre mari !), mais il ne sera pas question de chloroforme.

Mary-Anne se plaint encore des égouts. J'ai procédé à des recherches dans la cuisine et le jardin. Je crois hélas qu'elle n'a pas tort.

Vais écrire au marchand de biens.

Suis rentré à pied du bureau par Goswell Street, puis Goswell Road. J'avais presque envie de rendre visite à mon père et de lui tirer les vers du nez concernant la jeune fille.

J'ai préféré m'abstenir.

Vendredi 21 février

Reçu deux invitations aujourd'hui, dont aucune ne me réjouit.

D'abord, une lettre est arrivée de Chelsea, dans laquelle on nous convie à y passer en fin de semaine et à participer au déjeuner de dimanche.

Ensuite, au bureau, Fortesque m'a informé que le mariage allait avoir lieu. La modiste partage ses sentiments, on lui a délivré un certificat de publication des bans et leur union sera célébrée samedi en huit. Nous avons mangé ensemble au *Gilroy*, et il m'a demandé si je souhaitais être présent. J'ai prétexté avoir déjà un engagement ailleurs (*NB* : Il faut trouver quelque chose !). Par chance, nous ne sommes pas assez « copains » pour que mon refus soit pris comme une insulte.

Il m'a peiné de me départir de ma véritable opinion sur la question et de lui adresser « tous mes vœux de bonheur ». Je ne pense pas, donc, que je pourrais me résoudre à être témoin d'une telle mésalliance.

Ai aussi reçu une réponse de Mr. Phillips en rapport aux canalisations. Il va envoyer quelqu'un les examiner lundi.

Samedi 22 février

Belle journée ; température douce pour la première fois de l'année.

À mon retour de Moorgate, le hasard a voulu que je croise Mrs. Antrobus à Claremont Square, accompagnée de sa bonne chargée comme une mule (cartons à chapeau, etc.) alors qu'elles descendaient d'un cab. Elle m'a indiqué qu'elle revenait d'une « frénésie d'emplettes » dans le West End et qu'elle avait « acheté des tas d'articles inutiles », qu'elle n'allait jamais porter… mais que « les vendeuses montraient tant de choses adorables ! ».

Quelle chance elle a d'être l'épouse du docteur… si seulement je pouvais autoriser de telles licences à Dora !

Elle a ensuite déclaré qu'elle avait l'intention de passer nous demander si nous comptions « honorer » notre promesse de nous rendre à Sydenham. Non pas pour le plaisir de son mari, m'a-t-elle dit (« Lui, voir le Crystal Palace ? Allons, c'est presque un ermite ! Il préférerait contempler les murs de son petit salon qu'admirer les pyramides ou le Parthénon ! »), mais pour le sien, afin d'assister au concert du samedi (Mendelssohn).

J'ai accepté volontiers cette sortie. La musique sera aussi à notre goût. Nous devrions trouver des billets sans mal et, heureux hasard, voici « l'engagement » qui nous empêche d'être présents aux noces de F. (!).

J'ai quitté Mrs. Antrobus d'humeur légère, mais ai dû supporter une affreuse puanteur lorsque je suis entré dans le vestibule.

Impossible de se méprendre sur son origine. Mary-Anne se plaint avec virulence de la cuisine. Nul doute que la douceur du temps n'a pas arrangé les choses.

Il me vient l'idée que je vais peut-être devoir envoyer D. ailleurs, car elle ne peut, dans son état, être exposée à pareils miasmes.

Dimanche 23 février

À Chelsea.

Avons déjeuné avec maman et papa W., les vieilles filles Harris, une certaine Miss Pierce (nièce) et James, le frère de D. (d'une vingtaine d'années son aîné), qui revenait d'Inde et prévoyait un « *grand tour** » d'Europe. J'ai été ravi de le rencontrer. Il nous a régalés d'un récit remarquable sur les magiciens hindous et toutes sortes de superstitions qui pullulent là-bas chez les gens du commun.

Maman W. a servi un rôti succulent ; son accueil a toutefois été assez froid. Je ne m'en suis pas formalisé et n'ai eu aucun propos déplacé (j'avoue d'ailleurs m'être montré peu bavard). Dora très contente.

Plus tard, D. m'a entretenu sans discontinuer au sujet de rideaux neufs pour la salle à manger. Je me suis efforcé de l'en dissuader, mais je vois bien que la perspective de devoir rendre la politesse à Mrs. Antrobus la tourmente sans cesse.

Je me suis de nouveau penché sur nos finances, j'ai examiné tous nos comptes, etc. : la situation n'est pas bonne. À cause des débours induits par la nouvelle maison, pour tout autre achat nous devrons puiser dans nos économies (l'argent qu'elle a apporté à notre ménage). Papa W. en ferait une jaunisse !

Minuit. Encore une fois, je m'attelle à coucher sur le papier mes pensées les plus sombres, alors qu'en toute justice je devrais dormir à poings fermés.

L'esprit est parfois le théâtre d'associations d'idées des plus ridicules. Ce soir, la question des « rideaux » m'a ramené, par quelque chemin tortueux, à des réflexions au sujet d'Ellen Hungerford.

Pourquoi me soucié-je sans cesse des périls qui pèsent sur la morale d'une malheureuse jeune fille, alors que des milliers de ses semblables peuplent notre capitale ?

Et si elle s'était déjà avilie ?

Il n'est pas de ma responsabilité de la protéger, mais c'est pourtant de mon père qu'il s'agit.

Voilà le cœur du problème ; un nœud gordien que l'on ne peut trancher.

Quelle considération pénible !

Lundi 24 février

Le plombier du marchand de biens est venu aujourd'hui, comme promis, et a laissé son compte rendu à Dora. Il semblerait que des rats aient endommagé l'évacuation principale près de la cuisine, ce qui expliquerait que des reflux nauséabonds aient infiltré le sol et provoquent ces remugles. Les canalisations sont de toute façon en mauvais état et une grande partie des conduits souterrains doivent être remplacés dès que possible.

Dans notre malheur, nous avons de la chance : les travaux peuvent commencer mercredi. Il est peu probable, en revanche, que l'odeur s'atténue avant la fin du chantier.

J'ai donné pour instruction à D. d'écrire à ses parents afin de demander si elle pouvait passer le reste de la semaine à Chelsea.

Mardi 25 février

Dora est partie cet après-midi (avec trois malles et une valise !). Cela tombe bien, car ainsi elle verra davantage son frère avant qu'il ne s'en aille pour la France.

Quant à moi, je vais « affronter la tempête » sous les soins attentifs de Mary-Anne… me voilà encore une fois « mari célibataire » !

Mercredi 26 février

Rencontré le plombier, qui s'appelle Wincher, avant de quitter la maison.

J'ai entendu dire, pour plaisanter, que les hommes finissent par ressembler à leur chien. Mr. Wincher, lui, tient beaucoup du rat : c'est quelqu'un d'agile, sec et nerveux, avec de petits yeux perçants qui s'agitent sans cesse, même lorsqu'il discute. Impossible de deviner si son affinité avec son ennemi juré (lui qui peut parler en long et en large de ces « satanées bestioles ») est innée ou acquise. Il m'a affirmé, en tout cas, que je « ne remarquerai pas sa présence », et qu'envoyer mon « épouse » en séjour ailleurs était « une attention de gentleman », mais que rien dans son travail ne « heurterait la sensibilité d'une dame ».

Je ne peux que conclure qu'il n'a aucune connaissance du deuxième sexe, car à mon retour, ce soir, la partie la plus proche du jardin (quelque cinq ou six mètres carrés) avait tout du cloaque.

Je ne saurais décrire l'odeur comme il convient, mais elle avait imprégné tous les étages, sans qu'une seule pièce ait été épargnée. J'ai indiqué à Mary-Anne qu'il allait falloir frotter la cuisine à la chaux jusque dans les moindres recoins lorsque le plombier en aurait terminé. Je crains que ce ne soit nécessaire pour la maison entière.

Dieu soit loué, D. n'est pas là !

Une heure (du matin). Encore une fois, je commence une nouvelle page alors que je comptais laisser ma plume jusqu'à demain. C'est en train de devenir une habitude… fâcheuse, hélas.

En relisant ce que j'ai couché sur le papier ces dernières semaines, je me demande s'il est correct pour un homme d'écrire autant dans son journal, si une noble intention (consigner ses pensées les plus intimes pour la postérité) ne risque pas à terme d'être la cause d'innombrables récriminations futures, s'il ne vaudrait pas mieux confiner mes actions et mes considérations aux placards enténébrés de la mémoire. Nul doute, je le crains, que je trouverai ce soir mille raisons de m'accabler de reproches. À dix heures et demie, j'ai informé Mary-Anne que je sortais, sous le prétexte que je souhaitais « prendre l'air ».

Un prétexte ? C'est le mot, en effet.

Je n'avais aucun projet précis concernant ma « promenade nocturne », mais j'ai toutefois dirigé mes pas en direction de l'est. Comme il serait commode d'avancer que je suis alors arrivé à Goswell Street tout à fait par hasard, s'il n'était aussi peu sincère de parler de « hasard » ou d'« accident » dans ces cas-là. Les maudites préoccupations qui accaparent mes pensées depuis une semaine m'ont poussé à continuer inexorablement jusqu'à Pear Tree Court.

Mon idée a pris une tournure plus concrète, et j'ai décidé que j'allais rendre visite à mon père et Ellen Hungerford à l'improviste, inspecter la pièce et chercher des signes de mœurs immorales. Si je constatais que la jeune fille était restée innocente, lui promettre de lui payer son loyer ou lui offrir quelque autre forme d'aide l'inciterait peut-être à quitter les lieux. Si elle s'était dépravée, en revanche…

(À vrai dire, j'ignore ce que j'aurais fait !)

J'ai gravi les marches et frappé. Pas de réponse.

Je m'étais tant enhardi que j'ai failli essayer d'ouvrir. Mais que se passerait-il, ai-je songé, si je me trouvais nez à nez avec Ellen Hungerford, dormant à poings fermés, et qu'elle prenait peur ?

Ma détermination a faibli et, à contrecœur, j'ai regagné Goswell Street. C'est alors que le destin est intervenu : j'ai aperçu Ellen Hungerford, à deux cents mètres environ, sous l'énorme bec de gaz d'un pub. La tête baissée, elle contemplait ses pieds. J'aurais pu l'aborder sur-le-champ. Pourtant, en la surprenant là, seule, pudique et vulnérable, j'ai éprouvé une profonde honte d'avoir nourri de tels soupçons. En outre, la perspective de devoir expliquer ma présence m'a été des plus désagréables.

En bref, j'ai perdu tout courage !

J'ai traversé la rue en hâte et me suis caché à l'entrée de la venelle d'en face. J'ai entrevu son visage, avant qu'elle pénètre dans le passage étroit qui menait à Pear Tree Court. Elle était livide, et j'ai eu la certitude que son expression dégageait beaucoup moins de vigueur qu'à notre dernière rencontre. Elle a même été secouée par une terrible quinte au moment de tourner à l'angle.

Dès qu'elle a été hors de vue, je suis rentré chez moi.

C'était une entreprise insensée, et je me réjouis de n'être pas allé au bout.

Certes, si elle vit dans un taudis aussi insalubre, elle ne pourra qu'en payer le prix. La maladie et la douleur abondent dans ce genre d'endroit… je ne le sais que trop bien.

En outre, si elle est vraiment souffrante – si ce n'est pas l'œuvre de mon père qui l'a amoindrie, de quelle assistance puis-je lui être ? Elle est jeune et vigoureuse. Une vulgaire toux… c'est trois fois rien.

Et pourtant…

Au diable mon abominable lâcheté ; ne suis-je pas un homme ?

Je vais agir.

Jeudi 27 février

Réveillé tôt ; peu dormi, beaucoup songé à E.H. Pris petit déjeuner, puis me suis entretenu avec Wincher (*NB* : m'a assuré que les travaux seront terminés demain).

À Moorgate, ai découvert que j'avais quantité de dossiers à traiter. Cela ne m'a laissé que peu de temps pour le repas du midi et je n'ai pas fini avant six heures, exténué.

Lorsque je suis parti, je n'ai cependant pas manqué à mes résolutions : je me suis rendu directement à Pear Tree Court.

J'ai monté les planches nues et frappé à la porte. Je me doutais que mon père serait à la station de fiacres et espérais rencontrer Ellen Hungerford « chez elle ». Je n'ai pas été déçu. Au bout de quelques secondes, elle a ouvert. Il m'est alors parvenu une affreuse puanteur, qui évoquait celle d'une cour de boucherie. Déterminer la source de cette pestilence n'a rien eu de difficile : derrière elle, deux douzaines de peaux de lapin plus ou moins fraîches étaient étalées par terre. D'un côté, on avait posé un couteau couvert de gras, d'aspect émoussé, et de l'autre un grand sac en papier, qui contenait une masse de duvet gris. Il flottait dans l'air un épais nuage de poils blancs très fins, qui collaient à ses mains et à sa figure.

Sa première réaction, lorsqu'elle m'a reconnu, a été la surprise, même si elle m'a accueilli assez gentiment. Son visage s'est ensuite empourpré et elle a baissé les paupières. À l'évidence, elle avait honte de son apparence et du labeur peu glorieux qui l'occupait… même si, en vérité, le rouge de pudeur qui lui colorait les joues conférait un charme improbable à ses traits blafards.

Je lui ai demandé ce qu'elle faisait, bien que j'en aie eu une idée assez précise.

— Je pèle des peaux. Je gagne neuf pence pour deux douzaines.

— Je vous croyais habile avec une aiguille. Cela paierait mieux, n'est-ce pas ?

— À l'endroit où je travaille, à Tothill Fields, ils me disent qu'ils ont assez de filles de là-bas. J'ai pas encore trouvé de nouveau maître. Du coup je me contente de ce qu'on me propose.

Aucune plainte ne transparaissait dans sa voix ; on y percevait plutôt une résignation calme et lasse. Je lui ai avoué craindre que, n'en ayant pas l'habitude, cela ne la rende malade. Elle ne l'a pas nié. D'ailleurs, elle a toussé et projeté une nuée de duvet blanc (une matière nocive) qui s'est élevée en volute de la manche de sa robe lorsqu'elle a couvert sa bouche.

Elle m'a demandé, avec sa politesse naturelle, la raison de ma venue.

Que répondre à cela ?

Pour voir si mon propre père s'en était pris à sa vertu ?

Je ne pouvais me montrer aussi franc. J'avais néanmoins déjà examiné la pièce et relevé de nombreux détails : de part et d'autre d'un rideau de fortune fait d'un tissu peu épais et suspendu à une deuxième corde à linge, il y avait un petit lit, collé contre le mur du fond – même si, à la vérité, les « matelas » de couvertures et de haillons méritaient à peine cette dénomination. Satisfait de ces observations, je lui ai avoué la vérité : ayant une meilleure connaissance de son passé, je m'inquiétais de plus en plus pour elle. J'ai ajouté que j'allais m'efforcer d'améliorer sa condition, que ce taudis ne convenait à nulle jeune femme si elle pouvait obtenir mieux, ce qui était justement son cas.

Elle a répondu avec modestie (c'est tout à son honneur !) qu'elle ne voulait pas de la charité et que, avec le respect qu'elle me devait, elle pouvait se débrouiller.

Soudain, une crainte m'a traversé l'esprit : et si c'était mes motivations, qu'elle redoutait ? Quelle affreuse pensée !

Sans le savoir, par son refus empreint de fierté – couverte de saleté de la tête aux pieds – elle n'a fait que confirmer l'opinion que j'avais de sa vertu et stimuler davantage l'instinct même qui me poussait à venir à son secours. D'ailleurs, sa réaction ne m'a guère surpris et j'avais préparé ma réponse. Je devrais être capable de la noter mot pour mot :

— Il ne s'agit pas de vous faire l'aumône, ai-je rétorqué, mais de vous aider à trouver votre place dans le monde. Vous êtes une bonne amie de mon père, et je souhaite vous apporter mon assistance. Mon beau-père est un marchand de nouveautés prospère de Regent Street, qui emploie nombre de couturières. Si je vous recommandais à lui, je suis convaincu que l'on vous engagerait... si ce n'est sur-le-champ, alors très vite. Vous toucheriez le montant habituel et, si vous travaillez bien, au bout de quelques années, vous auriez une situation très correcte.

Devant cette simple proposition, la stupéfaction s'est peinte sur son visage. (Comme je me suis félicité d'y avoir songé !) La perspective d'un poste salarié dépassait à l'évidence ses espoirs les plus fous. Si je lui avais offert d'épouser le prince de Galles, je gage qu'elle n'aurait pas été davantage surprise.

Il serait oiseux de rapporter ici ses témoignages de gratitude, mais ils ont été abondants. J'ai néanmoins dû y mettre un terme, afin d'expliquer la seule objection que je pouvais opposer à mes projets pour elle.

— Vous conviendrez toutefois, ai-je déclaré, que je ne pourrai révéler les véritables raisons qui m'ont conduit à vous rencontrer.

J'ai lu à son expression qu'elle ne comprenait pas.

— J'entends par là que mon statut est incompatible avec celui de mon père. J'ai par conséquent laissé ma femme et ses parents se bercer de certaines illusions concernant mon ascendance.

— C'est-à-dire, monsieur ?

— J'ai raconté que j'étais devenu orphelin très jeune. Je ne m'enorgueillis pas de ce mensonge, mais c'est mieux ainsi.

— Ils le croient mort ?

— Voilà.

En une fraction de seconde, j'ai saisi que j'avais baissé dans son estime et que mon offre l'enchantait moins. Comment aurait-il pu en être autrement, quand un homme se livre à de tels aveux ? Cela étant, quel remarquable soulagement ressent-on lorsque l'on confie pareil secret – secret qui n'a jamais été divulgué à quiconque !

— C'est mieux ainsi, ai-je répété (que de fois ai-je pu me le rabâcher !) et si nous mettons ma proposition à exécution, nous devrons convenir d'une histoire plausible afin d'expliquer comment nous nous connaissons. Je pourrais avancer, par exemple, que vous êtes la fille de l'ancienne domestique de ma mère, qui traverserait une période de vaches maigres. Il vous faudrait ensuite raconter le même récit.

— J'ai pas envie de mentir, a-t-elle répliqué avec prudence.

Je lui ai affirmé que cela ne porterait pas à conséquence. Après quelques instants de réflexion, elle a déclaré :

— Je crois pas que ce soit possible, monsieur.

Je lui ai demandé pourquoi.

— J'aide votre papa à payer son logement, et je veux pas l'abandonner.

Je comprenais qu'il lui déplaise de recourir à ce subterfuge, mais son objection ridicule m'a agacé. Il me semblait clair qu'elle ne se rendait pas compte des dangers auxquels je m'exposais dans son seul intérêt.

— Au diable son loyer ! Il est assez grand pour se prendre en charge.

N'ayant pas eu l'intention de jurer, je lui ai présenté mes excuses. Elle a alors secoué la tête, en silence, l'air déçu, telle une enfant qui s'amuse avec un jouet dans une boutique et à qui on l'enlève pour le ranger sur une étagère, hors de sa portée. Je l'ai incitée à parler, car il me paraissait évident que le loyer n'était pas son unique souci, mais elle s'y est refusée. Après que j'ai insisté, elle a fini par céder.

— Faut me pardonner, monsieur, mais je connais l'opinion que vous avez de votre père, et je peux pas accepter votre aide si c'est juste pour le mettre en rogne.

Quelle franchise !

Je lui ai juré qu'il n'en était rien, même si je n'ai pu me résoudre à lui avouer la vérité : que mon intention était bel et bien de la soustraire à lui, que ce n'était pas une question de rancune, mais de peur pour son intégrité. Elle a alors saisi l'occasion de prendre la défense de mon père.

— Il peut pas payer le loyer tout seul, pour sûr, parce que le propriétaire l'a encore augmenté, et s'il a pas un toit convenable, comment est-ce qu'il peut travailler ? Et s'il gagne rien, là c'est la catastrophe… il suffirait que…

Elle s'exprimait d'une façon saccadée, empressée ; son débit s'accélérait à chaque mot jusqu'à ce qu'elle soit obligée de reprendre haleine.

— Bref, a-t-elle poursuivi, faut croire que ça n'a pas d'importance.

Ce qu'il m'a été pénible de voir la flamme d'espoir que j'avais allumée dans son regard être soufflée par de tels scrupules ! Je l'ai implorée de réfléchir à mon offre. Elle m'a pris au pied de la lettre et s'est faite silencieuse, plongée dans ses pensées.

— Vous ne pourriez pas l'aider, lui, plutôt ? m'a-t-elle enfin demandé. C'est le même sang qui coule dans vos veines, au bout du compte.

J'ai rétorqué qu'il était tombé trop bas pour qu'on lui soit d'un quelconque secours, que je ne trouverais personne qui serait prêt à l'employer et qu'il ne devait nourrir aucune autre ambition que de garder sa place à la station de fiacres. J'ai ajouté que je m'étais gravement brûlé, par le passé, et que je n'avais nulle envie de remettre ma main au feu. Elle m'a dévisagé avec un soupçon de reproche.

— D'accord, mais vous pourriez quand même pas, monsieur ? C'est que je suis au courant de quelque chose…

Bêtement, je l'ai encouragée à poursuivre.

— Il y a un cocher, que votre père connaît de la station… Il cherche un second pour conduire son cab la nuit, et il dit qu'il embaucherait votre papa sans attendre et lui verserait la moitié des gains à condition que…

— Que quoi ?

— Il veut une garantie, comme il appelle ça. Dix livres.

Mes pensées ont dû se lire sur mon visage, car elle a insisté.

— Imaginez tout ce qu'il pourrait gagner ! En un rien de temps il aurait assez pour vous rembourser.

Je lui ai expliqué qu'il avait la fâcheuse manie de dilapider son argent et que, si quelque revenu s'écoulait dans sa direction, il ne pouvait que lui filer entre les doigts.

— Mais il a pas bu une goutte d'alcool, a-t-elle déclaré, et ça depuis un bout de temps ! Si seulement vous l'aidiez ! Ça lui ferait grand bien, en plus. Il serait forcé de se tenir à carreau.

Je ne doutais pas de sa sincérité, ni de son ardeur à vouloir le secourir. Finalement, après que j'ai eu ajouté quelques mots, telle a été la conclusion de notre échange : elle ne consentirait à rien pour elle à moins que j'offre à mon père une chance similaire. Je ne prétends pas que ce marchandage avait été prévu ou résultait d'une machination de sa part. Il devait plutôt s'agir d'un sens naïf et bien à elle de la justice envers un filou qu'elle considérait comme son « ami ». À l'évidence, j'aurais beau déployer des trésors de cajolerie ou de persuasion, elle camperait sur ses positions et réduirait à néant ma résolution à l'arracher à sa vie de misère.

Dois-je avouer que j'ai cédé, opiné à toutes les conditions sur lesquelles je pensais ne jamais mollir ?

Oui, je lui ai juré de venir en aide à mon père, pour elle, si elle acceptait que je parle d'elle à papa W.

À présent, je me refuse à croire que j'ai été aussi faible.

Existe-t-il une partie cachée de mon cœur encore disposée à faire confiance à un homme qui m'a causé le plus grand tort, non pas à une ou deux reprises, mais chaque fois qu'il en a eu l'occasion ? Si c'est le cas, je suppose que c'est seulement la force de conviction des regards suppliants d'Ellen, l'intensité de ses mots, qui me l'ont révélée.

Bref, je lui ai promis que mon père obtiendrait peut-être cette place de cocher, si dix livres peuvent le permettre. S'il réussit, tant mieux, s'il échoue, ce sera une leçon à retenir, qu'on ne saurait nier.

En outre, pendant ce temps-là, elle sera à l'abri dans l'atelier de papa Willis, et j'aurais fait mon possible pour elle.

Je vais écrire à Dora dès demain matin. Tout doit être organisé avant que je me ravise.

Vendredi 28 février

Réveillé avant l'aube, en proie à une grande agitation.

Obnubilé par la lettre que je dois envoyer à D., je me suis attelé à la tâche aussitôt. L'exercice m'a pris longtemps, car je me suis efforcé de ne pas mentir plus que nécessaire, et j'ai pesé chacun de mes mots.

Certes, cela reste une supercherie, même si elle sert une noble cause…

> *Ma très chère Dora,*
>
> *J'espère que tu vas bien et que Chelsea te réussit. Les travaux de Mr. Wincher sont presque terminés, comme tu le constateras demain.*
>
> *Je n'avais pas prévu de t'écrire de nouveau, mais j'aimerais beaucoup que tu entretiennes ton père d'une question que l'on a portée à mon attention.*
>
> *J'ai reçu mercredi soir la missive d'une jeune personne, de seize ans environ, fille d'une certaine Mrs. Hungerford, qui occupait autrefois la place de cuisinière chez mes parents. Je connaissais sa mère (une femme pieuse et très respectable) et me suis rappelé qu'elle avait quitté la maison pour épouser un homme plus âgé, capitaine à la demi-solde. Dans son courrier, sa fille (elle se prénomme Ellen) m'informe qu'elle est la seule progéniture issue de cette union, mais qu'elle ne pouvait compter sur son père, un ivrogne, et avait perdu sa mère il y a quelque dix-huit mois (je déplore qu'on ne m'ait pas appris sa mort à l'époque). Elle s'est trouvée sans amis, ni proches ni argent, et comme nombre de ses semblables, elle gagne depuis une misère dans notre métropole grâce à ses talents de couturière.*

(Je crois qu'elle a trouvé mon adresse – ou plutôt, celle de notre ancienne maison de Clapham, puisqu'on a fait suivre sa lettre – sur un pli que j'avais envoyé à sa mère il y a de cela des années.)

Si elle nous a écrit, bien sûr, c'est pour implorer notre générosité. Elle affirme que sa mère parlait toujours en bien de mes parents (ce dont je ne doute pas), et que même si elle a honte de nous adresser pareille requête, etc.

Comme tu le sais, je suis opposé à l'idée d'accorder l'aumône aux vulgaires mendiants, mais j'ai pris des mesures pour m'assurer de la véracité de ses propos et je me suis renseigné sur sa moralité. À tous égards, je n'ai rien entendu de négatif et n'ai obtenu que louanges à son sujet. Je souhaiterais intervenir afin d'améliorer sa condition.

À son atelier, ton père emploie bon nombre de petites mains. Voudrais-tu lui demander s'il serait possible de trouver une place – à l'essai, bien sûr – pour elle ? Certes, nous pourrions nous contenter de lui donner quelques pièces, mais lui fournir du travail se révélerait infiniment préférable, et plus à même d'embellir son avenir.

Je ne doute pas que tu seras d'accord, ma chérie, car même si nous ne lui devons rien, nous lui rendrions alors un immense service. En outre, tu possèdes la nature la plus généreuse que je connaisse.

Tu pourras me rapporter la décision de ton père de vive voix, demain ! J'ai l'impression qu'il s'est écoulé une éternité depuis la dernière fois que j'ai pu admirer ton visage, et il me tarde de le voir de nouveau en face de moi.

Ton mari dévoué, etc.

Quoi qu'il advienne, je pense qu'elle est bien tournée.

Je l'ai postée sur City Road. J'ai aussi pris les dispositions nécessaires à la poste d'Old Street pour que l'on garde ce qui sera adressé à Mr. J. H. Jones, de sorte que je puisse correspondre à mon aise et récupérer les réponses d'Ellen sans risque.

Si elle suit mes instructions, elle s'arrangera pour que je rencontre le cocher, et m'écrira le lendemain ou peu après.

Une question me tracasse : s'agit-il d'une forme de folie de ma part ?

Je me suis persuadé que je suis en droit d'abuser ma femme et mon beau-père, mais dans quel dessein ?

Celui d'aider une jeune fille d'une façon qui, si l'on me démasque, pourra me valoir les pires soupçons, et qui me liera davantage à mon père, dont je m'efforce depuis longtemps de me couper. Une chose est certaine, je n'en retirerai aucun intérêt, et à moins que mon père, contre toute attente, conserve sa place, je vais perdre une belle somme, alors que j'en aurais le plus grand besoin.

En effet, ces dix livres devront venir de la dot de D. Voilà ce qui me contrarie le plus.

Pourtant, j'ai agi, et je ne m'étais pas senti aussi bien depuis des semaines.

Pauvre Dora ! Je ne me berce pas d'illusions (il est fâcheux de mentir à sa femme, quelle que soit la raison), et je préférerais tout lui raconter, si seulement j'étais sûr qu'elle puisse comprendre.

Samedi 1er mars

Début de journée plaisant (grand soleil) qui annonce le printemps.

Dora est arrivée en cab à midi (un peu tard, étant donné nos projets d'excursion à Sydenham, mais il aurait été grossier de le lui reprocher). Je dois avouer que jamais je n'avais vu ma chère petite femme si jolie et si gaie. Ce n'était pas simplement dû au fait que l'éloignement renforce l'affection, comme le prétend le dicton, mais plutôt à l'épanouissement agréable de sa silhouette (les bienfaits de la Nature envers la future mère) et à son ravissement authentique, qui se devinait dans chacun de ses mouvements, de retrouver son chez-soi (Mr. Wincher avait terminé son travail hier soir, et l'odeur s'était tout à fait dissipée).

Je n'ai pas évoqué E.H., mais c'est Dora, pendant que Mary-Anne défaisait les bagages, qui s'est enquise de la « pauvre tailleuse », aussi lui ai-je parlé de sa probité, de ses conditions de logement, etc., en omettant de mentionner un certain monsieur. D. très compatissante. (Papa W., qui plus est, lui a fourni le nom de la « surintendante » de son magasin de Regent Street, à qui E.H. pourra se présenter cette semaine. Parfait.)

Nous avons ensuite discuté de notre sortie de l'après-midi. D. débordante d'enthousiasme à l'idée de revoir le Crystal Palace, mais a à peine eu le temps de se changer avant la visite du Dr. Antrobus (ponctuel à la seconde près), venu nous prévenir que notre voiture attendait. Nous avons donc pris la route peu après une heure.

J'ai voyagé en face de Mrs. Antrobus et, pendant que nous conversions, je me suis rendu compte que sa robe flattait le regard (autant qu'un simple représentant du sexe masculin peut en juger) et qu'un vêtement similaire, à condition qu'il soit abordable, siérait à ma femme chérie. Avec quelle promptitude, néanmoins, peut-on se raviser ! Lorsque Mrs. A. est descendue du fiacre à la gare de London Bridge, j'ai remarqué que sa jupe se relevait à intervalles réguliers au niveau de l'ourlet, de sorte qu'elle laissait apparaître des jupons de flanelle rouge ! Dora, qui a noté ma stupéfaction, a attendu quelques instants et m'a indiqué, à voix basse, que c'était la mode. Je lui ai répondu qu'en ce qui me concernait, si elle venait à acquérir ce genre d'article, j'aurais fort à redire. (Le Dr. Antrobus, évidemment, est beaucoup plus flegmatique que moi, et s'il a quelque objection à formuler, je doute que sa femme l'entende un jour !)

Nous avons remonté le quai sans difficulté. Le train, pourtant, accueillait une foule de passagers, mais la voiture du directeur était très confortable et peu encombrée. Nous avons vite quitté London Bridge, franchi le viaduc à toute vapeur, en passant devant les mansardes et toits d'ardoise couverts de suie qui entouraient la gare. Dora et Mrs. A. se sont lancées dans des conjectures légères concernant les habitants des diverses chambrettes, dont on entrapercevait l'intérieur à travers le panache blanc. Ni l'une ni l'autre, bien sûr, n'a jamais été confrontée à la pauvreté, à laquelle elles trouvent un côté romantique. Le quotidien de cette population, par chance, est pour D. aussi lointain que les problèmes des hindous ou des sauvages d'Afrique.

À notre arrivée à Sydenham, ç'a été la « bousculade », comme toujours, et le couloir par lequel on sort nous a paru interminable. Nous avons cependant eu le temps de profiter d'une brève promenade autour des fontaines avant d'entrer dans le Palace. J'avais obtenu des places au balcon supérieur, d'où nous avions une excellente vue sur le transept, même si D. a ouvert son ombrelle pour se protéger du soleil. J'ai demandé au Dr. Antrobus ce qu'il pensait de l'édifice. Je n'ai pas entendu sa réponse en totalité, car les musiciens s'installaient, mais il a prononcé le mot « serre ». Sans doute une plaisanterie de sa part, mais je n'en mettrais pas ma tête à couper.

Quelle que soit son opinion, je ne crois pas que l'on puisse émettre la moindre réserve quant à la qualité de la musique. Le son produit par deux mille âmes qui chantent en harmonie possède un pouvoir expressif inégalable ; le chœur (« *Lord, let us hear thy voice* »), puissant et sublime. J'ai constaté que Mrs. A. était subjuguée par la force de l'exécution ; Dora, elle aussi, visiblement touchée. Il a fallu attendre la fin du concert pour que je me rende compte que D. avait quasi « cuit » sous le verre, malgré son ombrelle (trop timide, la pauvre enfant, pour s'en plaindre !) et avait grand besoin de se désaltérer. Nous nous sommes donc frayé un chemin à travers la foule jusqu'à la Salle des rafraîchissements, où nous avons pris un thé à un shilling, pendant que le bon docteur allait visiter le musée de la Technique, ajout récent que la presse a beaucoup encensé.

— Mon mari, a fait remarquer Mrs. Antrobus à D., préfère les minéraux à de la musique divine. C'est plus que je ne puis en supporter.

Ces propos ont été prononcés avec le sourire, mais je n'ai pu que me demander si elle nourrissait de réels griefs à l'égard de son mari parce qu'il ne partageait pas sa passion innée pour les arts. Elle nous a alors régalé de nombreuses anecdotes amusantes pour illustrer davantage la nature grincheuse du médecin. J'étais quant à moi assez distrait par l'apparence de Dora, que je trouvais blême et apathique, même si elle a affirmé « aller très bien » et m'a prié de ne pas « faire d'histoires ».

Au retour du Dr. Antrobus, nous nous sommes mis en marche pour la gare. On avait allumé les lampes à gaz, et le spectacle des promenades et des jardins illuminés suscitait une certaine fascination. Le chemin, à mon grand dam, débordait de toutes sortes de visiteurs (y compris certains qui terminaient leur repas constitué de sandwiches et de bière) qui avançaient dans le même sens. Je me suis rendu compte que nous étions partis au pire moment. Après avoir pénétré dans la gare avec peine, c'est au prix d'un immense effort que nous avons réussi à rejoindre la voiture du directeur. J'étais prêt à insister pour que nous prenions un cab, malgré les difficultés ou les dépenses que cela engendrerait, car Dora semblait alors épuisée, ce que le Dr. Antrobus a lui-même fait remarquer. La possibilité de revenir sur nos pas, hélas, nous était interdite par la masse de voyageurs qui s'entassait dans le train. Enfin, alors que D. était manifestement exténuée, un agent de quai nous a bloqué le passage au moment où nous nous apprêtions à monter à bord.

— Il ne reste que deux places, monsieur.

Jamais, me semble-t-il, n'ai-je ressenti une gêne aussi aiguë.

— Nous avons des billets pour la voiture du directeur.

— Je n'en doute pas, mais il n'y a que deux sièges. Vous pourriez tenter votre chance en deuxième classe.

Je ne chroniquerai pas le reste de notre conversation, et tout commentaire additionnel serait superflu. L'employé des chemins de fer n'a pas cédé, et le train devait partir d'une minute à l'autre. Le Dr. Antrobus a alors suggéré (que pouvions-nous faire d'autre ?) que nous laissions nos sièges à nos femmes et allions chercher de quoi nous asseoir plus loin.

— Quelle mauvaise idée ! a objecté Mrs. A. De toute évidence, Mrs. Jones ne se sent pas bien (D. a protesté timidement), mais si quelqu'un doit l'accompagner, c'est un médecin. Et si elle se trouvait mal, pendant le voyage ou à London Bridge ? Qui s'occupera d'elle ?

— Comptez-vous faire le trajet en deuxième, ma chère ? a rétorqué le docteur, en ne montrant qu'un soupçon de surprise.

— Mr. Jones sera mon chaperon. D'ailleurs, je suis convaincue qu'il ne se produit rien en deuxième, ni même en troisième, qui n'ait lieu en première.

Moi qui avais à peine prononcé un mot, il fut décidé que j'abandonnerais ma femme !

La bousculade que nous avons dû affronter pour accéder à la deuxième classe n'a guère été mieux, le quai entier étant en proie à une mêlée généralisée. Si cela n'avait tenu qu'à moi, j'aurais attendu le train suivant, mais Mrs. A. a repéré une brèche en troisième (!), s'est précipitée tête baissée dans la foule et a réussi à s'installer.

(Fortesque, s'il avait été là, l'aurait sans doute qualifiée de « vive comme tout » sans la moindre hésitation !)

Le train s'est mis en branle. Je me suis efforcé de garder un semblant de dignité, mais n'y suis pas parvenu, car un ouvrier, clairement éméché, m'a conseillé de « me dérider » et m'a proposé une bouteille de porter « à partager avec votre petite dame ». Ma réponse embarrassée (j'ai expliqué en bégayant la nature exacte de ma relation avec Mrs. A.) n'a pu que provoquer l'hilarité générale.

Comme j'exècre qu'on se gausse de moi !

Seule miette de réconfort, au cours du trajet, alors que je dialoguais avec Mrs. A. malgré le vacarme, j'ai évoqué mon manuscrit et mes espoirs concernant sa publication éventuelle, ce qui m'a conduit à lui demander si elle accepterait de le lire. Je crois qu'elle a été fort impressionnée par mon entreprise et, à moins que je ne me flatte à tort, mon projet littéraire m'a permis de monter dans son estime.

Par bonheur, à notre arrivée à London Bridge, lorsque nous avons rejoint Dora et le brave docteur, D. paraissait en bien meilleure forme. Le Dr. Antrobus a déclaré qu'il ne devait s'agir que d'un cas de surmenage, lui a recommandé une journée de repos et interdit toute autre sortie « où l'on risque de rencontrer pareille cohue ».

Au ton de sa voix, je crains qu'à l'avenir il n'applique la même prescription à sa femme et à lui. D. m'a cependant assuré qu'il s'était montré prévenant au cours du voyage. En outre, il ne pense pas, d'après elle, que j'étais à blâmer, « mais il rejetait plutôt la faute sur l'agent de quai ».

Espérons-le !

Mrs. Antrobus, au moins, ne m'a pas semblé déconcertée par son expérience en troisième. J'en ai parlé à D. après le dîner. Elle m'a alors confié un fait intéressant (un potin de choix) qui pourrait expliquer le *sang-froid** dont elle a fait preuve au cours de cette épreuve. Elle a été actrice, autrefois !

Il est donc tout à son honneur d'avoir fait un bon mariage ; en ce qui me concerne, je ne partage pas les préjugés qu'ont certains au sujet des femmes ayant un jour foulé les planches.

Cela étant… une comédienne ! Voilà qui éclaircit beaucoup de choses.

(*NB* : ai écrit à E.H.)

Dimanche 2 mars

Nous sommes rendus à l'église, sous un soleil radieux ; sermon, *De la résignation de Job*. Au retour, avons inspecté le jardin, qu'il va nous falloir maîtriser durant les mois d'été (encore des dépenses !). Ai discuté brièvement avec nos voisins de la douceur inhabituelle du temps pour la saison.

Dora (toujours assez fatiguée et peu encline à sortir) m'a presque chassé de la maison. Elle m'a informé que, Mary-Anne profitant de sa demi-journée de congé, elle aimerait pouvoir au moins lire un livre « sans être dérangée », que je ne devrais pas « traîner dans les parages » et que je ferais mieux de prendre de l'exercice.

Je me suis donc mis en tête de suivre la New River en direction de Stoke Newington, jusqu'aux réservoirs aux abords des Green Lanes, et ainsi de m'échapper une heure dans « la campagne ».

J'ai trouvé la promenade agréable (comme la lumière inaltérée du soleil est précieuse et salutaire dans notre lugubre capitale !), mais les briqueteries s'étendaient partout (plus encore que l'été dernier, quand j'ai emprunté cet itinéraire avec D.). Aucune parcelle ne semblait avoir été épargnée par la fièvre bâtisseuse. Il a fallu attendre que se dresse la grande station de pompage pour que les terrains préparés cèdent la place à des prés, et c'est seulement à l'approche des réservoirs qu'est apparu un soupçon de rusticité (les jardins des vieilles fermettes visibles le long des Lanes, avec le bois de Hornsey en arrière-plan).

J'ai donné un pourboire au gardien et décidé d'arpenter le chemin de berge « dans le sens des aiguilles d'une montre », avant de revenir par les deux lacs. J'ai vite croisé plusieurs « citadins » qui se livraient comme moi à la même détente, puis une bande de garçonnets en haillons, qui habitaient sans doute les environs et qui, à en juger par l'état de leurs vêtements, venaient de se laver dans l'eau (pratique à décourager pour des questions sanitaires). Quelques centaines de mètres plus loin, j'ai vu deux robustes ouvriers approcher. En « tenue du dimanche » (des costumes et des cols mal ajustés), deux jeunes femmes les accompagnaient. J'allais m'écarter pour les laisser passer quand, à ma grande surprise, j'ai reconnu trois d'entre eux. Les hommes étaient les employés de Mr. Saunders, que j'avais vus récemment à St. Mark, et l'une de leurs amies n'était autre que ma bonne !

Le plus âgé m'a dit bonjour, et je lui ai retourné son salut. Inutile de noter ici la gêne occasionnée. J'aurais préféré, en tout cas, que l'on m'épargne les gloussements et les gros rires qui ont éclaté lorsqu'ils ont cru que je ne pouvais plus les entendre.

(Le mystère de la carte de Saint-Valentin et de son « admirateur » est à présent expliqué !)

En rentrant, j'ai relaté cet incident à D., avec l'intention de renvoyer Mary-Anne, ne serait-ce que pour l'hilarité insolente qui a suivi mon départ. Pourtant, après discussion, ma Dora adorée (si bonne et magnanime !) m'a persuadé d'y renoncer. Elle m'a poussé à reconnaître qu'à l'exception des rires, je n'avais rien noté d'inconvenant dans la conduite de la jeune femme, ni chez ses compagnons (nul signe de boisson, aucune démonstration d'indécence), et que c'était selon toute vraisemblance une réaction primitive au côté embarrassant de la situation qui avait provoqué leur amusement.

— À quoi devrait-elle occuper ses congés, d'ailleurs, a demandé ma chère D., si elle veut trouver un mari ?

Une telle solidarité, dès qu'il est question « d'idylle », est, je pense, caractéristique du sexe faible. J'ai toutefois convoqué Mary-Anne, le soir, et lui ai indiqué que, même si cette demi-journée de repos lui appartenait, elle devait observer un comportement irréprochable en permanence, et que je ne tolérerais en aucun cas la présence de courtisans dans la cuisine ou dans la courette.

— Entendu, monsieur.

Elle aurait aussi bien pu ajouter : « Cause toujours ! »

Je n'ai pas insisté davantage. J'espère à vrai dire qu'ils vont se fiancer. Si ce rustre l'épousait, il nous déchargerait d'un fardeau !

Pendant ma promenade, la question de E.H. a également occupé mes réflexions. Je passerai demain à la poste ; une lettre m'y attendra peut-être.

Lundi 3 mars

Fortesque s'est marié.

Ce matin, il a fourré une part du gâteau de noces dans ma main lorsque j'ai pris place à mon bureau, puis, pendant notre déjeuner au *Gilroy*, il m'a relaté en long et en large la cérémonie et tout le bataclan. La célébration a eu lieu dans une petite église près d'Aldgate. Il s'est répandu en superlatifs : « formidable », « sensationnel », « extra », etc., et m'a raconté que les épousailles avaient été suivies par une « sacrée bamboche » dans une taverne de la City.

Moi qui me serais volontiers abstenu de connaître les détails, j'ai été soulagé que notre conversation soit interrompue par l'arrivée inattendue du courtier avec qui F. avait sympathisé. C'est un homme du nom de Gresham, élégamment mis, quoique à la mode des « gandins ». Il s'est excusé auprès de moi et a entraîné F. à l'écart ; ils se sont entretenus plusieurs minutes. F. ravi à son retour. Je crains qu'il ne se soit embarqué dans quelque spéculation financière.

Les courtiers sont en permanence en train de se livrer à de nouvelles combines. Heureusement, cela ne me concerne pas.

Ai quitté le bureau à cinq heures et fait un crochet par City Road. Rien à la poste.

Dora était à la maison, assez en forme. Nous avons rendu une rapide visite à Mrs. Antrobus, avec une cargaison précieuse dans mon petit porte-documents. Mrs. A. était passée plus tôt dans la journée et a expressément rappelé à D. ma promesse de lui laisser mon manuscrit. Je l'ai donc confié à ses soins et elle a juré de le lire avec la plus grande attention avant la fin de la semaine.

Je me demande ce qu'elle va en penser.

Mardi 4 mars

Dora, ayant recouvré ses forces, a soudain acquis un grand appétit (« mange pour deux », etc.) et s'est plainte au dîner qu'elle allait devenir aussi grasse « qu'un cochon de lait ».

J'ai rétorqué que c'était à prévoir, remarque qui l'a beaucoup indignée.

Je ne devrais pas la taquiner autant !

Mercredi 5 mars

Au déjeuner, autre annonce stupéfiante de Fortesque : il va louer une maison (six pièces et un sous-sol) dans Upper Holloway !

Je lui ai demandé comment il allait réussir à payer le loyer (son salaire est très insuffisant), ce à quoi il m'a répondu qu'il avait « touché un capital inattendu » (un héritage ?) et qu'il estimait que « Betsy méritait un foyer respectable ».

La question est surtout de savoir, je le redoute, quel accueil les habitants du quartier (pour sa majeure partie très huppé) réserveront à « Betsy ».

Suis rentré par City Road ; nouveau passage à la poste : une lettre !

Pear Tree Court
4 mars

Cher monsieur,

Cette lettre pour vous remercier encore de votre gentillesse. J'ai écrit à Mrs. Prendergast au magasin Willisse, et elle m'a dit de venir jeudi pour un essai. Je vais faire de mon mieux (ma parole d'honneur), mais je pourrai pas plus.

J'ai parlé à votre père. Lui aussi vous est très reconnaissant et il vous envoie ses bons vœux. Le cocher s'appelle Wilfred Dennis et il dit qu'il va venir à Angel, Islingon, ou à n'importe quel autre endroit qu'y faudra, et que vous pouvez lui écrire au 12 Ampton Place, King's Cross.

Je vous souhaite la santé,

E.

Je vais prendre la plume sur-le-champ, mais pas question de payer le cocher avant qu'Ellen ait été reçue et, avec un peu de chance, engagée.

Vendredi 7 mars

Une deuxième lettre, ce soir, à la poste restante ; plus tôt que je ne m'y attendais.

Pear Tree Court
6 mars

Cher monsieur,

Je vous annonce que j'ai rendu visite à Mrs. Prendergast ce matin. Elle a été satisfaite et je commence lundi. On me fournira le toit et le manger, et je toucherai douze livres par an.

J'oublierai pas votre gentillesse de m'avoir rendu ce service dont j'aurais jamais rêvé puisque rien nous lie, à part votre père, qui m'a d'ailleurs prévenue que vous allez voir Mr. Dennis, ce pour quoi je vous remercie aussi. Si ça vous dérange pas, je vous écrirai plus tard pour vous raconter comment se passe mon travail, mais seulement si vous êtes d'accord.

Votre dévouée,

E.

Je ne puis décrire avec les mots justes l'immense soulagement que j'ai ressenti en apprenant cette nouvelle. Quelle gratification de savoir que mon plan, qui présentait tant de dangers, a réussi, et que la vie de la jeune fille est à présent entre de bonnes mains !

Il ne me reste plus, et je le déplore, qu'à rencontrer le cocher et à offrir à mon père encore une chance de « prouver sa valeur ».

Le rendez-vous n'aura pas lieu à Angel, cependant ; je ne veux pas risquer que l'on me reconnaisse.

Samedi 8 mars

Ai quitté Moorgate à deux heures de l'après-midi, pris l'omnibus et retrouvé le cocher (après avoir convenu d'un rendez-vous) au *Cock*, un pub de Fleet Street.

C'était un petit homme râblé, âgé au plus de cinquante ans, au visage taillé à la serpe, pinailleur de tempérament, qui avait la manie de pointer son doigt vers moi pour illustrer même les propos les plus banals. À l'entendre, nul doute que sa vie avait été « un long combat », et que, après un départ peu prometteur, il s'en sortait bien. Il m'a expliqué qu'il était propriétaire de son équipage (« parce que j'ai toujours préféré rien devoir à personne ») et possédait des parts dans une demi-douzaine d'autres. Il s'est déclaré « prêt à parler affaires » avec moi et, en effet, m'a paru sérieux et sensé, malgré son manque certain d'instruction.

Difficile de comprendre, donc, pourquoi il accorderait une telle confiance, avec ou sans caution de dix livres, à mon père.

Je lui ai indiqué mon scepticisme. Il m'a répondu qu'il n'avait « jamais connu meilleur abreuveur » et que même si « la moitié des aides et des travailleurs de nuit dans le domaine des fiacres sont des crapules patentées, monsieur », il était convaincu que mon « vieux » serait « régulier et paierait son tribut sur toutes les courses ».

Est-il possible que mon père ait bel et bien changé ?

Notre conversation s'est poursuivie :

— Voulez-vous inspecter le cab, monsieur ?

— Non, c'est inutile.

— Et ma licence, vous voulez la voir ?

Ce à quoi j'ai acquiescé, car le cocher m'avait paru déçu par ma précédente réponse et se montrait désireux de me prouver sa bonne foi.

— Vous souhaitez un reçu, monsieur ?

— Oui, l'ai-je informé, avant de lui remettre mon chèque.

Nous avons alors conclu notre affaire par une franche poignée de main.

C'est idiot, et je ne saurais l'expliquer, mais je suis rentré chez moi d'excellente humeur ; Dora me l'a même fait remarquer au dîner.

C'est Ellen Hungerford que je dois remercier, je crois. Quelle plus grande satisfaction que celle d'améliorer le sort d'un de ses semblables ? Elle va désormais profiter de son savoir-faire, plutôt que de n'y puiser que souffrances. Quant à mon père…

Non, je vais m'arrêter là. Je n'ose espérer.

Mardi 11 mars

Mauvais temps ; retour du froid.

Ce soir, Dora encline à discuter de son état. Elle écrit beaucoup à sa mère depuis une bonne semaine et a reçu nombre de conseils concernant ses couches, la nécessité d'engager une nurse pour le mois qui suivra la naissance, etc., même s'il est trop tôt pour aborder ces questions. Il me semble que ces considérations l'ont emplie d'une humeur sombre, que je dois m'efforcer de dissiper… mais comment ?

Alors que j'y réfléchissais, après que D. s'était retirée, Mary-Anne a frappé à la porte de mon cabinet. Elle m'a prévenu qu'un cocher avait carillonné à la porte de la courette (plongé dans ma rêverie, je ne l'avais pas entendue) et que, malgré l'heure tardive, il souhaitait s'entretenir avec le « maître de maison », car il avait trouvé un objet qui d'après lui pouvait m'appartenir.

Je suis resté perplexe quelques instants, puis j'ai deviné de quoi il s'agissait.

J'ai enfilé mon manteau et je suis sorti. Devant chez nous stationnait un fiacre, dont le conducteur nouait les rênes au réverbère voisin. Il était couvert d'une lourde cape de toile cirée et d'un chapeau qui dissimulait la quasi-totalité de son visage, mais j'ai aussitôt reconnu mon père.

J'ai exigé de savoir pourquoi il se permettait de se présenter chez moi. En vérité, une seule question me taraudait, celle que je me posais toujours, enfant… « A-t-il bu ? »

— Mon gars ! s'est-il exclamé, à mi-voix. Je veux te parler, c'est tout.

J'ai eu le plaisir (je ne peux le nier) de constater que rien chez lui n'évoquait les manières d'un homme ivre et qu'il ne dégageait nulle puanteur d'alcool. Je lui ai néanmoins rappelé que je lui avais interdit de revenir, que c'était extrêmement imprudent, etc.

— Je suis juste venu te remercier, mon fils, pour tout ce que tu as fait…

Je l'ai interrompu et lui ai répondu que le seul témoignage de reconnaissance que j'attendais de lui, c'était qu'il ne me dérange plus, sauf pour me rembourser les dix livres que j'avais dépensées afin d'assurer son embauche. J'en serais volontiers resté là, mais il a insisté et posé la main sur mon bras.

— Non, faut que tu m'écoutes. Je vais dire ce que j'ai à dire, tu peux pas me le refuser. Je sais que je t'en fais rudement baver, depuis des années. Je peux pas m'en dédire, et t'as rien mérité de tout ça. N'empêche que les services que tu nous as rendus, à Elly et moi, cette semaine, c'est de la vraie charité chrétienne, alors je voulais te prévenir que je respecte mon engagement, comme je l'ai promis, et que je vais essayer d'être à la hauteur de ta bonté. Je vais me démener pour tenir le coup. Je sais que je devrais pas être là à t'embêter et je vais pas m'attarder, mais je pourrais pas conduire cette voiture un mile de plus sans t'avoir remis ça.

Il a plongé la main à l'intérieur de sa veste et m'a tendu un petit médaillon d'argent.

— Ouvre-le donc, a-t-il dit.

Je me suis exécuté. Le fermoir coinçait, mais il a fini par céder et a révélé une miniature délicate représentant une jeune femme.

— C'est ta mère, mon garçon. Peu de temps après notre mariage… c'étaient des jours meilleurs. J'ai passé deux mois à économiser pour le retirer du mont-de-piété. Dieu sait qu'il y a fait des allers-retours. C'est tout ce qu'il me reste d'elle. J'aimerais que tu le gardes, bien en sécurité.

Ma mère !

Je n'ai pu me retenir – j'ai versé une larme en silence. Depuis vingt ans, je n'avais rien eu pour me rappeler son visage (j'étais convaincu que tout avait été perdu), et la dernière fois que je l'ai vue…

Voilà que je la retrouvais, jeune, radieuse, pleine de beauté et de charme… j'ai éprouvé une sensation indescriptible.

Mon père n'a rien ajouté d'autre qu'un au revoir. Pour ma part, presque incapable de parler, je n'ai eu que quelques paroles convenues.

Je contemple le portrait, à présent, sous la flamme de ma chandelle. On y lit l'inscription :

À ma douce Georgina, l'amour de ma vie.

Des jours meilleurs, en effet !

Je ne puis m'attarder dessus. Les souvenirs qui me restent de cette union, et sa conclusion, sont loin d'être agréables.

Pourtant, les événements de ce soir me semblent être le présage, le signe infime, que je me suis trompé, et que même mon père est en mesure de se racheter.

Puis-je y croire ?

Mercredi 12 mars

De nouveau, Dora très nerveuse à la perspective d'enfanter, etc., même si elle ne sera pas à terme avant plusieurs mois.

Elle s'est présentée à mon cabinet de travail après le dîner, m'a imploré « de ne pas me fâcher » (existe-t-il des paroles moins à même de rassurer un mari ?), puis a suggéré que nous nous passions de nurse et demandions à sa mère de rester une semaine ou deux chez nous à la place. Elle est convaincue qu'elle serait « plus à l'aise avec maman, qui voudra nouer connaissance avec l'enfant… », etc.

J'ai répondu que je n'étais pas « fâché », mais que je ne voyais pas comment l'on pouvait « nouer connaissance » avec un nouveau-né, un être qui ne possédait encore ni personnalité ni intellect, et qui n'était formé sous aucun aspect. J'ai en outre ajouté qu'à mon sens maman Willis ne serait pas qualifiée pour se substituer à une nurse.

(Veillera-t-elle la nuit durant lorsque le bébé pleurera ? Pourvoira-t-elle au moindre besoin de la mère et de l'enfant et se chargera-t-elle de tout le labeur désagréable que cela lui vaudra, sans se plaindre ? J'en doute fort !)

D. est restée silencieuse et s'est couchée tôt. Il vaut mieux, pour sa santé, que nous ayons évité la dispute.

C'est justement (D. ne s'en rend pas compte) le but des innombrables conseils de maman W. : la persuader qu'elle seule possède l'expérience requise, qu'elle seule devrait avoir de l'emprise sur sa fille. Elle cherche à fourrer son nez partout.

Bref, j'ai trouvé un moyen d'égayer D. : passer ensemble quelques jours au bord de la mer. Je suis convaincu que cela nous fera le plus grand bien, autant moralement que physiquement. Mr. Hibbert loue sans cesse les mérites de Broadstairs : je vais voir si je peux organiser ce séjour.

Jeudi 13 mars

Dora n'est pas descendue prendre le petit déjeuner et, ce soir, s'est retirée de bonne heure. Je lui ai demandé si elle était souffrante, ce qu'elle a nié avec fermeté.

Je n'aurais pas cru cela d'elle, mais j'ai l'impression qu'elle boude au sujet de cette chère belle-maman.

Je ne céderai pas à pareil chantage.

Vendredi 14 mars

Le plus triste des jours.

Lorsque je suis rentré du bureau, on m'a appris que Dora était alitée. À ce moment-là, je ne m'en suis pas inquiété. Je ne suis pas monté la voir, estimant qu'il fallait la laisser se reposer.

Une heure plus tard, Mary-Anne m'a informé que, même si elle ne souhaitait pas s'opposer à sa maîtresse, je devais aller chercher le docteur.

J'ai indiqué que je ne comprenais pas.

— Elle vous en a pas parlé, à vous non plus, monsieur ?

— De quoi ?

— Je suis désolée, mais ça fait deux jours qu'elle saigne et qu'elle dit rien. Je l'ai vu dans son linge. Je suis juste descendue remplir le broc. Elle a essayé de le cacher, mais il y a encore du sang, un paquet, et je crois qu'elle a des douleurs…

Sans plus tarder, je suis allé chez le Dr. Antrobus.

À neuf heures du soir, ç'a été terminé ; un plein seau de glace a permis de juguler le saignement.

L'enfant mort-né, à moitié formé, était une drôle de petite chose. Une minuscule poupée, à peine plus grande que ma main. Ç'aurait dû être un garçon.

Je ne dois la survie de Dora qu'à la miséricorde du Seigneur, et au travail du bon docteur.

Avant de partir, ce dernier m'a offert un semblant de réconfort : il m'a expliqué que l'enfant ne serait jamais devenu robuste, que s'il avait vécu sa vie n'aurait été que souffrance.

— C'est la providence de la Nature, mon pauvre ami. Que cette certitude et votre foi vous apportent la consolation. Votre femme recouvrera ses forces et plus tard pourra porter un autre bébé.

Deux heures. D. terriblement silencieuse et immobile ; elle est incapable de trouver le sommeil.

Dès demain matin, je ferai venir sa mère. J'ignore ce que je peux de plus pour elle.

CHAPITRE VI

— Vous n'y croyez pas, hein ? s'enquit le sergent Preston comme le cab s'arrêtait dans Amwell Street.

L'inspecteur Delby posa le pied sur le trottoir.

— Difficile d'avaler qu'une simple jeune fille... Un instant, qui est-ce ?

L'objet de la curiosité du policier était une belle calèche Amempton, rouge et or, qui se rangea derrière le fiacre. L'habitacle était caché par des stores noirs. Le cocher descendit en vitesse de son siège, ouvrit la portière à une femme d'allure imposante, en tenue de deuil intégrale et le visage dissimulé sous un voile, et l'aida à sortir.

— Que puis-je pour vous, madame ? demanda Delby lorsqu'elle se tourna vers lui.

— Vous devez être l'agent chargé de l'enquête.

— Inspecteur Delby, répondit-il, se sentant dans l'obligation d'appuyer sur le premier mot, légèrement heurté par le ton hautain de l'inconnue.

— Vous vous êtes entretenu avec mon mari, tout à l'heure, monsieur. Je suis la mère de la malheureuse.

— Mrs. Willis ? s'étonna Delby. Nous ne pensions pas vous trouver ici.

— Eh bien, me voilà. Il faut que quelqu'un inspecte les lieux… mais je ne m'enfermerai pas dans cette maison tant que…

Sa voix vacilla.

— … mon époux, comme l'indique son absence, me désapprouve. Il affirme qu'il ne remettra jamais les pieds ici. L'envisager lui est insupportable, mais il ne m'en empêchera pas.

— De quoi, madame ?

— De voir ma fille.

— Ah bon ? Vous êtes sûre ? demanda le sergent Preston, après un silence gêné. Son état… n'a rien d'agréable à regarder… enfin, pour une femme.

— « Agréable », dites-vous ? Je ne me suis jamais figuré que ça le serait. On va ouvrir une enquête judiciaire, n'est-ce pas ?

— Bien sûr.

— Et au moins une dizaine d'inconnus vont venir l'examiner sous toutes les coutures.

— C'est le devoir du coroner, en effet.

— Ça, je ne le récuse pas, monsieur. Et j'espère que vous ne me contesterez pas le droit d'aller auprès de ma fille.

Delby réfléchit quelques instants.

— Comme vous voudrez.

Delby jeta un coup d'œil à la pendule posée sur la cheminée de la chambre. Il n'y avait pas prêté attention lors de sa première inspection. N'ayant pas été remontée, elle s'était arrêtée, comme unie à sa maîtresse par sympathie mécanique. Juste au-dessous gisait le cadavre de Mrs. Dora Jones.

— Je regrette, mais il ne faut toucher à rien, madame, déclara l'inspecteur avec précaution. J'aime autant que… eh bien, je préférerais que vous ne…

Mrs. Willis, qui s'était penchée pour caresser le visage de sa fille, à la peau aussi pâle et froide que de la porcelaine, se redressa et reprit sa posture raide et déterminée.

— Elle nous sera rendue après l'enquête, n'est-ce pas ?

— À moins que… je vous prie de m'excuser, mais mieux vaut que je vous prévienne… à moins que le coroner n'exige une autopsie.

— Inutile d'être chirurgien pour voir ce qu'il a infligé à ma pauvre Dora ! s'exclama Mrs. Willis, indignée.

— Vous avez sans doute raison, madame.

Après un dernier regard au cadavre, elle se détourna.

— Très bien. Veuillez me reconduire, à présent.

— J'ai déjà perdu deux de mes enfants, inspecteur, dit Mrs. Willis qui, assise dans le salon, buvait une tasse de thé préparé en hâte. L'une à la naissance, et l'autre, mon cadet, a été emporté après deux ans seulement. À chaque fois, je me suis consolée en me répétant qu'il fallait se plier à la volonté de Dieu, que leurs petites âmes étaient montées au Paradis parce qu'Il avait un dessein, mais ça… ce n'est pas Son œuvre… la vie de ma fille, enlevée prématurément… c'est le travail d'un démon de forme humaine.

— Qu'entendez-vous par là ?

— Je vois bien, monsieur, que vous savez tout à fait à qui je pense. À son monstre de mari. Je gage que l'on cherche par tous les moyens à l'arrêter ?

— Nous remuons ciel et terre, madame.

— C'est déjà ça.

— Ce qui pourrait m'aider à y parvenir, reprit l'inspecteur, puisque vous êtes là, ce serait que vous acceptiez de répondre à quelques questions.

— Bien sûr, si cela peut vous être utile.

— Pour commencer, je crois comprendre qu'en ce qui vous concerne vous n'étiez pas en bons termes avec Mr. Jones.

— Mr. Antrobus vous en a sans doute parlé. J'ai toujours estimé que cette union signerait la perte de ma Dora… être la femme d'un simple clerc… lequel n'avait aucune perspective d'avenir, qui plus est… mais ça… cette atrocité…

— Je suis navré de vous infliger cela, madame, s'excusa Delby, qui choisit de changer de tactique. Dites-moi, comment votre fille a-t-elle rencontré Mr. Jones ? J'imagine que vous devez vous en souvenir.

— Évidemment, même si je peine à concevoir en quoi cela pourrait vous aider. Nous l'avons emmenée avec deux de ses cousins à l'Institut polytechnique de Regent Street, pour assister à la conférence d'un scientifique. Je n'y ai vu aucun inconvénient, et il n'y en aurait eu aucun à déplorer, si une certaine personne ne s'était pas assise à côté de notre petit groupe.

— Mr. Jones, je suppose.

— Il a engagé la conversation avec l'un des jeunes gens, même s'ils n'avaient pas été présentés, et s'est mêlé à nous. Je n'ai pas encouragé la moindre intimité entre ma fille et lui, je puis vous l'assurer, mais le mal était fait.

— De quelle façon, madame ?

— Nous l'avons rencontré de nouveau à Chelsea, la semaine suivante, sur King's Road… « par le plus grand des hasards », soi-disant. Dès que je l'ai vu, j'ai su qu'il avait jeté son dévolu sur Dora !

— Peut-être qu'il était amoureux, suggéra Delby.

— Je vous espère moins crédule dans d'autres domaines, inspecteur, rétorqua Mrs. Willis. L'amour ?

Quelle idée ! S'il n'avait été qu'un jouvenceau, je voudrais bien y croire. En outre, même si plus tard j'ai donné mon assentiment, quel genre d'homme cherche une union qui à l'évidence ne profite qu'à lui ?

— Votre fille ne l'admirait-elle pas ?

— Ma Dora était une enfant adorable, naïve. Elle n'avait encore jamais été l'objet des attentions d'un soupirant résolu, et plus âgé… les lettres, les cadeaux… tout cela lui a tourné la tête. Chaque fois que je lui soumettais mon avis…

Elle soupira, exaspérée par ce souvenir

— … bref, ça n'a plus grande importance, maintenant.

— Je cherche seulement à comprendre la nature de Mr. Jones. Si on le retrouve… vivant, du moins… connaître ces détails pourrait nous aider.

— Pourquoi « vivant », monsieur ?

— Mr. Jones a laissé une lettre dans laquelle il annonce son intention de se donner la mort.

— Trop lâche pour affronter la potence. Voilà qui ne me surprend guère.

Delby se fit silencieux, et se concentra avant de reprendre la parole.

— Comment traitait-il votre fille lorsqu'ils ont été mariés, madame ? S'était-il déjà montré violent avec elle ?

— Pas que je sache, reconnut Mrs. Willis.

— Je vois, dit Delby. À présent, j'espère que vous me pardonnerez, mais j'aimerais aborder un sujet délicat, qui pourrait se révéler pertinent pour notre enquête. Votre mari nous a informés que votre fille soupçonnait Mr. Jones de fréquenter une autre femme.

— Dora ne le « soupçonnait » pas, elle le savait.

— Lorsque nous nous sommes entretenus avec votre époux, il a laissé entendre que…

— Mon mari n'a pas connaissance de l'intimité qui existe entre une mère et sa fille. Tout d'abord, elle m'a confié tous les détails sordides. Je lui ai alors conseillé de consulter son père sur la question du divorce. Si elle n'a évoqué que des « soupçons », c'était pour que Mr. Jones puisse garder quelque vestige de sa réputation.

— Pouvez-vous me parler de ces « détails » ? Loin de moi l'envie d'être indiscret, mais cela pourrait nous éclairer.

— Bien sûr. D'ailleurs, j'ai apporté quelque chose que je souhaite vous montrer.

Elle fouilla dans le réticule noir posé sur ses genoux et en sortit une feuille de papier pliée. Delby l'examina attentivement. C'était une lettre très brève, écrite d'une main hésitante, pleine de ratures, où l'encre avait bavé en plusieurs endroits.

> *Très chère maman,*
>
> *J'ai eu le malheur d'écouter vos recommandations, et je m'en mords les doigts... je les ai vus ensemble. J'ai fait ce que vous m'avez dit... je leur ai donné une occasion... et... tout est perdu !*
>
> *Comme j'aurais préféré ne rien savoir !*
>
> *Je ne vous raconterai pas ce à quoi j'ai assisté, mais je les ai surpris tous les deux.*
>
> *J'attends vos conseils, maintenant. Comment dois-je réagir devant un mari qui n'est pas capable de respecter les liens sacrés qui unissent un homme et son épouse ?*
>
> *Que dois-je faire ?*
>
> *Votre fille,*
>
> *D.*

— Aucune date n'est indiquée, commenta le policier. Quand l'avez-vous reçue ?

— Le 13 du mois dernier. La semaine d'après, elle en a parlé à son père.

— Connaissez-vous le nom de l'autre femme ?

— Non, Dora a refusé de nous le dévoiler. Elle est restée loyale envers son mari jusqu'au bout, figurez-vous, alors même qu'il l'avait trompée. Quelle ineptie !

— À l'évidence, elle était bouleversée.

— J'espère que par là vous n'entendez pas déséquilibrée, monsieur. Elle avait la tête sur les épaules, je peux vous l'affirmer. À fleur de peau, rien de plus. Ne saisissez-vous pas ? C'est pour ça qu'il l'a assassinée… ma fille avait découvert son secret sordide !

— Je regrette, madame, répondit Delby, mais ce n'est pas aussi simple. Au contraire, cela confirme plutôt la version que donne Mr. Jones des événements.

— Je ne vous comprends pas, inspecteur. Je croyais que vous le recherchiez toujours. M'avez-vous menti ? L'a-t-on arrêté ?

Delby fit signe que non.

— Je vous prie de m'excuser. Mon intention n'était pas de vous induire en erreur. Saviez-vous que votre gendre tenait un journal ?

Dimanche 16 mars

Hier, j'ai chargé l'entrepreneur de pompes funèbres d'emmener l'enfant avant que Dora ait pu le voir. Je craignais que ce triste spectacle ne la perturbe, or elle doit à tout prix reprendre des forces. Elle n'a rien demandé au sujet du bébé et je me suis moi-même gardé d'en parler. L'homme m'a expliqué qu'on l'enterrerait aujourd'hui dans une tombe d'Abney Park (pour laquelle j'ai payé 10 shill.), « avec quelques autres petiots », et que le vicaire dira une prière pour lui (2 shill.). Si à l'avenir D. souhaite s'y recueillir, ce sera possible.

Nouvelle visite du Dr. Antrobus, ce matin. Bonne nouvelle : d'après lui, rien ne devrait empêcher D. de se remettre tout à fait, à condition qu'elle dorme et se nourrisse bien, et surtout qu'elle en ait la volonté. Il lui a prescrit sa propre mixture d'opium et d'alcools, ce qui suffira pour le sommeil, mais qu'en est-il du reste ? La cuisinière s'est attachée à préparer de la soupe, des bouillons, etc., sans succès. De la même façon, maman W., qui a pris ses quartiers sur le lit « de fortune » dans la chambre de D., semble incapable de provoquer le moindre changement.

Mardi 18 mars

D. toujours trop faible pour sortir du lit, et pis encore, ne montre aucun désir de s'extraire de sa torpeur.

En ce moment, je passe mes soirées en compagnie de maman W. et Mary-Anne, et j'essaie de les empêcher d'en venir aux mains tant elles s'accrochent au sujet de ma pauvre Dora. Maman W. n'a rien perdu de sa méfiance envers la jeune femme et ne manque pas une occasion de lui donner des ordres concernant la toilette et l'heure des repas de D. Mary-Anne, elle, ne parvient à cacher ses véritables sentiments qu'en s'acquittant de ses tâches avec cette façon propre à son sexe de se défouler sur les objets : nos « possessions » claquent et cognent dans toute la maison.

Je devrais en toucher un mot à M.-A., mais nous ne pouvons nous permettre qu'elle s'en aille maintenant. L'arrivée d'une nouvelle bonne serait trop à supporter pour D.

Mercredi 19 mars

Mrs. Antrobus a apporté des œillets, qui égaient la chambre de D. et semblent lui avoir remonté le moral.

Maman W. m'apprend que D. a bu un peu de soupe.

Jeudi 20 mars

Passage à Old Street. Lettre de E.H. à la poste restante, accompagnée d'un petit paquet (très inattendu) emballé dans du papier brun. Ne sachant pas ce que j'allais trouver, j'ai pris la précaution de les ouvrir dans un pub respectable de City Road.

Regent Street
16 mars

Cher monsieur,

Je vous écris parce que vous aviez dit vouloir savoir comment ça se passe à l'atelier.

Ça me plaît assez. Je travaille dans une salle avec onze autres filles, qui sont presque toutes plus âgées que moi, mais ça me dérange pas. Mrs. Prendergast nous surveille et se montre sévère avec celles qui clampinent ou qui bavardent, mais moi je suis fière de pouvoir vous annoncer que pour l'instant elle trouve rien à me reprocher, et elle m'a même confié que je réussirai si je rechigne pas à la tâche.

Le dimanche, on a le temps de lire la Bible et d'aller à la messe, et après on a deux heures à nous. Le jeudi soir, on est libres et on peut rendre visite à nos amis, sauf que moi j'en ai pas beaucoup. On nous donne aussi un samedi par mois. Je songe souvent à votre bonté, alors j'ai pris sur mes congés pour vous fabriquer un cadeau. J'ai demandé à Mrs. P. si elle pensait que c'était correct. Et elle m'a répondu que ça la choquait pas et que ça pourrait plaire à votre femme.

Monsieur, si jamais vous venez me voir un jour, je vous dirai combien je vous suis reconnaissante. Et je serai toujours,

Votre dévouée,

E.H.

P.-S. *La patronne m'a pas fait payer la dentelle.*

Intrigué par « le cadeau » et le post-scriptum, j'ai ouvert le paquet, qui contenait un napperon.

Présent ridicule, mais je ne peux nier que j'ai été ravi de le recevoir (et de ne rien lire à propos de mon père). Cela prouve que je ne me suis pas trompé concernant son sérieux et ses compétences, ni en misant sur les bienfaits d'un nouvel emploi sur son existence, et que, malgré tous les risques encourus, je lui ai vraiment rendu un grand service.

Dora, elle, semble reprendre des forces et se déplace doucement dans la maison. Il lui manque néanmoins une certaine étincelle de vie.

Ma pauvre petite femme !

Vendredi 21 mars

Quelque chose que je n'aurais jamais cru possible : une dispute entre Dora et sa mère !

Je n'ai pas assisté au spectacle, car je n'étais pas chez moi, mais Mary-Anne s'est fait un devoir de me l'annoncer, estimant que l'honneur lui imposait (je la soupçonne aussi d'en avoir tiré une certaine satisfaction) de m'alerter de l'« atmosphère » qui empoisonnait la maison.

Fait remarquable, leur désaccord n'a pas de cause précise. Autant que je peux en juger, maman W. a jeté les œillets de Mrs. A., en prétextant qu'ils n'étaient « plus de première fraîcheur », et Dora a demandé qu'elle les remette à leur place. À la suite de cette anicroche Mary-Anne a « trouvé Madame qui pleurait les larmes de son corps », et « Mrs. W. qui lançait des regards assassins, monsieur, si bien que j'ai cru qu'elle allait me frapper dès qu'elle me verrait ».

(Le plus remarquable dans cette affaire, peut-être, c'est que l'antipathie de Mary-Anne pour ma belle-mère suffit à me valoir le statut de confident !)

Plus tard, j'ai demandé à Dora ce qui s'était passé, mais elle m'a simplement répondu que je devais lui pardonner ses « humeurs » et qu'elle s'était déjà excusée. D'un ton plaintif, elle a déclaré qu'il était « très difficile d'avoir quelqu'un à son chevet toute la journée », qu'elle n'était « pas prisonnière, que je sache », qu'elle n'avait « rien fait de mal », m'a enjoint de la laisser tranquille, etc., et m'a semblé de plus en plus affligée, jusqu'à ce que les larmes lui viennent et que je sois obligé de quitter sa chambre.

Nul malheur n'est plus délétère chez la femme que celui qui a frappé ma pauvre Dora. Perdre l'enfant l'a beaucoup éprouvée.

Samedi 22 mars

Mrs. Antrobus est venue cet après-midi, et Dora se sentait assez en forme pour la recevoir dans le salon, en compagnie de sa mère. Plus tard, après deux heures de repos, D. est descendue dîner avec nous.

Je lui ai demandé si Mrs. A. lui avait apporté des nouvelles. D. a paru distraite quelques instants, comme s'il s'agissait d'une idée saugrenue, puis elle m'a répondu :

— Elle m'a dit que je ne devais manquer de te prévenir qu'elle a entamé la lecture de ton manuscrit, très cher, et qu'elle le trouve excellent.

En d'autres circonstances, Dora me l'aurait annoncé avec une certaine fierté. Elle s'est pourtant exprimée sans entrain, d'un ton monocorde, apparemment sans accorder d'importance à ses propos, ni à ce que l'on pourrait en penser. J'ai rétorqué qu'elle aurait pu m'en faire part plus tôt, mais cela n'a provoqué chez elle aucune réaction.

Maman W. a émis l'opinion que Mrs. A. était une « femme très intelligente » (je la soupçonne de ne pas y voir une vertu chez ses semblables) et que selon toute vraisemblance elle avait fort bien réussi, concernant son mariage.

Je n'ai rien répondu, et nous avons terminé notre repas en silence.

D. n'a pas prononcé un mot de plus de toute la soirée. Comme il me peine que ma chère petite Dora soit aussi accablée ! Je prie pour qu'elle trouve l'énergie de se relever.

Dimanche 23 mars

À l'église. Le sermon, *Les Fruits de la grâce*, prêché avec éloquence.

Ai rencontré le Dr. Antrobus (s'est poliment enquis de la santé de D.) et Mrs. A., qui m'a encore une fois entretenu de mon manuscrit, l'a qualifié de « petit livre très divertissant », etc. J'ai rétorqué que c'était loin d'être un livre, puisqu'on ne le trouvait pas en librairie. Elle a alors déclaré que s'il existait une justice, un éditeur s'intéresserait à mon cas, car je possédais « une rare finesse d'esprit », et qu'à son avis il serait « publié avant la fin de l'année ».

(Très flatteur, bien sûr, mais si elle ne s'adonnait pas à une grandiloquence aussi ridicule, on accorderait davantage de crédit à son jugement.)

À notre retour de St. Mark, Mary-Anne a sollicité un entretien. Elle m'a rappelé qu'elle n'avait pas pris sa demi-journée la semaine passée, « à cause de Madame », et m'a demandé si « du coup elle pouvait juste avoir une heure ou deux de libres ».

Son intention, bien sûr, était d'aller retrouver son beau. Je lui ai indiqué qu'étant donné l'état de sa maîtresse je ne pouvais lui donner mon accord. Ai été confronté à un silence froid, suivi par son remue-ménage chargé de colère.

Dès que D. sera sur pied, je la presserai de trouver une autre bonne.

Deux heures. Découverte abjecte !

Je pensais, après la fausse-couche de Dora, que nous aurions eu notre lot d'infortunes.

Non, il est trop tard pour que je parvienne à me concentrer. Demain…

Lundi 24 mars

J'ai passé le plus clair de la journée (alors que j'avais toutes les raisons de me consacrer à mon travail) à me demander si je devais évoquer ce que j'ai appris hier soir et s'il fallait en donner un récit détaillé. Je suis parvenu avec réticence à la conclusion que, si ces pages doivent avoir le moindre mérite, ce sera à la seule condition qu'elles relatent la vérité, même si celle-ci englobe les plus graves fautes professionnelles.

Tout a commencé peu après une heure du matin, lorsque le hasard a voulu que je me réveille. Je ne puis dire si c'est un bruit dans la maison qui m'a dérangé, mais en tout cas c'est le cri d'une femme au-dehors (une brève exclamation de douleur) qui a achevé de m'arracher à mon sommeil. Je me suis levé, ai écarté le rideau et observé par le jour entre les volets.

Je me suis tout d'abord convaincu que j'étais en train de rêver, car j'ai vu la silhouette de ma bonne, enveloppée du même châle miteux qu'elle met d'ordinaire pour le marché, qui s'éloignait dans Amwell Street ! Sa démarche m'a semblé maladroite ; nul besoin d'une grande imagination pour conjecturer que Mary-Anne venait de trébucher dans l'escalier de la courette et que le cri était de son fait.

J'ai d'abord envisagé de descendre à la cuisine afin de l'accueillir à son retour… et de la renvoyer sur-le-champ. Quelle raison valable pourrait-elle avancer ? Tandis que je continuais à observer, cependant, elle s'est arrêtée un peu plus loin, de façon inattendue. À en juger par son attitude, on devinait qu'elle devait retrouver quelqu'un à cet endroit même, et que son amant (qui d'autre ?) ne s'était pas encore montré. Il m'a donc paru ridicule de patienter à l'intérieur alors que, si je me hâtais, je pouvais mettre un terme à ces âneries. J'ai enfilé mes habits et je suis sorti en vitesse.

(Qu'auraient pensé Dora ou sa mère de mon absence si elles s'étaient réveillées ? Je préfère ne pas y songer ! Mon exaspération m'a rendu tout à fait inconscient !)

Une fois dehors, je me suis aperçu que Mary-Anne avait disparu. J'ai descendu la côte jusqu'au confluent de quatre rues (où Amwell Street devient Upper Rosoman Street) près de l'usine de la New River Company. Je croyais impossible de deviner quelle direction elle avait prise, jusqu'à ce que je remarque un espace dans la grille de l'édifice. Deux des barreaux métalliques verticaux s'étaient desserrés, à moins qu'on ne leur ait donné du jeu ; la barre transversale était cassée, et sur une des pointes était accroché un lambeau de laine rouge, tout à fait semblable à celle du châle de Mary-Anne.

Inutile de se demander plus longtemps où la chercher. Résolu à la rattraper, je me suis à mon tour faufilé dans l'interstice.

De l'autre côté, un réverbère blafard éclairait un ensemble de petites dépendances en bois. J'ai exploré les environs à pas comptés, de peur de croiser un veilleur de nuit, soudain conscient que je m'étais introduit sans autorisation dans une propriété privée.

Puis j'ai entendu une voix de femme et passé la tête à l'angle d'une des plus grandes remises.

J'ai distingué la forme de Mary-Anne, baignée par les ténèbres, en compagnie de l'ouvrier, adossée à un mur, les jupons relevés jusqu'à la taille. Son amant couvrait son visage et sa gorge de gros baisers lubriques et, sous mes yeux, lui donnait des coups de reins. Malgré le mauvais éclairage on ne pouvait douter qu'elle était complice de cette étreinte bestiale, car elle y mettait autant de cœur que lui.

Que faire ? J'avoue que je ne m'attendais pas à la surprendre en train de s'avilir ainsi. La simple idée de me manifester, d'interrompre leur copulation, me répugnant, je suis reparti en silence.

Je suis rentré avec la plus ferme intention de cueillir Mary-Anne dans la cuisine. Je crois que je me réjouissais à la perspective de cette confrontation. Pourtant, à mesure que l'heure tournait, j'ai réfléchi aux conséquences éventuelles d'une « altercation » et j'ai recouvré mon calme.

D'abord, il m'est apparu que si Mary-Anne devait être congédiée sans préavis, Dora se verrait privée de son principal soutien pour les tâches d'intérieur, que trouver une remplaçante risquait de prendre longtemps et que pareille affaire éprouverait Dora. Soudain, une autre pensée m'est venue. Dans la situation actuelle, le choix d'une nouvelle bonne ne reviendrait-il pas, de facto, à maman Willis ? Si cela devait se passer ainsi, difficile d'éviter que la nouvelle domestique ne devienne son agent, qu'elle ne se soumette à ses moindres caprices et ne me contredise à chaque occasion.

Une dernière considération, qui errait aux abords de mon esprit depuis dix jours, a eu raison de tout le reste et m'a imposé de me montrer clément avec la malheureuse pécheresse.

Si Mary-Anne ne m'avait pas prévenu qu'il fallait quérir le médecin, Dora aurait-elle survécu ?

Voici donc comment j'ai procédé…

J'ai regagné ma chambre et attendu que Mary-Anne gravisse l'escalier à pas de loup. Là, j'ai ouvert ma porte et l'ai interpellée tandis qu'elle se dirigeait vers les combles.

— Que faites-vous debout à cette heure-ci ? ai-je demandé. J'ai craint un cambriolage.

— Je suis désolée, monsieur. Je me sentais faible, et je suis allée avaler un cordial.

Elle respirait la santé et m'a servi ce mensonge sans un soupçon de remords ou de honte.

— Retournez vite vous coucher, alors.

— Oui, monsieur.

Elle s'est engagée sur les marches, mais je l'ai rappelée.

— Je jurerais que j'ai entendu quelqu'un traîner dans la courette il n'y a pas longtemps. Vous n'avez vu personne ?

— Non, y a pas un chat, je vous assure.

— Bref, mieux vaut nous prémunir. Parlez-en au policier de ronde la prochaine fois qu'il viendra près de la maison. Je crois que nous devrons installer une serrure digne de ce nom, en plus des verrous.

— D'accord, monsieur. Puis-je y aller, maintenant ?

— Bien sûr.

Je ne nierai pas que j'ai pris un malin plaisir à scruter son visage. Elle n'a pas réussi à masquer tout à fait sa déception, et ne s'est pas aperçue que je pouvais lire ses pensées.

« Une serrure ! Et je n'en aurai pas la clé ! »

Certes, il est hors de question qu'elle s'en tire sans encombre. Nulle pitié ni reconnaissance n'a à ce point altéré mon jugement. Il aurait été justifié que je la renvoie sans autre forme de procès… j'aurais été dans mon bon droit. Qui plus est, si elle a fauté (ce qui ne fait aucun doute), alors qui sait dans quelle mesure cette souillure morale pourrait étendre son influence néfaste ?

Ce n'est qu'un répit. Dès que Dora se sera remise, Mary-Anne recevra son congé.

Mardi 25 mars

Je regrette déjà ma largesse secrète envers Mary-Anne, car la voir là me rappelle sa forfaiture et provoque en moi toutes sortes de conjectures malvenues, qui m'apparaissent contre ma volonté.

Combien de fois a-t-elle ainsi trompé notre confiance ?

Est-ce l'ouvrier qui l'a dépravée de la sorte, ou est-ce seulement un aspect de la nature de la jeune femme qui jusqu'alors n'avait pas pu s'exprimer à sa pleine mesure ?

Quelle honte de devoir réfléchir à ces questions à la table du petit déjeuner !

Me voilà néanmoins interdit, car ce matin Dora a intimé à sa mère l'ordre de s'en aller.

Une telle décision aurait été logique et fort appréciable si D. avait recouvré ses facultés, mais il n'en est rien. Malgré tout, maman W. partira demain et, incroyable mais vrai, n'a pas fait d'histoires après qu'on l'a congédiée de façon si péremptoire. Elle doit redouter les conséquences qu'un autre démêlé aurait sur sa fille. On ne peut nier qu'une grande faiblesse afflige encore le moral de Dora. À certains moments, surtout le soir après le dîner, chaque mouvement (et même chaque mot !) semble exiger d'elle d'immenses efforts qui laissent la place à une profonde léthargie qu'aucune parole ni aucun signe d'encouragement ne peut dissiper.

Il faudra donc composer avec Mary-Anne jusqu'à ce que Dora se sente mieux, aussi désagréable cette perspective soit-elle.

Jeudi 27 mars

D. toujours abattue ; silence lugubre à la maison.

L'épisode avec M.-A. très embarrassant. Dois chasser de mon esprit toutes pensées à ce sujet.

Vendredi 28 mars

Reçu par le courrier de l'après-midi une lettre surprenante de Mrs. Prendergast, au sujet d'Ellen Hungerford, adressée à Dora !

Regent Street,
27 mars

Chère Mrs. Jones,

J'espère que vous n'estimerez pas trop osé de ma part de vous écrire, concernant un sujet qui doit vous tenir à cœur.

J'ai le privilège d'être surintendante à la maison Willis, et j'ai récemment accueilli une certaine Ellen Hungerford dans notre « petite famille » : une jeune tailleuse misérable mais méritante, que vous avez eu la gentillesse de nous recommander.

J'ai jugé indiqué, puisque vous vous souciez de l'intérêt de Miss Hungerford, de vous informer, votre mari et vous, de la façon dont elle progresse à l'atelier. J'ai le plaisir de vous annoncer que je suis très satisfaite d'elle. Alerte, diligente, c'est une « petite main » de premier ordre qui produit déjà le travail de qualité qui fait à juste titre la réputation des magasins Willis. Je me risquerais même à prédire qu'elle a le potentiel pour être promue, en temps voulu, à la boutique, car elle possède une belle silhouette, même si elle n'est pas tout à fait formée, et ses traits ne sont ni trop particuliers ni trop communs.

Un obstacle, cependant, peut encore l'empêcher de s'améliorer : son manque d'éducation qui, pour l'instant, lui interdirait de soutenir une causerie vivante et plaisante avec les clientes, essentielle pour la fonction de vendeuse. J'encourage les tailleuses plus âgées (car elle compte parmi les plus jeunes, ici) à lui inculquer au fur et à mesure les manières qui lui font défaut ; je vais quant à moi m'efforcer de lui prodiguer des conseils chaque fois que l'occasion se présentera. La question de l'instruction, en revanche, se révèle plus difficile, et j'espère que vous ne me considérerez pas sans gêne si je suggère qu'ensemble nous pourrions fournir à Miss Hungerford, ainsi qu'aux autres demoiselles de l'établissement de votre père, des possibilités supplémentaires de se perfectionner.

Depuis quelque temps, par exemple, je caresse l'idée d'installer une modeste bibliothèque (d'ouvrages séculiers et religieux) dans l'atelier, pour qu'elles consacrent leurs soirées à des loisirs plus bénéfiques. Conviendrez-vous avec moi que ce serait une entreprise utile ? J'ai aussi pensé que nous pourrions organiser une visite à l'Institut polytechnique, un samedi après-midi par trimestre. Il y aurait tant à faire pour enrichir l'esprit de nos jeunes couturières !

Dans ce dessein, j'envisage d'instaurer une souscription parmi leurs amis, laquelle ne profiterait pas qu'à Miss Hungerford mais à toutes nos employées.

Convaincue que vous trouverez cette cause digne d'intérêt, je me demande si vous souhaiteriez verser une petite somme au lancement de ce projet.

Je vous prie d'agréer, madame, l'expression de ma considération,

Mrs. G. Prendergast

C'est une lettre embarrassante, importune, mais nous sommes peut-être dans l'obligation de donner quelque chose. Je désapprouve néanmoins que cette femme ait écrit à D. C'est un moyen détourné, très féminin, de solliciter les cordons de la bourse de papa Willis – elle ne s'adresse pas à lui directement, mais espère à l'évidence que sa fille le mettra au courant de son entreprise.

Bien sûr, elle ne peut avoir connaissance de l'état de Dora, ni des maigres probabilités de réussir à éveiller quelque sentiment de charité chez elle. En effet, elle a seulement survolé la missive, puis me l'a rendue et m'a laissé le soin de décider.

Je suppose que je vais envoyer quelque chose.

Samedi 29 mars

Venue de Mrs. Antrobus. Elle a pris le thé avec Dora et moi à trois heures.

Je l'avoue, je lui suis très reconnaissant des petites attentions qu'elle témoigne à D. depuis la fausse couche (aujourd'hui, elle a apporté un vase chinois miniature, rempli de *pot-pourri**, que D. a depuis mis dans sa chambre). Ses brèves visites sont le seul

« remède » qui semble réveiller une étincelle de vie chez ma femme. Mrs. A. dégage une telle énergie que, comme un magnétiseur, elle diffuse une part de son influence vitale dans l'éther.

Avons abordé deux sujets de conversation. D'abord, les domestiques. En bref, Mrs. A. a perdu un bijou (plusieurs, en fait, depuis un an ou deux) et soupçonne sa bonne de chaparder. Elle ne possède aucune preuve des vols mais a décidé de la congédier. (Inutile de préciser que je n'ai pas mentionné notre « problème de soubrette » !) Beaucoup parlé, par conséquent, de la difficulté de trouver des jeunes filles convenables, de l'usage des bureaux de placement, etc., et des « horreurs » infligées à des amis ou à des connaissances par des gens de maison incompétents ou mal intentionnés. Dora n'a prononcé que quelques mots (ce qui suffit en compagnie de Mrs. A.) mais a écouté attentivement. Pour ma part, je suis resté silencieux.

Second sujet beaucoup plus à mon goût : mon manuscrit. Mrs. A. l'a terminé et le considère « aussi bon que les écrits de Mrs. Braddon ou de Mr. Wilkie Collins ». Encore une fois, ces compliments disproportionnés ôtent, à mon sens, toute crédibilité à ses propos. Nonobstant, il semblerait que Mrs. A. ait apprécié mon travail, et ses commentaires au sujet des personnages et des lieux (avec une mention spéciale pour ma description de la Tamise) prouvent qu'elle l'a lu de bout en bout. Quels que soient ses défauts, il ne fait aucun doute que Mrs. Antrobus est une femme d'esprit… je trouverai sûrement bientôt mes « lecteurs ».

(*NB* : toujours pas de nouvelles de Mr. Filks, du *Remembrancer*. Dois-je lui récrire ?)

Mrs. Antrobus est partie peu après quatre heures. J'ai eu la déception de constater que l'effet fortifiant de sa présence n'avait pas fait long feu. D. s'est retirée dans sa chambre avant le dîner, « exténuée », et n'est pas redescendue. J'ai jeté un coup d'œil par sa porte avant d'aller me coucher, la croyant endormie. Quelle surprise alors de la découvrir éveillée, en larmes, comme une âme en peine ! Elle s'était persuadée que Mrs. Antrobus l'avait trouvée « ridicule », « veule » et « pathétique », etc., et qu'elle avait émaillé ses propos de discrètes insinuations et insultes (qui toutes m'ont échappé, bien sûr !). J'ai rétorqué que j'en doutais, que jamais Mrs. Antrobus ne formerait de tels jugements au sujet de ses amis et voisins, mais pour une raison qui m'est inconnue, cela n'a fait qu'empirer l'état de D. Elle m'a soutenu qu'un homme (un malheureux homme !) « ne détecte pas ce genre de choses » et a affirmé qu'elle refuserait de voir Mrs. A. à sa prochaine visite. Lorsque j'ai essayé de la consoler, elle m'a indiqué (à moi, son mari !) qu'elle ne « pouvait souffrir qu'on la touche », qu'elle « tombait de fatigue », etc.

Deux semaines se sont écoulées depuis qu'elle a perdu l'enfant, pourtant j'ai l'impression que toute communion physique ou spirituelle est encore impossible entre ma femme et moi.

Quelle situation déplorable !

Dimanche 30 mars

Dès le lever, Dora est venue dans ma chambre s'excuser pour son éclat d'hier soir. J'ai trouvé ma femme si jolie et si penaude que, je le confesse, toute once de ressentiment s'est aussitôt évaporée. Cet effet a pourtant été gâché par l'aveu qu'elle ne prenait plus la préparation du médecin depuis que sa mère était repartie pour Chelsea !

Fâcheuse conséquence de cette omission volontaire : elle ne dort pas... « pas plus d'une heure ou deux, hélas, et le restant de la nuit, je ne peux que prendre mon mal en patience ».

Pas étonnant, alors, que sa convalescence traîne tant !

Je lui ai demandé à quel titre elle avait décidé de se passer de son remède. Elle m'a répondu, d'une voix fluette et timide, qu'elle ressentait de plus en plus une sensation désagréable d'« angoisse », et que la mixture provoquait chez elle « les plus affreux cauchemars ».

J'ai rétorqué, de façon très sage, que sa dernière objection était puérile et que ce médicament était le seul qui semblait l'aider à recouvrer ses forces.

Encore des larmes, etc.

Je me suis montré ferme et lui ai parlé sèchement. Elle a accepté de reprendre le mélange du docteur.

Quelle mouche l'avait donc piquée ?

D'autres réflexions concernant Mary-Anne et Ellen Hungerford, et le contraste entre elles, m'occupent l'esprit. La première a gaspillé sa plus belle chance de connaître une vie correcte et abandonné ce qu'elle avait de plus précieux. (Pourquoi devrais-je m'en étonner, alors que j'ai découvert avec désolation les faiblesses de sa moralité ?) E.H., au contraire, est travailleuse, ne se plaint jamais, est restée pure bien qu'elle ait fréquenté les hommes les plus rustres, et pourra à présent récolter les fruits de ses efforts et améliorer sa condition.

Ai envoyé cinq shillings à Mrs. Prendergast.

Mercredi 2 avril

Fortesque a emménagé à Upper Holloway. Ce matin, ses fanfaronnades au sujet de sa nouvelle demeure sont insupportables. J'ai dû lui dire que je ne souhaitais pas être informé de l'opinion de « Betsy » sur chacune des pièces, de la longueur du jardin ou encore de la fabuleuse distinction des voisins, etc. Cela étant, j'ai maintenant presque envie de lui rendre visite pour voir les lieux de mes yeux, car soit il est coupable d'exagération éhontée, soit il a vraiment touché une fortune. Je suspecte qu'il s'agit de la première hypothèse.

Cet épisode a nui à mon humeur. Quand F. est parti déjeuner, j'en ai profité pour examiner les contrats et les registres, ce dont j'aurais dû me charger dans la journée de toute façon, puisque nous entamons un trimestre. J'ai découvert que le livre de comptes n'avait pas été mis à jour depuis deux mois. Je l'ai averti, à son retour, que c'était du travail médiocre.

F. confus comme il se devait. Voilà comment on exerce son autorité !

Je me suis aussi adressé à Mr. Hibbert, enfin, au sujet de Broadstairs (car D. a plus que jamais besoin de changer d'air). Il m'a conseillé une maisonnette de qualité, qu'il a louée au cours des années précédentes, et a eu la bonté de m'accorder une semaine de congé, « au moment qui me conviendra ».

Je vais attendre que le temps soit plus clément et en discuter avec Dora. Je suis convaincu que cela l'aidera.

État de D. un peu meilleur qu'hier.

Jeudi 3 avril

Fortesque moins cabotin ; immense satisfaction.

Ai quitté le bureau à cinq heures. En rentrant par City Road, je me suis trouvé de façon inattendue face à une jeune femme. Vêtue d'une robe discrète de coton marron, ornée de dentelle blanche, elle avait les cheveux tirés en arrière, cachés sous son chapeau de paille qui dissimulait aussi en partie son visage. Sur le point de m'excuser de lui avoir coupé la route, j'ai reconnu la demoiselle, archétype de l'ouvrière respectable, et qui n'était autre qu'Ellen Hungerford !

En trois semaines passées chez Willis, les changements qui sont intervenus dans son allure (grâce à l'attention qu'apporte Mrs. Prendergast à ses employées) sont à couper le souffle. Bien nourrie et correctement mise, les traits d'aspect mal dégrossi et usé qui la caractérisaient jusqu'alors étaient à présent doux et éclatants ; ses yeux témoignaient d'une santé et d'une vitalité en plein épanouissement, alors qu'auparavant on les devinait à peine.

J'aurais dû la réprimander (encore une fois !) de m'avoir attendu de la sorte – acte contraire à ce que nous avions convenu, et absolument incompatible avec le comportement qu'exige la société d'une jeune femme comme il faut. Pourtant, je n'ai pu m'y résoudre. Bien qu'elle soit restée aussi humble que d'ordinaire, elle ne pouvait cacher la fierté qu'elle tirait de sa nouvelle apparence, ni la délectation de constater ma stupéfaction. Même si elle prétendait n'être venue que pour me remercier de vive voix (« Parce que je tenais beaucoup à vous voir, monsieur, et qu'une lettre c'est pas pareil… »), je ne pouvais m'empêcher de penser qu'elle savourait l'effet qu'elle avait eu sur moi. J'ai également songé, comme elle me parlait, que le jugement de Mrs. Prendergast concernant sa promotion à la boutique (que j'avais pris pour une forme de flatterie destinée à obtenir notre contribution financière) n'était pas infondé.

Elle a marché à mes côtés sur une courte distance et m'a donné un compte rendu franc et satisfaisant de ses activités à l'atelier. Sa seule source de mécontentement était les moqueries des autres jeunes filles, qui la raillent parce qu'elle s'exprime « comme un titi », mais qu'elle ne s'en offusquait pas, « car que je crois pas que ce soit méchant, et puis elles vont m'apprendre ! ». À propos de la confiance que Mrs. Prendergast place en elle, elle a rétorqué d'un ton mélancolique : « Ça m'étonnerait ! »

Nous nous sommes séparés après le pont du canal. J'ai été déçu qu'elle me questionne sur mon père (même si c'est sans doute normal). Je lui ai répondu que je n'avais pas eu de ses nouvelles.

Une fois rentré, j'ai jugé sage de relater cette rencontre à Dora, car il s'agissait d'un épisode tout à fait anodin. Bien qu'elle ne sache pas tout de la situation (Dieu m'en préserve !), j'espérais qu'elle témoignerait de l'intérêt pour les fruits de sa générosité.

D. n'a cependant pas prononcé un mot et a préféré s'affairer à ses travaux d'aiguille plutôt qu'engager la conversation. Le même ouvrage, un abécédaire, l'a occupée toute la soirée, mais lorsqu'elle est allée se coucher, je me suis rendu compte que, malgré son application, elle n'avait pas avancé – elle avait passé des heures à faire et défaire sa broderie.

Vendredi 4 avril

Ai tenté, sans succès, de remonter le moral de Dora. Lui ai proposé de trouver un spectacle divertissant pour demain soir. J'ai choisi une demi-douzaine de candidats susceptibles de nous plaire dans le *Times* et les lui ai énumérés au dîner. Je lui ai indiqué que ma préférence se porterait sur le théâtre de Mrs. Macready, ou la pièce *À la maison* de Mr. et Mrs. Matthews (à Haymarket !), mais je n'ai pas hésité à ajouter à ma sélection le « Professeur Jacob, magicien, ventriloque et improvisateur » ou encore « Les Secrets du spiritisme dévoilés » (on devine l'ampleur de mon désespoir pour que j'envisage de cautionner ces inepties !).

D. m'a aussitôt répondu qu'elle « n'avait pas la tête » à sortir. J'ai répliqué qu'elle ne pouvait savoir comment elle se sentirait demain, et que d'après moi se changer les idées lui ferait du bien. Ce à quoi elle a rétorqué qu'elle irait sans doute, s'il le fallait, et qu'elle me laissait le soin de choisir.

Avec un tel enthousiasme, quelle soirée joyeuse en perspective !

Samedi 5 avril

Après avoir quitté Moorgate, suis allé directement au guichet d'Austin, à Piccadilly, où j'ai acheté deux places pour le spectacle de Mrs. Macready (7 shill.).

Dépense idiote, car à mon retour D. s'était alitée et avait informé Mary-Anne qu'elle « avait une migraine, qu'il ne fallait pas la déranger et qu'elle ne pourrait pas sortir ce soir ».

Je ne puis décrire quelle a été mon irritation, car j'étais convaincu qu'il ne lui suffisait que de fournir un effort de volonté.

Que devais-je faire ?

J'ai rendu une courte visite au Dr. Antrobus et lui ai demandé si Mrs. A. et lui aimeraient que je leur laisse les billets. Il a avoué que sortir « ferait sans doute plaisir à sa femme » et me les a arrachés des mains. J'ai ensuite sollicité ses conseils concernant D. À son tour, il m'a recommandé l'air marin.

Je ne vais encore rien dire à D., mais nous partirons en congé en mai.

Onze heures du soir. D. vient de descendre s'excuser d'avoir gâché les places du spectacle, etc. Je lui ai expliqué comment je m'en étais débarrassé. Elle m'a juré être plus que jamais résolue à reprendre des forces, a déclaré que je ne devrais pas me fâcher, qu'elle me savait en colère et ne pouvait le supporter.

Je « ne me suis pas trop étendu sur la question », j'ai répondu que je ne lui en voulais pas, et que moi aussi je ne souhaitais que son rétablissement complet.

Nous avons terminé notre conversation, je crois, en meilleurs termes.

Dimanche 6 avril

D. apparemment plus dans son assiette. Sommes allés à l'église. Sermon *La Charité et la grâce*, qui a généré en moi de nouvelles réflexions au sujet d'Ellen Hungerford.

E.H. très présente dans mes pensées depuis la lettre de Mrs. Prendergast. J'aimerais beaucoup approfondir son instruction, de sorte qu'elle soit en mesure de travailler en boutique. Je me suis entretenu avec D. à ce sujet. J'ai eu l'impression qu'elle accordait de l'intérêt à mes commentaires. Agréable.

Mary-Anne, elle, a pris sa demi-journée – je préfère ne pas songer aux implications.

Lundi 7 avril

Remarquable amélioration.

Dora est descendue tôt pour prendre le petit déjeuner et m'a indiqué qu'elle désirait me parler. En bref, elle m'a dit savoir que j'étais mécontent d'elle depuis quelque temps (je m'en suis défendu et ai avancé que je comprenais parfaitement la cause de sa souffrance), qu'elle était encore navrée d'avoir manqué le théâtre (ce à quoi je n'ai rien répondu) et qu'elle aimerait trouver la force d'en faire davantage (sentiment que j'ai approuvé). Ces propos, bien entendu, m'étaient des plus agréables, mais ne constituaient ni plus ni moins qu'un résumé de notre conversation de l'avant-veille. Elle a ensuite ajouté qu'elle avait pensé toute la nuit à cette pauvre petite tailleuse, Miss Hungerford, qu'il lui plairait de la rencontrer, et que nous pourrions l'emmener à l'Institut polytechnique nous-mêmes.

Difficile de décrire quelle émotion cette proposition a provoquée en moi. Le fait que ma femme chérie témoigne de la commisération à l'une de ses semblables, après être restée cloîtrée trois semaines à se morfondre sur son sort, m'a médusé. J'ai ressenti une telle joie que je me suis levé et l'ai embrassée sur les deux joues – cette marque d'affection l'a fait rosir de manière si charmante que, l'espace d'un instant, j'ai eu la sensation de retrouver « ma » Dora... la vraie Dora.

Bien sûr, je l'ai avertie de certains points : E.H. n'est qu'une simple jeune fille, qui n'aspirera jamais à rien d'autre qu'à un travail en boutique ou à une place de domestique, mais elle m'a répondu qu'elle l'avait déjà compris, et que pour cette raison précise nous devions aider E.H. le plus possible.

Ma Dora adorée ! Combien de femmes de sa classe daigneraient mettre en pratique les principes de la charité chrétienne au bénéfice d'une créature parmi les plus moquées et les plus rabaissées, une humble couturière !

Je me suis empressé d'écrire deux lettres : la première à Mrs. Prendergast, dans laquelle je lui expliquais la proposition de D., c'est-à-dire que nous irions à l'Institut polytechnique avec E.H. assister à une conférence sur un sujet adéquat. Pour finir, j'ai ajouté que si cette tentative était couronnée de succès, si elle semblait profiter de l'expérience, nous pourrions réitérer cet effort.

J'ai adressé la seconde missive à E.H., selon notre arrangement confidentiel. Je l'ai prévenue des projets en préparation. J'ai aussi insisté sur le fait, même si cela coulait de source, qu'elle ne devait en aucun cas évoquer mon père et qu'il fallait s'en tenir à la version voulant que sa mère avait servi dans ma famille (ce pour quoi je lui ai fourni les renseignements supplémentaires requis).

Avec un peu de chance, si l'on peut modeler et parfaire E.H., ce sera la dernière fois que nous aurons à recourir à ce subterfuge, et nos rapports à venir, si tant est qu'ils existent, seront irréprochables.

Minuit. Trop tard pour changer d'avis, mais devoir compter sur le silence de E.H. et la mettre en présence de ma femme me semble à présent fort inconsidéré. L'enthousiasme que j'ai ressenti en voyant D. renaître m'a rendu imprudent.

Espérons qu'il n'en ressortira rien de mal.

Brandy !

Mardi 8 avril

Lettre de Mrs. Prendergast par le deuxième courrier. Elle nous annonce que E.H. va prendre son samedi après-midi ; elle est désireuse de saisir toutes les occasions de s'améliorer que nous lui offrirons.

Dora enchantée. Pas un mot de la part de E.H.

Mercredi 9 avril

Dora encore affectée par de longs accès de fatigue. Elle se plonge néanmoins dans les préparatifs de samedi avec tout l'enthousiasme qu'elle trouve en elle. Elle a même sélectionné deux brochures éducatives (sur les principes de l'économie domestique) dans sa bibliothèque, qu'elle compte donner à « notre pauvre petite tailleuse », et quelques bouts de vieille dentelle avec laquelle « elle sera contente de se fabriquer quelque chose de joli ».

Elle a aussi choisi l'événement : un certain Mr. Plumptre (« conférencier, Oxford et Londres ») lira « des extraits de *Jules César*, des œuvres de Tennyson et d'autres poètes modernes » et « traitera de l'art de la versification sous toutes ses formes » ; cela aura lieu à l'Institut polytechnique, à trois heures de l'après-midi. J'ai fait remarquer que le thème abordé paraissait « léger », ce à quoi D. m'a rétorqué que c'était justement ce qui conviendrait le mieux à une couturière.

C'est ainsi que l'esprit féminin reconnaît des vérités évidentes que la raison masculine ne saurait déceler !

J'ai écrit à Mrs. Prendergast pour lui transmettre les indications nécessaires.

Jeudi 10 avril

Lettre de Mrs. Prendergast – tout est arrangé.

Toujours aucune nouvelle de E.H. ; je m'attendais pourtant à une réponse de sa part.

Vendredi 11 avril

Enfin, une enveloppe à la poste restante.

Regent Street
10 avril

Cher monsieur,

Je vous remercie pour tout ce que vous avez fait pour moi, et ça plairait pas à Mrs. P. si j'y allais pas, alors je vous verrai samedi au Poly, même si j'ai peur de commettre une bourde et que vous soyez en colère contre moi.

Vous devez me trouver bête, mais je suppose que votre femme c'est une dame, et je crois pas que je devrais lui raconter des sornettes. Je dirai rien, en tout cas, et je m'en tiendrai à ce que vous m'avez conseillé, ce sera mieux pour tout le monde.

Je ferai toujours ce que vous me demanderez.

Votre dévouée,

E.H.

Cette réponse remue en moi des émotions contradictoires. En effet, il est déplorable de subir une rebuffade (nul doute que c'en est une, même si là n'était pas son intention) de la part de la jeune fille pour qui je me suis donné tant de mal. Cela étant, elle a quelque chose de si franc et honnête (elle ne possède assurément pas l'amour du secret et de l'intrigue si répandu chez les personnes du sexe) que je ne peux qu'admirer son intégrité. Après tout, c'est moi qui l'incite à se livrer à la duperie, quelle que soit la légitimité de mes motivations. Je crains d'être devenu si doué pour filer un mensonge éhonté (la dissimulation de toute trace de mon passé) que je tiens trop vite pour acquise sa connivence.

Quelle bêtise de m'exposer à un danger aussi inutile !

Si Dora venait un jour à soupçonner ce que je lui ai caché, au prix d'immenses efforts…

Je voudrais écrire une autre lettre à Ellen, mais il est trop tard.

Seigneur ! Tiendra-t-elle parole ?

CHAPITRE VII

Assis seul dans le cabinet de travail de Jacob Jones, l'inspecteur Delby contemplait le jardin. Les feuilles du journal, qui auparavant s'étalaient en désordre sur le bureau, formaient à présent plusieurs piles. Le carnet du policier, couvert de notes au crayon à papier, était ouvert à côté.

Le sergent Preston frappa fort à la porte et arracha son supérieur à sa courte rêverie.

— La chance vous a souri, monsieur ?

— Hélas, non. Un coup de pouce du destin serait pourtant bienvenu. Le fin mot de l'histoire, c'est que nous devons mettre la main sur Jones et la jeune fille.

— Nous allons les retrouver, vous inquiétez pas.

— Vous croyez ? Nous n'avons guère progressé, jusqu'à présent. En attendant, faute de mieux, je suis obligé de rester ici à éplucher ces élucubrations égocentriques dans l'espoir vain d'y trouver quelque indice essentiel.

— En tout cas, si nous n'avions pas ce journal…

Delby se massa le front puis écarta la remarque du sergent d'un geste dédaigneux.

— Je le sais bien. Le mystère serait plus épais encore, mais nous ne sommes pas plus avancés, malgré le besoin compulsif qu'a Mr. Jones de consigner sa vie dans ses moindres détails.

Preston se tut. Delby fronça les sourcils mais s'efforça de recouvrer son calme.

— Navré, sergent, je n'avais pas l'intention de paraître aussi abattu. Avez-vous interrogé les voisins de nouveau, comme je vous l'avais demandé ?

— Oui, inspecteur, répondit Preston, du ton vigoureux qu'il réservait à ses interventions au tribunal. Plusieurs personnes, surtout des domestiques. Leurs explications ne font que confirmer ce que nous avions déjà deviné : Mrs. Jones a été tuée vendredi. Du moins, c'est le dernier jour où quelqu'un l'a aperçue ou a eu de ses nouvelles.

— Soyez plus précis, Preston. Ce « quelqu'un », qui est-ce ?

— Désolé, inspecteur. La cuisinière de la maison d'à côté, Mrs. Donaldson. Elle se rappelle avoir vu Mrs. Antrobus venir chez Mrs. Jones. Elle l'a entendue lui parler sur le perron et a trouvé ça bizarre…

— Mary-Anne Bright n'était pas là. On l'avait congédiée la veille.

— Exact. Elle situe ce moment aux environs de deux heures de l'après-midi. La femme serait partie à peu près une demi-heure plus tard.

— Et les Antrobus ? s'enquit Delby. Nous devons les interroger. En l'absence de toute autre piste, le temps commence à presser.

— Je sais. Ils sont absents. Apparemment, le médecin est allé visiter un patient à Mayfair.

— Il n'a indiqué ni nom ni adresse aux gens de maison ?

— La bonne vient d'arriver, alors elle n'est au courant de rien. Quant à sa dame, elle s'est rendue chez une proche souffrante, à la campagne. Ils devraient tous les deux rentrer dans la soirée. J'ai donné pour instruction à la domestique de nous avertir.

— Je vais devoir attendre leur retour. Bref, laissons-les de côté pour l'instant… poursuivez.

— Comme je le disais, inspecteur, les éléments en notre possession démontrent que Mrs. Jones est morte vendredi. Eh bien depuis, personne n'a vu Mr. Jones non plus, sauf que… c'est de ça que je voulais vous parler… j'ai aussi discuté avec quelques cochers d'Angel…

— Jones a pris un cab ?

— À ce qu'il semblerait. Un type affirme avoir conduit un client depuis l'angle d'Amwell Street jusqu'au London Bridge, vers dix heures ce soir-là. Du coup je lui ai montré le portrait de Jones, le petit daguerréotype du tiroir, et il l'a reconnu.

— L'a-t-il emmené au pont ou à la gare ? s'enquit Delby.

— Il l'a déposé devant la gare, dans Tooley Street, mais il est pas sûr qu'il y soit entré. Il se rappelle pas non plus s'il avait des bagages.

— Ça ne nous avance pas. A-t-il remarqué un détail particulier dans son attitude ?

— Seulement qu'il était pressé. Rien de plus.

— Jones lui a-t-il parlé ?

— Il lui a seulement dit : « London Bridge. »

— Drôle de trajet, commenta Delby d'un air perplexe, pour un homme censé mettre fin à ses jours. Où allait-il, nom d'un chien ? Avez-vous toujours la photographie de Jones ?

— Bien sûr, inspecteur.

— Parfait. Quand nous en aurons terminé tous les deux, remettez-la à l'un de nos gars. Qu'il prenne un cab pour London Bridge. Un des guichetiers se souviendra peut-être d'avoir vendu un billet à Jones. S'il est parti en train, j'aimerais en avoir le cœur net.

— Et moi donc !

— Sinon, concernant Ellen Hungerford ?

— Elle était présente ce jour-là, elle aussi, ça ne fait pas le moindre doute. Encore la cuisinière... elle l'a vue plus tard dans l'après-midi... après la venue de Mrs. Antrobus. Elle a pas pu m'indiquer l'heure exacte, par contre.

— Autre chose ?

Preston compulsa son calepin.

— Elle m'a expliqué qu'elle avait surpris Ellen Hungerford en train de descendre l'escalier de la courette... elle sait pas comment elle s'appelle, mais elle la connaissait... et elle a pensé qu'elle apportait une course. Incapable de préciser si elle est entrée. Elle l'a pas vue remonter, même si ça aurait pu lui échapper, parce qu'elle était très occupée à terminer une tourte.

— Elle ne m'avait pas l'air si débordée que ça, d'après ce que vous me racontez. Tiens donc, qu'est-ce ce que c'est ?

Un agent de police apparut à la porte, muni d'une enveloppe à l'évidence destinée à l'inspecteur.

— Attendez-vous quelque chose, monsieur ? s'enquit Preston.

— Ce doit être un message du sergent Brentwood, de Scotland Yard, répondit Delby en ouvrant le pli. J'ai demandé à savoir si l'on avait déploré des suicides au cours des trois derniers jours, à Londres ainsi qu'à cent kilomètres à la ronde. Il a passé les journaux au peigne fin pour moi. Hum... j'ai l'impression qu'il m'a adressé quelques coupures.

— Donc vous pensez vraiment que Jones a pu se donner la mort ?

— Autant envisager la...

Delby s'interrompit au beau milieu de sa phrase. On devinait qu'un détail avait accroché son regard.

— Monsieur ?

— Dans le *Daily News* de ce matin : « Mystérieuse disparition. Une tenue d'homme complète, comprenant une chemise, un pantalon, des poignets et un col, retrouvée samedi sur une plage de Broadstairs, dans le Kent. La population locale spécule qu'un inconnu s'est rendu en bord de mer pour mettre fin à ses jours. On a soigneusement dragué les environs, mais nul corps n'a été repêché. Rien ne permet d'identifier le propriétaire des habits abandonnés, à l'exception d'un médaillon d'argent qui se trouvait dans une poche… »

— Vous pensez que c'est lui ?

— Oui, répondit Delby, qui se détourna brusquement et feuilleta les pages du journal de Jacob Jones. Lisez donc.

Le sergent Preston prit l'article qu'on lui tendait. Il se rendit compte très vite que son supérieur avait négligé de lui énoncer la dernière phrase.

— « Ce médaillon porte l'inscription *À ma douce Georgina, l'amour de ma vie*, déclara Preston. Si cela évoque quelque chose à l'un de nos lecteurs, qu'il contacte le poste de police de Broadstairs. »

— Moi, ça me parle ! s'exclama Delby en brandissant une page. Tenez ! La miniature de la mère de Jones. Vous vous rappelez ?

— Il a donc fait le voyage jusqu'à Broadstairs, commenta le sergent d'un air songeur. Le suicide, par contre… vous y croyez ?

— J'hésite. Laisser ses vêtements sur la plage, ça pourrait n'être qu'un leurre.

— Ou alors il s'est noyé.

— Vous feriez bien de vous y rendre à votre tour, annonça Delby après quelques instants de réflexion. Quelqu'un l'aura vu ou lui aura adressé la parole, c'est forcé. Renseignez-vous à la gare, dans les pensions de famille, interrogez ceux qui ont découvert ses affaires.

— Et vous, monsieur ?

— Soit Jones s'est donné la mort, soit il a mis sa disparition en scène, auquel cas il a eu deux jours pour élaborer son coup suivant. Et ça m'étonnerait qu'il attende à Broadstairs qu'on vienne le cueillir. Je pense donc qu'il m'incombe de rester à Londres. En outre, je souhaite toujours m'entretenir avec le médecin et sa femme dès que ce sera possible.

— Vous croyez qu'ils pourraient avoir une idée de l'endroit où trouver Ellen Hungerford ?

— Je crains, mon cher Preston, que ce ne soit notre seul espoir.

Samedi 12 avril

Dora s'est levée avant l'aube et a fait les cent pas dans sa chambre. Au petit déjeuner, elle m'a avoué qu'au cours de la nuit la sortie à l'Institut polytechnique avait petit à petit revêtu un aspect effrayant dans son imagination, qu'elle s'était réveillée en proie à une multitude d'angoisses (toutes insignifiantes). J'ai répondu que c'était la conséquence naturelle des nombreux jours qu'elle avait passés enfermée et que cette excursion contribuerait sans doute à la stimuler et à lui redonner des forces. Je suis parvenu à la rasséréner, car elle a acquiescé et m'a assuré, pour notre bien à tous les deux, qu'elle était résolue à profiter du moment présent.

Je suis rentré du travail à deux heures. Nous avions commandé notre cab pour la demie et il est arrivé à l'heure. Dora a tardé à descendre – elle a tergiversé pour savoir quel chapeau elle devait mettre (!) –, mais nous avons fini par y aller. Une victoire, en quelque sorte ! Je lui ai indiqué à quel point je savourais d'être à l'extérieur avec ma charmante femme à mon bras, et j'ai reçu un baiser en récompense (comme ce petit gage d'affection a été le bienvenu !). D. gagnait en enthousiasme (comportement plus fidèle à son tempérament d'avant) à chaque mètre que nous accomplissions en direction de Pentonville Hill.

E.H. nous attendait devant le Polytechnique. Elle se tenait telle une sentinelle sur le trottoir, seule, à deux pas de l'employé qui recueillait les shillings des visiteurs. J'ai remarqué qu'elle observait la rue la tête baissée, sans oser croiser le regard des passants. Deux jeunes gens lorgnaient ostensiblement dans sa direction. Nul doute qu'ils espéraient ainsi provoquer le prélude à quelque manière de flirt. À ma grande satisfaction, elle ne leur a adressé nul encouragement (encore heureux !), mais sa conduite et sa tenue ne les ont pas incités à renouveler leur effort.

— C'est elle ? s'est enquis D.

J'ai répondu par l'affirmative.

— Elle est assez jolie.

Jolie ! C'est bien là une particularité du sexe que de porter un jugement (qu'elles l'admettent ou non) sur la beauté de leurs semblables dès qu'elles se rencontrent, et ce malgré leur classe ou leur condition. Je n'ai pu m'empêcher de lui en faire part. D. m'a rétorqué, vive comme l'éclair, que c'était bien une particularité des hommes que de nier faire de même.

Avons beaucoup ri !

(Comme j'avais l'impression de retrouver ma petite femme adorée !)

J'ai réglé la course puis me suis empressé de les présenter l'une à l'autre et de payer nos billets, car une foule s'assemblait pour assister à la conférence. E.H. est restée quasi muette – on l'entendait à peine par-dessus la rumeur de la rue. D. a semblé l'apprécier. Quant à moi, mes nerfs se sont vite apaisés. E.H. se montrait intimidée en présence d'« une dame » et limitait ses réponses à une poignée de mots.

— Je suis ravie de vous rencontrer, Ellen.

— Merci, madame.

— Votre mère a travaillé dans la famille de mon mari, c'est exact ?

— Oui, madame.

— Longtemps ?

Là, je l'avoue, j'ai éprouvé un pincement d'anxiété !

— Au moins une dizaine d'années.

— Ensuite elle s'est mariée ?

— Oui, madame.

Ainsi s'est poursuivie la conversation, jusqu'à ce que ma femme ait elle-même récité l'histoire que j'avais rabâchée à ma complice involontaire (qui ne l'agrémentait que d'un « oui, madame » ou d'un « non, madame » s'il fallait la rectifier !). Heureusement, nous ne disposions que d'un court moment avant le début de la lecture. Ainsi donc, les politesses presque épuisées, je les ai précédées dans l'escalier, à travers le hall aux dalles de marbre, et les ai conduites à l'intérieur de l'amphithéâtre.

Mr. Plumptre était un homme d'un âge avancé, à la posture professorale, qui ne cherchait guère à insuffler de la vie dans son intervention. Tandis que E.H. s'installait, on lisait une déférence enfantine sur son visage. Je devine qu'il s'agissait pour elle d'un honneur de pénétrer dans ce haut lieu de l'apprentissage. En entendant réciter Shakespeare, même si elle ne comprenait pas tous les mots, on sentait qu'elle percevait les sentiments exprimés dans la pièce et savourait la beauté de la langue du Barde.

La conférence s'est achevée à quatre heures et demie. Mr. Plumptre en a profité pour annoncer une suite à cette réunion – « à la même heure, samedi en huit, dont l'objet principal sera une étude de scènes shakespeariennes se déroulant à Stratford et dans le Vieux-Londres, illustrée à l'aide d'une lanterne magique ». Dora, à ma stupéfaction (et à mon ravissement mêlé d'incrédulité !), a aussitôt insisté pour que nous y assistions, puis demandé à E.H. si elle « aimerait voir la projection et écouter une autre causerie ». Je lui ai opposé qu'on n'accorderait pas un deuxième après-midi de loisir à E.H. dans un intervalle aussi rapproché. D. a déclaré que c'était « ridicule ! » et qu'elle écrirait à Mrs. Prendergast afin de « trouver un arrangement ».

(Si bien que E.H. n'a même pas eu son mot à dire !)

Lorsque nous avons quitté l'Institut polytechnique, D. était aux anges. Après avoir salué E.H., elle s'est déclarée convaincue que notre philanthropie avait « ouvert cette pauvre petite aux beautés de ce monde ». De mon côté, comme nous attendions un cab, j'avais commencé à penser que ma femme chérie, en prenant l'air et en participant à des activités constructives, redeviendrait bientôt elle-même. Cette sortie semblait avoir opéré en elle une profonde transformation et avoir eu un effet bénéfique que nulle prescription du médecin ni aucun soin infirmier n'avait jusqu'alors permis d'obtenir.

Hélas ! avec quelle facilité nos espoirs peuvent chavirer !

Quelques minutes après, sur le chemin du retour, la vitalité retrouvée qui avait animé D. à l'Institut s'est fanée. Le silence s'est installé entre nous ; elle a tourné la tête vers la vitre, et son dos, auparavant droit et ferme, a paru se voûter contre la banquette.

Je lui ai demandé si elle allait bien, ce à quoi elle a répondu qu'elle avait consenti trop d'efforts.

Le pire est arrivé ensuite : alors que nous traversions Bloomsbury, à ma grande consternation elle a poussé un gémissement grave, semblable au cri d'un animal blessé, et s'est mise à pleurer.

À n'y rien comprendre !

Chez nous, je ne suis parvenu à rien sinon la conduire à l'intérieur et la porter jusqu'à son lit. J'ai proposé de prévenir le médecin, mais elle a déclaré que ce n'était qu'un « coup de fatigue », qui nécessitait « du repos ».

Que devais-je faire ? Je craignais que personne ne puisse lui arracher la moindre explication rationnelle. Après le dîner, pourtant, je suis monté dans sa chambre, où je l'ai trouvée les yeux grands ouverts, et la vérité est enfin sortie.

Ce n'était pas un simple « coup de fatigue » qui l'avait affligée. Peu après que nous avions pris place dans l'équipage, elle avait aperçu une femme par la vitre (une vulgaire marchande des quatre-saisons) qui tenait un petit garçon dans ses bras. La vue de cet enfant en haillons, bien qu'anodine, avait diffusé dans son âme « un affreux frisson de chagrin » et provoqué en elle « des pensées si confuses et si abominables » qu'elle en avait presque perdu la raison.

— Quelles pensées ? ai-je voulu savoir.

— De mauvaises considérations. Que c'était injuste que mon bébé soit mort alors que son enfant était vivant. Que j'aurais préféré que ce soit elle qui connaisse ce malheur et pas moi.

— Il ne s'agissait que d'une divagation malheureuse, c'est tout.

— Non, Jacob. Tu n'imagines pas ce que j'ai ressenti à ce moment-là. Que Dieu me pardonne ! J'ai vraiment souhaité sa mort !

Elle n'a pas prononcé un mot de plus mais a fondu en larmes. Je n'ai trouvé aucun réconfort à lui apporter. Quelle réponse un homme peut-il donner à pareils propos ?

Dimanche 13 avril

D. trop faible pour aller à la messe ; est restée alitée toute la journée.

Après le service, j'ai discuté avec le Dr. Antrobus, et je lui ai raconté l'épisode d'hier. Il m'a certifié que c'était un cas de surmenage, qu'un état d'esprit aussi irrationnel n'était pas rare chez celles qui accouchaient d'un enfant mort-né et que, le temps venu, ces maux disparaîtraient.

Je prie le Seigneur qu'il ait raison.

Mardi 15 avril

D. au lit la majeure partie de la journée – de nouveau affligée par une léthargie maussade. Mrs. Antrobus est venue lui faire la lecture (la bonté incarnée) et m'a laissé un mot, où elle m'assure que « le chagrin s'estompera avec le temps », etc.

Où acquiert-on une telle sagesse ? Loin de moi la certitude qu'elle trouve sa source dans les faits.

Mercredi 16 avril

Dora un peu plus gaie ; est descendue prendre le petit déjeuner.

Tour fâcheux des événements, au bureau. Fortesque d'humeur revêche ; silencieux et maussade. Je lui ai demandé, histoire de faire la conversation, comment il trouvait la vie à Holloway. Il m'a répondu que c'était « assez chouette », puis n'a pas prononcé un mot de plus de la matinée.

Voilà qui en soit était remarquable, et si inhabituel pour F. que je l'ai craint souffrant. J'ai attendu l'heure du déjeuner et l'ai invité à se joindre à moi au *Gilroy*. Il a refusé, prétextant qu'il n'avait pas d'appétit (là encore, une première !). Le hasard a voulu que ce soit à la gargote que je découvre la cause de son affliction. D'ordinaire, je ne m'intéresse pas aux cancans de la City, mais j'ai surpris la discussion de mes voisins de table : un courtier de la Bourse « avait filé » après une série de spéculations désastreuses (vraisemblablement des opérations frauduleuses), laissant derrière lui des dettes abyssales et (c'est là que j'ai tendu l'oreille), il s'appelait Gresham – c.-à-d. celui-là même que F. avait rencontré au casino de Holborn !

Je suis rentré en hâte au bureau, sans boire ma tasse de thé habituelle, et aussitôt pris F. à part. Dès que j'ai eu prononcé le nom du fuyard, les vannes se sont ouvertes. Comme je le redoutais, F. m'a avoué que, poussé par l'insouciance de la jeunesse, il avait été victime d'un des stratagèmes de l'escroc. Sur les recommandations de celui-ci, il avait acheté des actions sans valeur d'une entreprise minière pour un montant de cent livres (!). Il avait la certitude qu'il ne pourrait payer son loyer au-delà du deuxième ou troisième trimestre, que sa « petite Betsy » le quitterait et, pour finir, maintenant que je connaissais ses erreurs, il craignait de perdre sa place.

Je lui ai garanti que le dernier point n'allait pas se produire ; qu'une spéculation inconsidérée avec son capital personnel ne regardait pas la Compagnie. Il a levé les yeux vers moi, comme soulagé d'un terrible fardeau, m'a chaleureusement serré la main et m'a désigné comme « le plus chic type de tout Londres » !

Il est déplorable de voir un jeune homme aussi accablé ; je ne pouvais, en mon âme et conscience, ajouter à ses soucis. Espérons qu'il aura été échaudé par ses déboires et, s'il reste quelque chose de son héritage, que cet argent ne sera pas dilapidé.

Je suis rentré chez moi à six heures. Suis monté parler à Dora – toujours « à plat ». Elle m'a néanmoins confié qu'elle avait écrit à Mrs. Prendergast pour savoir si nous pourrions emmener E.H. à l'Institut polytechnique une deuxième fois. Je lui ai demandé si c'était sage, mais elle m'a répondu qu'elle était « résolue à ne pas se laisser abattre ».

Signe encourageant ?

Lorsque je suis retourné à mon cabinet de travail, une enveloppe m'attendait sur le bureau. Mary-Anne m'a informé qu'on l'avait délivrée en personne plus tôt dans la journée. J'ai aussitôt reconnu la main de l'expéditeur et éprouvé la même anxiété que d'habitude au moment de l'ouvrir.

Elle contenait deux éléments : d'abord, un mot où ne figurait que l'inscription *Premier acompte. G. J.*, et ensuite deux billets de banque, pour un montant de deux livres.

Ainsi, mon père (car il ne peut s'agir que de lui) a accompli un petit miracle. Jamais, depuis mon enfance, je n'ai reçu une seule piécette de sa part, jamais il ne m'a remboursé la moindre dette, hormis en souffrance et en déception. En d'autres circonstances, j'aurais tenu là une bonne raison de me réjouir, mais étant donné l'état de Dora, je ne parviens à ressentir aucun contentement.

Il n'empêche… deux livres.

Peut-être réussirons-nous à « ne pas nous laisser abattre » !

Jeudi 17 avril

Mrs. Prendergast est d'accord pour que E.H. nous rejoigne samedi au Polytechnique.

Il est certes positif que Dora se fasse une joie de cette perspective, mais je m'inquiète de sa santé.

Vendredi 18 avril

Ai rencontré Mrs. Antrobus en rentrant de Moorgate. Elle avait passé une grande partie de l'après-midi en compagnie de Dora. Je lui ai demandé si ma pauvre femme ne lui prenait pas trop de son temps. C'est tout à son honneur que je me remémore (tant bien que mal !) la conversation qui s'est ensuivie :

— Cher Mr. Jones, c'est votre adorable Dora qui a eu la gentillesse de me soutenir ! C'est elle que vous devez plaindre.

— Comment est-ce possible, madame ?

— C'est la vérité, mon avez ma parole. Voulez-vous que je vous explique ? Oui, vous devez m'indiquer si cela vous semble croyable… vous vous souvenez peut-être de mes problèmes avec Martha ?

Ce prénom ne m'évoquait rien. Elle a dû me rappeler que c'était celui de sa domestique, qu'elle soupçonnait de vol.

— Tout d'abord, a-t-elle poursuivi, permettez-moi de préciser que ces trois dernières semaines je ne lui ai plus dit un mot à ce sujet. Lorsque nous avons enfin parlé, je me suis contenté de lui signifier que je n'étais plus satisfaite d'elle et qu'elle devait respecter son délai de préavis. Pourtant, je ne me sentais pas à l'aise, vraiment pas, et vous devinez l'atmosphère qui règne à la maison !

Je lui ai demandé si, étant donné les raisons pour lesquelles elle congédiait la jeune femme, elle comptait lui fournir des références.

— C'est là le cœur du problème, Mr. Jones. Devrais-je ou pas ? Après tout, je n'avais été guidée que par mon intuition. Je ne possédais aucune preuve de ses agissements, mais hier j'ai eu une idée ! Un trait de génie ! Ce matin – imaginez-vous cela, Mr. Jones ? Je lui ai tendu un piège !

— Un piège ? ai-je répété, perplexe.

— Fantastique, n'est-ce pas ? a-t-elle répondu en souriant, une pointe de fierté dans la voix. Voulez-vous que je vous raconte comment j'ai procédé ? J'ai glissé dans la conversation que j'avais perdu une broche… un petit bijou en argent d'une grande valeur, qui appartenait à ma chère mère… qu'elle s'était détachée dans la rue la dernière fois que j'étais allé à pied à Highbury pour rendre visite à ma cousine.

— Je ne vous suis pas, madame.

— Je l'ai cachée sous la thibaude, dans le salon, près de la cheminée. Vous sauriez où, j'en suis sûre… vous vous êtes tenu à cet endroit.

— D'accord, mais elle va sans doute l'y trouver, non ?

— Justement !

L'ingéniosité du stratagème m'est alors apparue : si la jeune femme était honnête, elle rapporterait la broche, et dans le cas contraire, celle-ci s'évaporerait.

— Je vous le donne en mille, monsieur, à peine Martha a-t-elle eu nettoyé l'âtre, ce matin, que la broche avait disparu !

Je l'ai félicitée pour son habileté, mais l'affaire ne s'était pas arrêtée là. Sans même attendre l'arrivée d'un policier ou de son mari, Mrs. Antrobus avait demandé des comptes à la bonne, puis exigé qu'elle lui rende le bijou et quitte les lieux sur-le-champ. La brave Martha, cependant, avait déclaré n'être au courant de rien.

— Quel culot, n'est-ce pas, Mr. Jones ?

Des considérations désagréables me viennent concernant Mary-Anne !

— Imaginez-vous qu'une jeune femme puisse être aussi impudente ? Je l'ai prévenue que j'allais chercher un agent de police. Elle a rétorqué que « je pouvais faire comme je voulais » !

— Et vous en avez trouvé un ?

— Le policier de notre quartier. C'est un jeune homme charmant, très dégourdi. Il est venu sans tarder et – je n'en croyais pas mes yeux – il a dû la traîner jusqu'en haut de l'escalier de la courette… elle poussait des cris d'orfraie. Je vous assure que jamais je n'avais été aussi horrifiée ! Quel spectacle ! J'espère qu'à présent vous comprenez, cher Mr. Jones, pourquoi votre femme a dû me réconforter… oui, ç'a été une épreuve terrible ! Je ne m'en suis toujours pas remise, d'ailleurs.

Je lui ai demandé si elle souhaitait que je la raccompagne, ce qu'elle a refusé, et nous nous sommes dit au revoir.

À la maison, Dora s'apprêtait à me raconter toute l'histoire. Très déçue d'apprendre que je la connaissais déjà ; n'était-ce pas fâcheux pour Mrs. A. ? etc.

J'ai jugé préférable de ne pas lui donner mon opinion (elle avait beau se plaindre, Mrs. Antrobus est justement de celles qui adorent les esclandres – une adepte du sensationnel –, rien ne lui plaisait plus que de relater l'épisode, et allait en régaler ses amis et connaissances au cours des semaines à venir.)

D., de manière générale, en meilleure forme. Elle s'est affairée dans la maison et m'a parlé avec enthousiasme de « notre prochaine sortie en compagnie de la petite tailleuse ».

Samedi 19 avril

Affreuse journée.

Rentré du bureau à deux heures – m'attendais à trouver D. prête pour notre excursion, mais elle était au lit et souffrait « d'un terrible mal de tête ». J'ai demandé si elle pensait pouvoir se lever, mais elle m'a certifié qu'elle s'en sentait incapable, qu'elle avait espéré aller mieux toute la matinée, mais que son état n'avait fait qu'empirer.

J'ai indiqué qu'il ne me plaisait guère de me rendre à Regent Street afin d'informer Ellen Hungerford que nous annulions notre sortie. Elle m'a répondu que nous ne devions pas décevoir la jeune fille à cause d'elle, que s'il était trop tard pour lui envoyer un message, je n'avais qu'à l'accompagner seul à la conférence.

Cette solution m'a semblé idiote et j'ai cherché à convaincre D. de s'essayer au moins au trajet en cab, pour sa santé. Sans succès. À chaque tentative pour la persuader, elle m'implorait d'autant plus de « ne pas désappointer la petite tailleuse », réduisant par là même mes efforts à néant. Pis encore, en proie à cette idée fixe, elle a persisté à me demander d'aller à l'Institut « par égard pour Miss Hungerford » et s'est tant répandue en arguments à propos de « notre devoir envers la couturière » qu'elle s'est épuisée. Au bout du compte, puisque rien d'autre n'aurait pu l'apaiser, je me suis trouvé dans l'obligation d'accepter.

C'est donc sur l'insistance de ma D. que j'ai retrouvé Ellen Hungerford à Regent Street une deuxième fois. Je me rappelle notre première conversation (échange des plus banals) avec une limpidité absolue (et je vais la consigner ici, comme le nécessite ma défense !).

— Vous êtes seul, monsieur ?

— Ma femme est indisposée. Elle a cependant tenu à ce que vous ne manquiez pas la lecture de Mr. Plumptre. Je lui ai promis d'y veiller. Bref, j'espère que vous vous portez bien, vous ?

— À merveille, monsieur, merci.

— Parfait. Bon, je crois qu'il est presque l'heure. Allons prendre nos places, si je veux faire à ma femme un compte rendu précis de notre après-midi.

— Oui, monsieur.

Sans un mot de plus, nous avons suivi les autres spectateurs et nous sommes installés. La salle se trouvait déjà dans une semi-obscurité ; seule une fenêtre n'était pas couverte. Mr. Plumptre est monté sur l'estrade et, après une courte introduction, on a fermé le dernier store et allumé la lampe Drummond. J'avoue que j'ai observé la jeune fille lorsqu'on a glissé la première plaque devant la puissante lentille. Le décor qui est apparu était fort commun (une vieille maison du Stratford de Shakespeare), mais on ne pouvait douter de l'émerveillement qui a empli les yeux de E.H. devant l'éclat de la lumière et le tracé net du sujet.

Elle respirait l'innocence. Pourtant, est-ce à cet instant (lorsqu'elle a tourné la tête et que nos regards se sont croisés par hasard) qu'une terrible incompréhension s'est produite ? Ou était-ce dû à l'absence de Dora ? Quelque cinq minutes plus tard, elle a remué sur son siège et, dans l'obscurité, elle a doucement posé sa main sur la mienne !

Quelle affreuse confusion l'avait incitée à se conduire de la sorte ? Lui avais-je donné des signes d'encouragement ? Aucun. Ni en paroles ni en gestes ! Mille pensées se sont bousculées en moi. Croyait-elle que je l'avais amenée ici dans un but sournois ? Pourvu que non ! Question beaucoup plus grave : était-ce l'idée qui venait à celles et ceux qui nous avaient vu entrer dans le hall ?

J'ai retiré ma main et me suis tourné vers elle. Jamais (Dieu soit loué !) n'avais-je vu tableau plus criant d'ingénuité blessée et minée par la gêne. Il me semblait évident que son acte, imprévu et spontané, constituait l'expression naïve et irréfléchie d'un sentiment juvénile. Inepte, certes, mais motivé par une tendresse féminine, plutôt un témoignage de gratitude pour les services que je lui avais rendus et, en tant que tel, dépourvu de caractère dissolu. Pour qu'immoralité il y ait, il aurait fallu qu'un autre que moi, plus profiteur, cherche à exploiter cette candeur.

N'était-elle pas encore qu'une gamine ?

Je lui ai donc chuchoté une discrète admonestation et indiqué que de tels gestes n'étaient pas convenables.

C'était, je pense, suffisant, et en rajouter n'aurait fait qu'attirer l'attention sur nous et l'embarrasser davantage. Pourtant, ce serait mentir que de prétendre m'être senti à l'aise durant ce qui restait de l'heure de conférence. En outre, lorsqu'on a remonté les stores et que nous avons quitté l'amphithéâtre, Ellen Hungerford n'a pas osé me regarder dans les yeux.

J'ai eu un mal fou à trouver les mots justes.

— J'espère que nous sommes toujours en bons termes, Miss Hungerford, ai-je déclaré au bout d'un moment, et je gage que nous pourrons oublier tout à fait ce qui vient de se passer.

— Oh, bien sûr, monsieur !

(Avec un grand élan ; impossible d'ignorer qu'elle se désolait de son acte inconsidéré.)

— Il serait sage, en revanche, que nous ne nous retrouvions plus en de telles circonstances. À l'occasion, vous pourriez m'écrire, ou mieux encore, à ma femme, afin de lui raconter comment se passe votre travail avec Mrs. Prendergast.

— D'accord, monsieur.

— Parfait.

C'est sur cette conclusion que nous nous sommes quittés.

D. était toujours au lit lorsque je suis rentré. Elle m'a demandé (sans grand enthousiasme) si les projections avaient plu à « la petite tailleuse » ; je lui ai répondu que oui.

Que pouvais-je dire d'autre ?

Minuit. Je peine à chasser de mon esprit les événements de la journée et lutte pour déterminer si, d'une certaine manière, j'en suis en partie responsable. L'intimité, involontaire de ma part, qu'offre un amphithéâtre plongé dans l'obscurité a sans nul doute conduit à bien des malentendus, et je sais au fond de moi qu'en ce qui me concerne je n'ai eu aucun comportement répréhensible. Je n'ai rien fait non plus qui aurait pu amener la jeune fille à former quelque attachement malvenu à mon endroit (hormis témoigner un intérêt dépourvu d'arrière-pensées pour ses conditions de vie et son avenir).

Je me dois néanmoins de ne rien cacher et d'avouer que j'ai d'autres sources d'inquiétude.

Le contact de sa main, la caresse la plus légère de ses doigts a provoqué un profond désir en moi, un de ceux qu'il est difficile de satisfaire.

Je ne me croyais pas enclin à une telle faiblesse (car je ne me berce pas d'illusions sur la nature de mon sentiment) et je crains que mon estime de moi n'en soit affectée.

Si seulement tout allait bien entre Dora et moi…

Lundi 21 avril

Incroyable avec quelle rapidité un potin peut passer au rang de « nouvelle » !

Alors qu'on ne l'avait ni arrêté ni inculpé d'aucun crime, l'escroquerie du courtier (sa fausse société, etc.)

est devenue la propriété des rédactions de Fleet Street, le nom de Gresham figure dans tous les journaux et les allégations le concernant (qui, semble-t-il, sont légion !) se répandent dans la City comme une traînée de poudre. Fortesque a le moral en berne ; il redoute que « sa Betsy » ne l'abandonne quand elle apprendra que l'argent s'est envolé (quelle compagne remarquable !). Je lui ai répondu qu'il pouvait encore prospérer, malgré la disparition de son héritage, à condition d'adopter un mode de vie plus économe et frugal.

Il m'a concédé qu'il allait « y réfléchir » !

Dora n'est toujours pas « au mieux de sa forme ». En fait, elle n'est quasi jamais dans cet état heureux. Il est vrai que, certains jours, elle refait surface ; la marée se retire et j'aperçois la jeune femme sémillante que j'ai épousée. Hélas, il semblerait que le flux remonte inlassablement et qu'alors la léthargie reprenne le dessus.

Mrs. Antrobus doit nous rendre visite demain, mais ce n'est qu'un tonique provisoire, dont l'effet s'évapore vite. Le seul remède possible est une bouffée d'air marin. Le temps reste trop froid pour Broadstairs, mais je pense que nous pourrons y aller bientôt.

Mardi 22 avril

Mrs. Antrobus est venue cet après-midi et a régalé Dora d'anecdotes concernant sa nouvelle bonne, une jeune femme du nom de Catherine, qui (D. me l'a confié plus tard) est la créature la plus négligée et la plus souillon qui soit. Mrs. A. – maîtresse dure, impitoyable et exigeante ! – a manqué décider de mettre fin à sa semaine d'essai et de « tenter sa chance » une deuxième fois.

En ce qui nous concerne, nous sommes toujours confrontés à la même « difficulté », car Dora s'appuie complètement sur Mary-Anne et, dans son état, elle ne serait pas plus en mesure de « tenter sa chance » elle aussi au bureau de placement ou d'enseigner à une domestique comment s'occuper de la maison que de danser la gigue.

Pour épargner Dora, je tolère la présence d'une vipère en notre foyer. Lorsque mes pensées se posent sur la scène dont j'ai été témoin l'autre soir (quand je croise le regard de Mary-Anne à un moment inattendu, qu'elle descende l'escalier ou sorte de la cuisine), je ne peux que m'efforcer de les chasser de mon esprit.

Jeudi 24 avril

À mon retour, ce soir, Dora tenait une lettre « concernant Miss Hungerford ».

Mon cœur a fait un bond !

Le ton de D. dégageait une telle nervosité que j'ai eu peur que la jeune fille ne nous ait envoyé elle-même une lettre, où elle présenterait des excuses inconsidérées pour l'épisode de l'Institut polytechnique (ce qui, quelle que soit la façon de le formuler, ne pourrait que provoquer des soupçons concernant mes actes) ou, pire, confesserait son véritable passé. Après avoir pris la feuille de papier des mains de ma femme, j'ai été soulagé de découvrir que la missive venait de Mrs. Prendergast. Son contenu, toutefois, causa en moi un grand désarroi. En voici copie :

Regent Street,
23 avril

Chère Mrs. Jones,

J'espère que vous ne m'en voudrez pas de vous écrire encore au sujet d'Ellen Hungerford.

Je dois hélas vous transmettre une mauvaise nouvelle, qui ne sera d'aucune satisfaction pour ses amis. Je me dois de vous informer que, bien que cela me contrarie, je me suis vue dans l'obligation de lui donner congé ; elle quittera son travail à l'atelier le samedi 26 avril.

Les faits sont tout ce qu'il y a de plus simple, et je suis convaincue que, lorsque vous les connaîtrez, vous n'estimerez pas que j'ai agi de façon inconsidérée ou contre les intérêts de Willis & Co. Hier, Miss Hungerford est rentrée en larmes de sa soirée de loisirs, avec une affreuse lacération en travers de la joue. J'ai constaté, horrifiée, que celle-ci ressemblait à une marque qu'aurait pu laisser une lanière de fouet ou une ceinture. Bien entendu, je ne souhaitais pas me perdre en conjectures, aussi ai-je exigé de savoir d'où elle tenait cette blessure. J'escomptais une explication anodine, mais elle s'est refusée à me répondre. Vous conviendrez donc que je n'ai pas d'autre choix, ne serait-ce que par souci de préserver la bonne discipline, que de la renvoyer. Qui plus est, je n'ose imaginer quel genre de fréquentations elle a pu avoir durant ses heures de congé pour que pareille brutalité ait pu se produire sans que personne n'intervienne !

Si je vous écris, madame, c'est parce que je sais que vous portez un grand intérêt, ce qui est tout à votre honneur, à la jeune fille. Si vous possédez quelque influence morale susceptible de la forcer à dénoncer son agresseur (car il ne peut y avoir d'autre raison à son état), je vous implore d'en user. Il paraît évident qu'un homme (ou plutôt un voyou !) est la cause de ce malheureux incident ; si Miss Hungerford persévère à frayer avec de tels cosaques, je n'ai hélas guère de doutes sur le chemin que prendra sa vie.

Je vous prie d'agréer, chère Mrs. Jones, l'expression de mes sentiments dévoués.

Mrs. G. Prendergast

— C'est affreux ! s'exclama D.

(Interjection de pitié, pas de condamnation ! Quelle bonté habite le cœur de ma femme, même lorsqu'elle est au plus mal !)

— Si elle refuse de dire qui l'a frappée…

(Ai laissé ma phrase en suspens, car mes pensées se sont portées vers les efforts que j'ai consentis pour le bien d'Ellen Hungerford… réduits à néant !)

— C'est la peur qui doit la museler. Ne peut-on essayer d'intervenir ?

— Je devrais lui parler, ai-je répondu.

— Tu as raison.

Je vais aller la voir, bien sûr, mais après… que puis-je faire de plus ?

Vendredi 25 avril

Je suis allé à la poste restante, mais aucune lettre de E.H. Je m'étais figuré qu'elle aurait pu m'envoyer des explications.

Quoi qu'il en soit, j'ai longuement réfléchi à la question. La blessure ne peut être que le forfait d'Halifax, le bottier. L'avait-elle croisé par hasard dans Regent Street ou Soho ? Je suppose qu'elle a toujours peur d'indiquer son nom à un juge d'instance.

S'il a réitéré ses « attentions », en revanche, E.H. court un grand danger, surtout si elle doit se retrouver dans la rue.

Je ne laisserai pas cette sombre brute triompher.

Avec l'accord de Dora (même si je n'ai évidemment rien dit d'Halifax, etc.) j'ai adressé un pli à Mrs. Prendergast pour la charger de trouver un logis, modeste mais convenable, à E.H. pour les quinze jours à venir (c'est nous qui nous acquitterons du loyer) ; et la prévenir que je lui écrirais quand ce serait réglé.

Si seulement l'on pouvait la persuader de porter plainte contre le bottier !

Samedi 26 avril

E.H. s'est installée dans une chambre de Mortimer Street chez une parente de Mrs. Prendergast.

J'ai pris mes dispositions pour lui rendre visite demain.

Dimanche 27 avril

Suis allé seul à l'église (D. trop fatiguée), puis me suis rendu à Mortimer Street.

J'ai trouvé la pension de famille dans une courte rangée de maisons bien entretenues qui dataient du siècle dernier. J'y ai été accueilli par Mrs. Bracebridge, vieille femme corpulente aux habits impeccables et simples, qui m'a invité à entrer dans le petit salon. C'était une pièce aux dimensions modestes, très correcte, mais dans laquelle toute conversation, même conduite en privé, risquait de tomber dans les oreilles des autres locataires. Lorsque E.H. est descendue, j'ai vanté avec désinvolture les mérites de l'exercice, etc., et proposé une promenade en direction de Regent's Park. Restait néanmoins la question de la blessure. E.H. n'avait pas cherché à la dissimuler, et on devinait qu'elle avait reçu un coup violent, lequel l'avait fait saigner, laissant sur la majeure partie de sa joue un gros hématome. J'ai donc été forcé d'attendre quelques minutes de plus pour que, comme je le lui ai suggéré, elle emprunte un voile dans la penderie de la logeuse.

Après avoir échangé quelques mots pour nous saluer, nous nous sommes dirigés vers le parc en silence. Là, j'ai pris la parole : j'ai déclaré que je pensais savoir qui l'avait frappée, que je comprenais qu'elle se soit tue, que je ferais mon possible pour l'aider et que, si elle en trouvait le courage, il fallait assigner le bottier en justice.

Pendant quelques instants, elle est restée muette. Quand enfin elle a parlé, ç'a été d'une voix faible et anxieuse.

— J'ai cru que je ne vous reverrais jamais, monsieur, après…

Elle a tourné la tête de côté d'un air timide. J'ai indiqué que je préférerais oublier les événements du Polytechnique – un fâcheux malentendu –, que c'était sa plaie (et ses conséquences) qui m'emplissait d'une profonde inquiétude et qu'elle devait me relater en détail ce qui s'était passé.

— Mais ça vous plaira pas de connaître toute l'histoire. Ni d'apprendre qui m'a fait ça.

J'ai répliqué avec conviction qu'après une réponse aussi évasive elle avait le devoir moral de me révéler la vérité sur-le-champ.

Elle a hésité un court instant et s'est mise à chuchoter, comme un enfant qui avoue une bêtise.

— C'est votre père.

J'ignore ce qui m'a le plus troublé : son explication, ou sa façon de me la donner, comme si elle se croyait coupable ? Je l'ai pressée de tout me raconter, ce qu'elle a accepté à contrecœur.

— C'était ma soirée de loisirs, j'avais pas envie de rester avec Mrs. P., et moi j'ai pas beaucoup d'amis à Londres, et puis les autres filles, qui sont plus âgées que moi, refusaient de m'emmener, alors je suis sortie avec l'idée de faire la surprise à votre père. Je savais qu'il irait chercher son cab au *Cross Keys* à huit heures… c'est à ce moment-là que commencent ceux qui travaillent la nuit… et j'ai voulu le voir avant qu'il prenne son service.

Je lui ai expliqué qu'il était imprudent pour une demoiselle respectable de se rendre dans un pub sans être accompagnée.

— Vous avez raison, monsieur, a-t-elle reconnu avec une vigueur sincère, mais je pensais retrouver votre père, vous comprenez ? J'avais pas l'intention d'entrer. Et puis… (a-t-elle rougi sous son voile ?)… moi je suis jamais montée dans un cab, en plus.

Cette jeune fille naïve était donc prête à risquer son avenir pour une course en fiacre ! Je me suis pourtant tu et l'ai priée de poursuivre.

— Quand je suis arrivée, il était pas là… ni lui ni son cab. Alors j'ai demandé à l'abreuveur si je l'avais manqué.

Encore une pause.

— … sur le coup j'ai pas saisi ce qu'il m'a répondu. Il m'a regardé d'un drôle d'air… je savais pas ce que ça signifiait, à ce moment-là… et m'a dit que je l'avais loupé, pour sûr, qu'il avait déjà emmené une poule, mais que je pouvais attendre à l'intérieur, si je voulais, et qu'après ce serait peut-être mon tour, si l'autre en avait marre. Et puis il m'a posé une question comme « c'est où que tu travailles d'habitude, d'abord ? ». Moi j'ai pas parlé…

je pensais qu'il était gris… sauf pour annoncer que je m'en allais, et lui demander de prévenir votre père de mon passage.

— Mais ensuite vous avez trouvé mon père ?

— Pour mon malheur, oui. Si j'avais pas…

Sa voix s'est mise à trembler et ses yeux se sont gonflés de larmes. Je lui ai donné mon mouchoir, et elle a repris.

— À Tottenham Court Road, une femme faisait le pied de grue au carrefour, seule… assez loin, mais je la distinguais sous le réverbère. Je suis quand même pas née de la dernière pluie… ça se voyait que c'était une putain en train de racoler. Arrive un micheton, ils discutent, ils marchent quelques mètres, et un cab s'arrête à côté d'eux. Et moi j'ai reconnu le cocher.

— Mon père ?

— Exact ! Les deux sont montés à l'intérieur, pas gênés pour un sou, presque sans un mot, et votre père est reparti.

J'ai déclaré qu'il aurait dû refuser pareille pratique.

— Non, monsieur, pas que ça… vous comprenez pas ! s'est-elle emportée. C'est ça que racontait le type du *Cross Keys* ! C'est là que j'ai pigé… J'en ai eu la certitude… c'est très mal de sa part, en plus, après tout ce que vous avez fait pour lui… je sais que j'aurais dû déguerpir, mais…

Ses propos sont alors devenus embrouillés. Je l'ai pressée de se calmer. Nous avons ralenti le pas et, au bout d'un moment, elle s'est reprise.

— Je suis allée à la baraque à café d'Oxford Street… la grande, vous avez déjà dû la voir… et j'ai bu un gobelet. J'ai dû supporter des tas de moqueries, monsieur, de la part d'hommes, mais aussi de femmes… tous plus grossiers les uns que les autres, mais j'ai quand même attendu.

— Quoi donc ?

— Votre père, pardi ! Il est revenu, ça oui, à peine vingt minutes plus tard. La fille est sortie du cab et est retournée au même endroit… lui il est resté sur son siège jusqu'à ce qu'elle ferre un deuxième gars.

Il m'a fallu quelques instants pour comprendre son propos, et la nature du crime qu'elle attribuait à mon père. Elle ne l'a pas exprimé, fort heureusement, mais l'évidence s'est imposée à moi : mon père réservait son équipage aux activités de ces belles de nuit et leur prenait une commission.

— J'ai couru jusqu'à lui. J'ai pas pu m'en empêcher. Je lui ai expliqué que c'était mal, qu'il avait tort de vous rembourser de cette façon, qu'il finirait au trou, et que ça vous vaudrait des problèmes de l'avoir aidé à se lancer. Je sais plus ce que j'ai dit d'autre, mais j'ai dû faire du tapage, parce que le micheton est reparti, après quoi votre père m'a reproché de lui avoir fait perdre un shilling et dit que je devrais la fermer…

— C'est là qu'il vous a frappée ?

— Je crois pas que c'était volontaire, il était furieux, c'est tout.

Assez. Je ne relèverai pas la suite. Ce récit suffit à indiquer que, même en racontant le geste de violence de mon père, elle n'a pas hésité à le défendre.

Je crois pas que c'était volontaire !

La magnanimité sans bornes qui habite le cœur d'une femme, sa plus grande force, est aussi son pire point faible !

Je ne prétendrai pas n'avoir éprouvé aucune compassion pour E.H. à l'écoute de son histoire. L'émotion qui prédominait en moi, cependant, était la colère… un courroux amer à l'idée que mon père…

Non, il est inepte d'en écrire davantage à ce sujet.

Notons seulement que j'ai raccompagné E.H. chez elle. J'ai aussi donné à Mrs. Bracebridge une brève description de mon père (sans lui expliquer notre parenté !) et, après lui avoir remis un shilling, je lui ai fait comprendre qu'elle ne devait en aucun cas le laisser entrer.

En ce qui me concerne, je lui tordrais volontiers le cou.

Une heure. Passé l'après-midi et la soirée plongé dans mes pensées. Par chance, Dora n'était pas « en forme » (s'il est correct de parler de « chance »), et n'a remarqué ni ma distraction ni mon anxiété.

Je n'irai pas demander des comptes à mon père – à quoi bon ? À présent, j'aurai connu toutes les trahisons possibles ; je sais qu'il n'existe aucune ignominie dans laquelle il ne tombera pas. Le sermonner ou l'accabler de reproches ne servira à rien, peu importe combien il l'a mérité. Hélas, il semble prendre un plaisir pervers à gagner ma confiance (car cela prouve l'emprise qu'il a sur moi) puis à me décevoir.

Je ne lui donnerai pas cette satisfaction.

J'ai songé à le dénoncer, mais s'il informe le juge que j'ai payé sa « caution », je risque de me retrouver sur le banc des accusés, et la vérité éclatera au grand jour.

Je vais seulement envoyer à Dennis, le cocher, une lettre anonyme, et l'avertir de ce que j'ai découvert. S'il est honnête, il se séparera de mon père ; s'il ne l'est pas, je l'aurai prévenu que quelqu'un est au courant de son implication dans ce commerce abject et, selon toute probabilité, par peur de la police, il le congédiera là aussi.

Quant à Ellen Hungerford, malgré mes efforts, il a réussi à gâcher la plus belle chance de sa vie.

La pauvre ! Qu'est-ce qui l'attend, maintenant ?

Lundi 28 avril

Ai raconté à Dora que E.H. a été molestée par son père, mais qu'elle refuse de porter plainte (il fallait bien inventer une histoire de ce genre), que nous devrions lui donner une petite somme qui l'aidera à trouver elle-même à se loger, etc., mais que nous ne pouvions rien de plus.

D. est toujours « abattue », et les déboires de E.H. ne semblent que l'accabler davantage. Est-elle incapable de se libérer de cette torpeur ?

Las ! Je ne puise guère de satisfaction dans mon foyer, et ma vie m'apporte peu de plaisirs !

Vendredi 2 mai

Trois jours que je n'ai pas pris la plume (cela m'évoque le rituel catholique : « Ma dernière confession remonte à trois jours » !) et jamais diariste n'a eu de raison plus valable de ne pas écrire.

Ce soir même, j'ai envisagé (avec le plus grand sérieux) d'abandonner mon journal et de jeter au bûcher les feuillets des quelques mois qui viennent de s'écouler.

Pourtant, je veux me confesser ! Quelle sorte d'imbécile suis-je ?

Je devrais au moins me réjouir de n'avoir nul prêtre, nul ami, nul homme ou femme, auprès de qui m'épancher… Il n'existe pas de meilleur confident que ces humbles pages.

Quoi qu'il en soit, ce n'est pas qu'une affaire de trois jours. Il ne s'est rien passé de notable depuis mardi… rien ne m'a tenu à l'écart de ce bureau, à part mon état de peur et de nerfs.

Est-il possible qu'en couchant ces mots sur le papier je parvienne à comprendre le mécanisme de mon cœur… mes propres actes ?…

Il suffit ! Je vais me limiter aux faits pertinents, et si je dois être blâmé, ce sera selon mes termes.

Mardi soir, peu après neuf heures (Dora s'était déjà retirée), un garçon s'est présenté à la maison en possession d'une lettre. Je n'ai pas reconnu l'écriture et l'ai ouverte dans mon cabinet de travail. Elle était de Mrs. Bracebridge, qui m'annonçait qu'Ellen Hungerford venait de quitter sa pension, une heure plus tôt à peine, en compagnie d'un homme. Elle expliquait qu'elle ne l'avait pas laissé entrer, comme je lui en avais donné l'instruction, mais que E.H. l'avait suivi sans opposer grande résistance. Elle admettait néanmoins que, même s'il ne lui revenait pas de la garder sous écrou, elle estimait de son devoir de m'adresser un courrier, car l'individu empestait l'alcool et tirait la jeune fille très brutalement par le bras.

Je ne noterai pas les jurons dont j'ai accablé la vieillarde. L'inconnu ne pouvait être que mon père. Combien de fois, enfant, l'avais-je vu malmener ma mère lorsqu'il était soûl… la punir parce que lui était un père et un mari incapable ? Si ma lettre à Dennis lui avait coûté sa combine… s'il avait dû payer pour sa vénalité…

Hésiterait-il à passer sa colère sur Ellen Hungerford ?

J'ai quitté la maison sur-le-champ, sans un mot d'explication à Mary-Anne ni à ma femme, et je me suis dirigé vers Goswell Street. Je bouillais de rage. Je ne crois pas avoir prévu la façon dont j'allais procéder. Je ne pensais qu'à tirer Ellen Hungerford de ce mauvais pas.

Je suis vite arrivé à Pear Tree Court, où je me suis faufilé dans les venelles fétides avant de monter l'escalier en hâte. Rien ne m'assurait que je trouverais mon père « chez lui ». Mes incertitudes à ce sujet ont été rapidement dissipées, cependant, car j'ai entendu des voix à l'intérieur.

Je me suis abstenu de cogner à la porte.

Le spectacle qui m'a alors assailli a fait resurgir d'innombrables souvenirs douloureux de mon enfance.

D'abord, l'odeur de gin qui prenait à la gorge, puis mon père, le visage écarlate, les vêtements en désordre, ses mouvements mal maîtrisés, qui admonestait la malheureuse recroquevillée à ses pieds.

À ses pieds !

Il ne faisait aucun doute qu'il l'avait frappée, même si je ne voyais pas les traces de coups, car dans sa main pendait la bande de cuir de sa ceinture, qu'il a encore levée.

Depuis combien de temps gisait-elle là, à sa merci ?

Fou de colère, j'ai bondi et l'ai désarmé. Aussitôt (savait-il au moins qui s'attaquait à lui ?) il m'a repoussé avec une grande violence.

J'ai trébuché et suis tombé à la renverse. Ma tête a cogné contre les briques nues du mur le plus proche. Malgré une douleur fulgurante, j'ai réussi à me relever tant bien que mal.

Il m'a reconnu, mais se trouver face à son fils unique n'a en rien calmé sa fureur.

— Te mêle pas de ça, mon gars ! s'est-il exclamé. Sinon je te corrigerai, tu peux me croire !

— Comment ça, me mêler ? Je n'hésiterai pas à t'assommer. Laisse-la tranquille !

— Quoi ? Elle sait pas quand faut la fermer… c'est tout… je lui donne une leçon.

— Je te préviens…

Je n'ai pu terminer ma phrase, car à ma grande surprise il a sorti un couteau de sa poche. J'en suis resté bouche bée – je ne pensais pas qu'il s'abaisserait à une telle sauvagerie.

— Alors ! a-t-il hurlé, d'un air de triomphe aviné. Ça te la coupe, hein ? Ellie est très heureuse avec moi, te fais pas de bile… on est de vieux copains… elle pourra te le confirmer.

Il s'exprimait sans articuler, de façon décousue, et tenait sa lame d'une main tremblante. De l'autre, il a tiré sur les vêtements d'Ellen Hungerford pour la relever. Quelle était son intention précise (car il pointait la lame vers moi) ? Impossible de le deviner. Son geste a toutefois conduit à un résultat inattendu. Dans leur lutte, la jeune fille a glissé sur le plancher irrégulier et son poids a déséquilibré mon père, qui s'est effondré sur elle.

Elle a hurlé (je ne m'en souviens que trop bien), s'est tortillée comme un animal pris au piège, affolée, jusqu'à parvenir à se libérer. Je n'ai d'abord pas compris pourquoi lui ne se redressait pas. Puis j'ai vu la tache foncée sur la robe d'Ellen, et la flaque de sang qui se formait sous le ventre de mon père.

Un affreux gémissement s'est échappé de ses lèvres. Quant à moi, mes pieds sont devenus lourds comme le plomb.

— Il est mort… je l'ai tué.

Elle a prononcé ces mots non pas une fois, mais trois, telle une liturgie lugubre.

Mon père ne bougeait plus.

Je me suis trouvé figé sur place, vidé de tout sentiment, pendant que E.H. faisait les cent pas, comme si ses membres se mouvaient malgré elle.

— On va m'envoyer à la potence… on va me pendre.

Et on me pendra moi aussi.

C'est le seul souvenir que je garde de ce moment-là – je n'ai ressenti aucune inquiétude pour Ellen Hungerford, ni aucune tristesse de voir mon père rendre son dernier souffle.

Je jure que j'ai senti le nœud coulant se resserrer autour de mon cou, et toute vie quitter mon corps.

Suis-je resté ainsi longtemps ? J'aurais pu m'attarder indéfiniment, paralysé par cette peur terrible, si je n'avais pas été confronté à un danger plus immédiat. E.H., étourdie par le choc, a buté contre la table branlante installée au centre de la pièce. Les deux bougies posées dessus ont roulé dans l'amas de chiffons qui servait de lit à mon père. Aussitôt, la couche a flambé. Il n'y avait rien dans ce taudis pour étouffer les flammes. Les couvertures fatiguées, quant à elles, guère plus épaisses que des carrés d'étoffe râpeuse, eurent l'effet d'une poudrière. En quelques secondes (je n'en croyais pas mes yeux), la fumée a envahi les lieux.

Je suis sorti de ma léthargie, j'ai saisi E.H. par le bras et je l'ai entraînée dans l'escalier.

Avons-nous crié « Au feu ! » ? Je suis incapable de me le rappeler. L'alerte, en tout cas, s'est répandue assez vite. Alors même que nous descendions, les maisons délabrées vomissaient déjà leurs habitants misérables. Des dizaines d'hommes et de femmes, jeunes et vieux, en proie à l'affolement, se bousculaient pour se jeter dans les ruelles, sans hésiter à pousser leurs voisins ou à s'agripper à eux. Je me suis joint à la cohue, aiguillonné par la peur panique d'être piétiné, par la frayeur qui me gagnait à l'idée que nous puissions tous finir brûlés vifs.

Le fait que nous en ayons réchappé tient du miracle. Nous avons débouché dans Goswell Street au moment où la brigade est enfin arrivée – à temps pour observer les curieux qui s'étaient amassés en une immense foule et gênaient ainsi les moindres tentatives des pompiers.

E.H., au moins, se montrait docile et obéissante cependant que je la guidais plus loin dans la rue, à l'écart du danger et de la multitude, mais elle avait la tête ailleurs. J'ai craint qu'elle n'ait perdu l'esprit.

— On va me pendre.

À voix basse, je lui ai intimé l'ordre de se taire. Au bout d'un moment, je l'ai emmenée dans une venelle qui partait en direction de City Road et du canal. Le bruit du brasier nous parvenait encore, les rugissements des flammes et le crépitement du feu, puis il y a eu une explosion assourdissante. D'abord interloqué, je me suis souvenu de la petite usine à gaz qui donnait sur la cité.

J'ai la conviction que E.H. n'a eu aucune pensée pour la catastrophe, ni pour sa responsabilité dans celle-ci, car elle n'a pas cessé de répéter les quatre mêmes mots.

Je l'ai implorée de m'écouter, de se reprendre. Je lui ai dit qu'elle n'avait rien à se reprocher, que c'était la faute de mon père, mais qu'elle devait garder le silence. Déjà je subodorais le danger qu'elle raconte tout, même si elle n'avait en effet commis aucun délit, et que l'on nous accuse tous les deux de meurtre, et d'incendie criminel pour faire bonne mesure !

Je m'étonne encore d'avoir pu être aussi calculateur en pareil moment, d'avoir été capable de soupeser les conséquences des événements et de décider de la marche à suivre. Pourtant, sur le moment, tout me paraissait limpide.

— Mais il est mort, a-t-elle insisté.

— C'était un accident… il est tombé… ce n'était pas votre intention… c'est lui qui tenait un couteau.

— La police…

— Nous ne pouvons risquer de leur parler. Vous devez vous fier à moi.

Elle a acquiescé d'un signe de tête. Je lui ai certifié qu'il en était ainsi : son avenir, et le mien, nos vies entières, dépendaient de son silence.

— Oui, monsieur.

J'ai vu qu'elle tremblait et, sans réfléchir, je l'ai prise par les bras pour la calmer et l'ai attirée contre moi.

Je n'avais pas prévu de l'embrasser, mais même dans l'obscurité, je devinais qu'elle avait bel et bien une confiance absolue en moi, et qu'elle m'obéirait au doigt et à l'œil. J'ai perdu tout discernement lorsque je me suis penché et que mes lèvres ont rencontré les siennes ; plus une seule pensée n'occupait mon esprit.

Jamais je n'aurais imaginé tenter de séduire une autre femme que Dora et pourtant, ç'a été une telle délivrance que, encore maintenant, je ne puis y songer sans…

Assez.

Mon père est mort. Depuis trois jours, je vis dans la terreur que des enquêteurs se présentent chez moi, qu'on frappe à la porte… J'ai lu les journaux – « Incendie et explosion terribles... retrouvé les restes d'un inconnu » –, mais personne n'est venu.

Se peut-il qu'on ne découvre jamais son identité ?

La déflagration… la dépouille… la police n'aurait-elle trouvé aucune preuve ?

Je commence à croire que c'est possible, que je ne paierai pas pour les péchés de mon père, et qu'Ellen Hungerford, elle aussi, sera épargnée.

Suis-je un fils indigne ? C'est certain… mais lui a été le père le plus abject qui soit.

Mon père est mort et, pour être honnête, je n'éprouve que soulagement à l'idée qu'il ne m'importunera plus. C'est un bienfait de la providence.

Quant à Ellen Hungerford, le respect que j'ai pour elle n'a pas baissé ; celui que j'ai pour moi, si. Je lui ai volé un trésor inestimable, et j'y ai pris un immense plaisir.

Qu'adviendra-t-il de nous deux ?

CHAPITRE VIII

Assis dans le cabinet de travail, l'inspecteur Delby saisit la tasse de thé que lui tendait le jeune agent de police. Sans un mot de remerciement (il nourrissait la vague conception que cela nuirait au respect de la discipline), il se fendit néanmoins d'un bref signe de tête.

— Vous avez lu ce journal, n'est-ce pas ? s'enquit Delby en désignant les pages posées sur le bureau.

C'était une question pour la forme, car il s'adressait à celui-là même qui les avait remises dans l'ordre.

— Oui, une partie.

— Assez pour vous forger une opinion de notre homme ?

— De Jones ?

— Qui d'autre ? Expliquez-moi ce que vous pensez de lui.

Surpris que l'on sollicite son avis, l'agent hésita.

— C'est un drôle de type, dit-il au bout d'un moment.

Delby secoua la tête, déçu.

— Ça ne m'avance à rien, ça. Je vous demande quel genre d'homme c'est, d'après vous.

Le policier resta un instant silencieux afin de réfléchir et de s'armer de courage.

— Imbu de sa personne, monsieur.

— Arrogant ? Je vous l'accorde. Poursuivez.

— Et très méticuleux, je suppose. Vu comme il consignait tout.

— Très juste... méthodique, enclin à l'introspection, pointilleux... un clerc dans toute sa splendeur, si je puis dire... et pourtant...

— Oui, inspecteur ?

— Cette histoire est beaucoup trop cahotique... sa liaison avec la petite malheureuse... ça ne me plaît pas... quelque chose cloche...

— Je ne vous suis pas.

— Moi non plus. Quelque chose nous échappe, mais quoi ? Ce verbiage cache un élément clé... c'est une certitude, même si je n'arrive pas à mettre le doigt dessus.

L'agent, estimant que le mieux était de se taire, ne répliqua rien. Delby le regarda et, remarquant sa nervosité, ne put réprimer un sourire.

— N'ayez crainte, c'est mon travail de le retrouver, pas le vôtre. Toujours pas de nouvelles du médecin ou de sa femme, si je comprends bien ?

— Dois-je retourner voir, inspecteur ?

— C'est préférable.

Delby attendit que le policier ait quitté la pièce, puis se leva et mit sa tasse de côté. Sa seule motivation relevait d'une espèce de besoin de remuer, d'une aversion pour l'inactivité. Il s'immobilisa toutefois près du meuble de rangement où Jacob Jones enfermait ses manuscrits reliés et sélectionna au hasard un des volumes qui occupaient les étagères. Il le feuilleta et ne décela rien qui fût digne d'intérêt. Lorsqu'il alla pour le remettre à sa place, il remarqua deux morceaux de papier très mince écrasés derrière les livres.

Il s'agissait de deux coupures de journaux.

« INCENDIE ET EXPLOSION TERRIBLES. Hier soir, un grave incendie s'est déclaré dans Pear Tree Court, aux abords de Goswell Street. Le quartier alentour consiste en un dédale de venelles que les riverains des environs immédiats considèrent comme de véritables "bas-fonds". Il est impossible de déterminer avec certitude l'origine du brasier. De nombreux immeubles en bois de construction ancienne ont été ravagés, et le danger s'est trouvé accru par la proximité de l'usine voisine, propriété de la London Gas and Coal Company[1]. L'alerte a été donnée dans plusieurs casernes de la Metropolitan Fire Brigade, et huit engins manuels et à vapeur ont été dépêchés sur les lieux, avec plus de quatre-vingts hommes placés sous le commandement du capitaine Shaw. Face à l'immense masse de feu qui venait lécher le ciel et dégageait une chaleur formidable, ceux-ci ont vite compris que les habitations étaient condamnées. Les dégâts se sont étendus à l'un des gazomètres, qui a subi une rupture. Du gaz s'est alors échappé par la brèche et s'est enflammé, provoquant une explosion assourdissante qui a augmenté la force destructrice de la fournaise. On n'a pu maîtriser l'incendie avant que les maisons aient été "réduites en cendres". Le sinistre s'est accompagné d'un autre drame : on a retrouvé les restes d'un inconnu parmi les décombres. Une enquête judiciaire aura lieu demain. »

Delby se contenta de survoler le premier article, qui ne lui apprenait rien. Le contenu du second, en revanche, se révélait très différent.

« ST. LUKE. Hier, le juge d'instance, Mr. Urquhart, a reçu 25 £ en accord avec le testament de feu le révérend Samuel Pierce, lesquelles devront

1. Compagnie londonienne du gaz et du charbon. *(N.d.T.)*

être déposées dans le tronc des pauvres du tribunal, pour l'aide aux déshérités méritants ; reçu aussi 1 £ dans une enveloppe portant l'initiale *J.* pour que l'on donne une sépulture chrétienne à la victime non identifiée de l'incendie de Goswell Street. »

L'inspecteur réfléchissait toujours à sa signification quand l'agent revint à la porte du bureau.

— Aucun signe du docteur. Ni de sa femme, annonça-t-il.

Delby parut ne prêter aucune attention à ce renseignement et se contenta de lever le morceau de papier comme une preuve qu'il présenterait en salle d'audience.

— Qu'y a-t-il, monsieur ?

— C'est un article tiré de la rubrique judiciaire du *Times*, mon brave, sauf grosse erreur de ma part. Je l'ai découvert au fond de ce meuble. Cela semble indiquer que Jones a payé les funérailles de son père en secret. À mon avis, il n'a pu se décider à le noter dans son journal. On n'en trouve aucune trace, je crois. Rendez-vous compte ! Il confesse avoir commis l'adultère, le vol, tous les méfaits imaginables, mais il refuse d'avouer, même à lui-même, qu'il a enterré son père ! Quel genre d'homme est-ce là, hein ? Tenez, lisez donc si ça vous chante.

Le policier obtempéra.

— Vous croyez que c'est Jones qui a envoyé cette somme ?

— J'en suis sûr, même si cela ne nous est pas d'une grande utilité. Nous pouvons sans doute y voir le signe de sa culpabilité.

— Ah bon ? Vous pensez que c'est Jones qui l'a tué ? Il aurait assassiné son père et sa dame ?

L'inspecteur considéra les documents éparpillés sur le bureau.

— Seuls ses écrits le dédouanent… bien que, je l'admets, cela me chagrine que rien ne nous permette de le contredire, jusqu'à présent.

L'agent eut un temps d'hésitation.

— En conclusion, il suffit de mettre la main sur la fille, pas vrai ? Si Jones est toujours en vie, il ne démordra pas de sa version. Tout dépend donc de ce qu'Ellen Hungerford racontera pour sa défense.

— Oui, mon brave, vous avez raison. J'espère de tout mon cœur que le médecin, ou sa femme, nous fournira quelque indice de valeur. Tout repose sur la couturière, et j'aimerais beaucoup la retrouver…

— Comment cela, monsieur ?

— J'ai envoyé des hommes à son ancien logis, sans résultat. À notre connaissance, elle n'avait pas de famille. Les jeunes filles qui travaillaient chez le marchand de nouveautés ne lui vouaient pas une grande estime, mais elles n'ont rien appris au sergent Preston qui puisse nous aider dans notre enquête. Il semblerait que Miss Ellen Hungerford se soit évaporée…

Dimanche 4 mai

Après la messe, nous avons reçu maman et papa Willis à déjeuner.

Repas excellent (Mrs. Galton nous a préparé un succulent rosbif), mais il m'est impossible de décrire le gouffre qui séparait la vacuité de la conversation (papa W. revenait de l'Exposition universelle, à Kensington) et ce qui occupait mes pensées. La mort de mon père avait jeté sur elles une traîne d'ombre. Je suis hanté par la peur du châtiment ; la crainte irrationnelle que, même si je ne tombais pas aux mains de la police (et je ne suis sans doute pas à l'abri de ce côté-là), je ne paie néanmoins un prix imprévu pour ce qui s'est passé. Je n'ai de cesse de me rappeler que je n'y suis pour rien, mais cela ne m'est d'aucun soulagement. Je suis aussi assailli par des réflexions concernant Ellen Hungerford, son rôle dans le drame, la façon dont j'ai profité de sa confusion et la terrible culpabilité qui entache ma conscience. Je n'ai pas échangé le moindre mot avec elle depuis. Quelle lâcheté de ma part ! La perspective qu'elle pose sur moi un regard chargé de reproche, qu'elle me condamne en silence pour l'avoir séduite, m'est insupportable. Car elle est corrompue, et c'est moi qui suis responsable du destin que je souhaitais lui éviter.

Pauvre petite !

Maman W. a proposé d'emmener D. à l'Exposition universelle ; D. peu enthousiaste. Je doute fort que sa mère parvienne à la convaincre. La prédiction de Mrs. Antrobus voulant que « le chagrin s'estompe avec le temps » ne s'est pas réalisée… pas encore. Je crois plutôt que l'état de Dora a empiré. Elle reste cloîtrée, en proie à la léthargie ; sa seule activité intellectuelle est d'une futilité accablante : elle se tracasse pour un vêtement, ou indique à Mary-Anne comment dresser la table du dîner. Un comble : ces rares moments d'animation sont plus source d'anxiété que de satisfaction. Elle se ronge les sangs pour des broutilles, ressasse sans cesse la cause de son agacement, ce qui la rend de plus en plus irritable et malheureuse. Elle aborde la question de E.H. (« que va devenir cette pauvre couturière ? ») avec une approche similaire. Elle l'a même évoquée ce matin ; je l'ai encouragée à ne pas s'attarder sur le sujet.

Que dois-je faire au milieu de tout ce chaos ? J'ai écrit à la petite maison de Broadstairs que me recommande Mr. Hibbert. Je ne vois aucun autre recours ; je dois mettre mes espoirs dans ce séjour.

J'en parlerai demain à Dora.

Mardi 6 mai

Du mieux dans nos affaires. Hier, j'ai soumis à Dora ma suggestion de villégiature dans le Kent. Elle semble avoir accepté ce projet, et même se l'être approprié. Alors que je partais pour le bureau, elle m'a annoncé avoir besoin d'une tenue d'été et demandé si je voulais bien que Mrs. Antrobus l'accompagne chez la modiste. Je lui ai indiqué que c'était là une excellente idée.

(J'accepterais en effet cette proposition – peu importe le prix du chapeau ! – rien que pour la voir prendre l'initiative de sortir.)

Rien de notable à Moorgate ou, du moins, rien qui ait requis une grande attention de ma part. Mon esprit a donc dérivé vers d'autres sujets – encore une fois, la situation de E.H. Il faut remédier à ce problème. La question de son logis est pressante : nous ne pouvons en aucun cas la « garder » à Mortimer Street, et il est certain qu'elle doit trouver un nouveau travail. C'est aussi une évidence que je dois « rompre » avec elle, dans notre intérêt à tous les deux.

Comment m'y prendre ?

Ce devrait pourtant être enfantin, mais le souvenir de notre terrible moment d'intimité me hante toujours.

Cela ne se serait pas produit, je crois, si tout allait bien entre D. et moi.

Mercredi 7 mai

Il me semble que chacune de mes tentatives destinées à aider Dora, à améliorer son état, est vouée à l'échec. Celle de ce soir n'a pas dérogé à la règle.

Tout se présentait pourtant bien. À mon retour de Moorgate, D. m'a raconté qu'elle s'était bel et bien rendue chez la modiste avec Mrs. A. (une réussite !) et avait acheté un énième bonnet de paille (combien une femme peut-elle en accumuler ?). Avec le recul, elle n'a pas témoigné la même fierté féminine qui d'ordinaire accompagne un tel coup d'éclat. Le fait qu'elle ait consenti cet effort, en revanche, m'a empli de courage et poussé à agir.

Puis-je avouer en ces pages la suite des événements ? Elle n'a rien d'agréable, même si je ne l'enregistre pas…

Non ! Je ne vais pas tourner autour du pot. Pourquoi me soustraire à une honnêteté absolue ? Qui lira ce journal à part mon futur moi ? Il ne le consultera qu'avec le plus grand dédain s'il y rencontre demi-vérités et faux-fuyants.

Après que D. s'est retirée, je suis entré dans sa chambre avec la volonté de relancer nos rapports conjugaux. Si j'y parvenais, me semblait-il, cela réchaufferait nos relations. Elle ne s'y est pas opposée, mais mon hypothèse n'aurait pu se révéler plus erronée !

Nulle tendresse, nulle affection n'est venue animer notre union sans joie ! Je n'ai obtenu que l'acte seul, sur le lit transformé en pierre – un autel sur lequel D. se soumettait au rite sacrificiel. Je ne conteste pas que, de temps à autre, il est naturel et nécessaire que l'épouse se donne à son mari par amour (on pourrait même parler de devoir), car je suis convaincu qu'une femme ressent rarement le désir ardent qui enfièvre l'homme. Mais comme c'est terrible, pourtant, quand le malheureux trouve en face de lui une créature dépourvue de toute vie, lorsque ses attentions ne provoquent pas un sourire, pas la moindre caresse !

Ce soir m'a servi de révélation. Je sais depuis quelques semaines que D. est aux griffes d'un trouble débilitant qui sape ses forces et sa volonté. Je me rends compte à présent que ce que j'ai vu par touches fugaces – les regains d'entrain et d'énergie qu'elle manifestait parfois – n'est que comédie, une mascarade à mon intention qu'elle ne peut poursuivre une fois le voile levé.

Notre affaire terminée dans la chambre à coucher, je l'ai dévisagée, et elle m'a rendu mon regard ; nous aurions pu être de parfaits inconnus.

Comment en sommes-nous arrivés à cette situation désastreuse ?

Vendredi 9 mai

J'ai parlé de E.H. à Dora, car il est nécessaire de parvenir à une conclusion au sujet de la pension, du loyer, etc. Voici la solution : je vais donner à E.H. assez d'argent pour qu'elle reste à Mortimer Street une quinzaine supplémentaire (ou dans quelque autre endroit de son choix), pendant laquelle elle cherchera du travail. On ne la reprendra pas chez Willis, et il est peu probable qu'elle trouve une aussi bonne occasion. Il lui faudra donc se contenter de ce qu'on lui proposera.

J'ai envoyé une lettre à Mrs. Bracebridge pour lui annoncer que je passerai demain solder mon compte. J'en profiterai pour expliquer notre décision à E.H. Je me montrerai ferme sur ma volonté de ne plus la fréquenter.

D. toujours maussade. Je me demande si je n'aurais pas dû garder cette question sous silence, car « le destin de cette malheureuse couturière » a tourné à l'obsession.

J'ai également reçu des nouvelles de Broadstairs. On n'aura pas de place pour nous avant le 4 juin ! Contretemps fâcheux, mais j'ai répondu que nous prendrons la maisonnette pour une semaine, car pour l'heure les conditions climatiques ne sont pas bonnes et un logis de moindre qualité ne ferait qu'éprouver les nerfs de D.

Samedi 10 mai

Suis allé à Mortimer Street. Ai payé son dû à Mrs. Bracebridge (trop de reconnaissance de sa part – s'imaginait-elle que nous comptions l'escroquer ?) et de nouveau emmené E.H. au parc. Cette fois-ci, elle portait un voile tout simple, sans que j'aie eu à le lui demander.

(Avant de quitter la pension, j'ai entraperçu son visage ; son hématome a quasi disparu.)

En chemin, nous n'avons échangé que quelques mots, tous les deux, à mon sens, accablés de honte et de gêne. Je l'ai invitée à s'asseoir sur un banc, dans un endroit isolé. Après un long silence, je lui ai demandé si elle allait bien (faute de mieux !).

— Je crois, a-t-elle répondu. J'ai le sommeil agité…

Elle n'a pas réussi à terminer sa phrase, mais j'ai compris… depuis l'autre soir.

— Avez-vous parlé à qui que ce soit de l'accident… de ce qui est arrivé à mon père ?

— Non, à personne. J'oserais pas. À qui je pourrais le raconter ?

— N'oubliez pas ce que je vous ai dit. Nous n'avons rien fait de mal, mais rien ne garantit qu'un policier, un jury ou un juge tirera les meilleures conclusions.

Elle a incliné la tête puis, après une brève hésitation, a relevé son voile.

— Rien de mal, vous êtes sûr ?

Ai-je rougi ? Encore une fois, j'ai saisi sans difficulté son propos et – las ! comme la chair est faible – le simple fait de la contempler, la même tentation des sens m'a encore submergé.

— C'est moi le responsable, me suis-je empressé de déclarer, et c'était une aberration. J'en suis profondément désolé.

— Une aberration ? a-t-elle répété en trébuchant sur le mot.

— Une grossière erreur.

La confusion s'est peinte sur ses traits ; elle s'est détournée et a de nouveau caché son visage.

J'ai été stupéfait. Attendait-elle une autre réponse ?

J'ai persévéré et évoqué l'argent que je comptais lui remettre, puis je lui ai expliqué qu'elle pouvait l'employer comme bon lui semblait, qu'elle devait se prendre en main et que nous ne devions plus nous revoir. Elle est restée muette un instant.

— Ça m'intéresse pas, monsieur, a-t-elle dit. J'en veux pas, de vos shillings.

Je subodorais qu'elle agissait par esprit de contradiction. Je lui ai demandé si elle avait déjà trouvé du travail, mais elle m'a indiqué que non.

— Alors vous en avez le plus grand besoin.

— Je vais me débrouiller. Faut que je rentre, maintenant.

J'ai rétorqué que c'était de la fierté mal placée, qu'elle ne pouvait refuser cette somme, qu'elle ne devait éprouver aucune gêne…

Autant parler à un mur. Elle est repartie, sans me repousser ni prêter attention à ma présence durant notre trajet par les petites rues, sauf pour me dire adieu sur le pas de la porte une fois arrivés chez la vieille femme.

Ainsi s'est terminée mon entrevue avec Ellen Hungerford et ce qui devait être notre dernière rencontre, de la façon la plus abrupte et la plus insatisfaisante qui soit !

Je ne la reverrai pas. Je ne peux rien de plus ; puisse son orgueil la nourrir !

Minuit. Je ne parviens pas à trouver le sommeil. E.H. occupe mes pensées. Si les circonstances de notre séparation l'ont offensée… alors il est en son pouvoir de…

Non, elle n'ira pas à la police, c'est impossible.

Une heure du matin. Ce ne sont que des angoisses nocturnes ; elles disparaîtront au point du jour. Elle ne risquera pas la potence… elle est consciente du danger… naïve, mais pas idiote.

Je vais prendre un verre de brandy.

Dimanche 11 mai

Mon appréhension s'est en effet atténuée avec la lumière du matin, mais une autre est venue la remplacer. Hier, j'ai informé Dora qu'Ellen Hungerford refusait l'argent. Aurais-je mieux fait de le lui cacher ? Car le vif intérêt de Dora pour la bonne fortune de la jeune fille, implication que j'ai bêtement mise en œuvre et encouragée, est la source d'un nouveau dilemme.

En bref, Mrs. Antrobus nous a rendu visite cet après-midi. Elle est arrivée à trois heures, et aujourd'hui encore Dora a pu la recevoir au salon. Une heure plus tard, on a frappé à la porte de mon cabinet de travail. À ma grande surprise, ce n'était pas Mary-Anne mais notre voisine.

Je lui ai demandé comment elle trouvait D.

— Mr. Jones, tout le monde est cher à Mrs. Antrobus, sans doute même le balayeur ! Je crains hélas que votre femme ne souffre d'un profond trouble nerveux. Elle me semble dans tous ses états. Elle m'a raconté en entier l'histoire de la couturière avec qui vous êtes récemment devenus amis.

J'ai répondu que Dora demeurait généreuse, malgré ses déboires, mais qu'elle se rongeait les sangs pour rien.

— Comment cela ? Allons ! Est-il exact que cette malheureuse, à cause de la brutalité de son père, s'est vue privée de son emploi et forcée à ne compter que sur ses maigres ressources ?

J'ai rétorqué que, comme d'innombrables indigentes à Londres, elle allait devoir s'en sortir tant bien que mal.

— Pourtant, c'est une jeune fille convenable, n'est-ce pas ?

(M'a-t-elle vu tressaillir ?)

— Votre femme m'a loué ses manières et, me semble-t-il, ses proches et son passé ne vous sont pas inconnus.

Je ne saisissais pas le but de ces questions. J'ai indiqué que je savais une ou deux choses d'elle, que je n'avais nulle raison de douter de sa moralité (a-t-on jamais vu plus grand hypocrite ?) et qu'elle venait d'une famille honnête.

Quelle autre réponse pouvais-je lui donner ?

— Elle serait donc apte pour le travail de service ?

Ma stupéfaction a dû sauter aux yeux, car elle a aussitôt poursuivi.

— Mon cher Mr. Jones, n'ayez pas l'air si étonné... la bonne que j'emploie en ce moment est encore à l'épreuve, et je suis résolue à ne pas la garder. C'est déjà la troisième femme de charge que j'essaie depuis que j'ai renvoyé Martha, qui désormais – c'est affreux ! – moisit en maison de correction, mais aucune ne s'est montrée à la hauteur. Alors une jeune fille vive, une intelligente petite que l'on pourra former et qui sera ravie qu'on lui offre une place, voilà qui me conviendrait à merveille. Qu'en pensez-vous, Mr. Jones ?

J'avoue qu'un vent de panique m'a gagné. Il me semblait qu'attribuer ce poste à Ellen Hungerford, instaurer pareille proximité entre nous ne pouvait conduire qu'à la catastrophe. Comment parviendrait-elle à garder notre secret face à une personnalité aussi forte que Mrs. Antrobus ?

Je me sentais pourtant en position de faiblesse. Après avoir obtenu pour E.H. un travail chez Willis, loué ses qualités, comment pouvais-je prétendre qu'elle ne méritait en aucun cas ce geste de bonté ?

J'ai déguisé ma pensée et avancé ne pas être sûr qu'elle possédait l'expérience nécessaire – « Je lui apprendrai comment tout faire à mon idée, mon bon monsieur ! » –, qu'elle manquait d'instruction – « Ce n'est pas gênant, Mr. Jones » –, que je n'étais même pas certain de connaître son adresse – « Notre chère Dora serait ravie, j'en suis convaincue, que vous vous renseigniez… »

Me voilà confronté à un terrible cas de conscience, car j'ai été forcé de promettre à Mrs. Antrobus, avant qu'elle s'en aille (je me demande si, eussé-je réagi différemment, elle serait partie !), que je procéderai à des recherches.

Quel dilemme !

En d'autres circonstances, il me semblerait immoral de priver la jeune fille d'une telle chance. De plus, si elle a passé ces dernières semaines sous la marque de la souffrance, à cause de mon père et de moi, qui est le mieux placé pour améliorer sa condition ?

Je ne puis pourtant écarter le risque que je cours… celui que soient révélés tous les secrets…

Non, je ne ferai rien. Je ne dois surtout rien faire.

Mardi 13 mai

J'ai passé deux nuits miné par le doute, mais ce matin, je croyais m'être enfin résolu à la nécessité inconfortable de rester inactif.

Puis, cet après-midi, j'ai reçu une lettre d'Ellen Hungerford.

Cher monsieur,

Je vous transmettrai pas mon adresse, car je pense pas que vous la voulez, mais j'ai le plaisir de vous annoncer que j'ai trouvé un nouveau logis.

Je souhaitais m'excuser pour la façon dont je me suis comportée avec vous au parc et ce qu'il y a eu entre nous. Je sais aussi que ce qui s'est produit avant c'était mal et que vous tenez pas plus à moi qu'un autre. Je me suis fait des idées folles mais j'ai compris que c'était idiot, et j'espère que vous me pardonnerez d'avoir agi comme ça. J'ai conscience que vous cherchiez pas à m'insulter en m'offrant de l'argent, et j'ai pas autant d'orgueil que vous l'imaginez.

Je suis toujours votre dévouée et je vous adresse mes salutations distinguées,

E.H.

P.-S. *J'ai trouvé du travail chez Mr. Halifax de Greek Street, et quand j'aurai gagné assez, je paierai ma chambre et vous rembourserai tout ce que je vous dois, à vous et à votre femme.*

Que dois-je en conclure ?

Les « idées folles » dont elle parle avec tant de naïveté… est-ce là la raison de son trouble et de sa déception ? Espérait-elle une déclaration d'amour éternel de ma part ? Un rapport charnel ?

Puis, son post-scriptum : « chez Mr. Halifax de Greek Street ».

Le bottier !

A-t-elle désormais une si piètre estime de soi qu'elle se prosterne aux pieds de ce monstre ?

Mais moi, n'ai-je pas obtenu, à force de douces paroles et de bonnes intentions, sans l'avoir prévu ni voulu, le résultat même auquel il serait parvenu par la force ?

Pourquoi m'a-t-elle envoyé une lettre de cette teneur ?

Est-ce pour me jeter au visage le désastre de sa vie, me montrer les conséquences de mon égarement de l'autre soir, me dire jusqu'où elle doit à présent s'abaisser ?

Quel prix devra-t-elle payer – ou a-t-elle déjà payé –, afin de travailler pour Halifax ? Est-ce à cela que je l'ai réduite ?

Cherche-t-elle à se punir en se comportant ainsi ?

Sa démarche n'a qu'un seul but : m'indiquer que je suis responsable de la vie misérable qu'elle va connaître, le destin classique d'une jeune fille condamnée par un homme sans cœur.

C'est bien là le pire : je suis l'unique coupable.

Mercredi 14 mai

Considérations concernant Ellen Hungerford – pour l'instant ! – interrompues. Cet après-midi, reçu un pli : une réponse de Mr. Filks, où il m'adresse ses commentaires sur mon manuscrit !

Voilà trois longs mois que j'ai placé mon travail entre ses mains, trois mois durant lesquels, sous les assauts répétés de la vie, j'ai mis de côté mes ambitions littéraires. Malgré mes tribulations, avec quel plaisir ai-je accueilli cette distraction (la lettre que Mary-Anne a posée sur mon bureau), et avec quelle fébrilité ai-je ouvert l'enveloppe !

À la lecture du courrier, pourtant, j'ai eu envie de le brûler sur-le-champ.

C'est une missive funeste, difficile à digérer. Ce n'est que par esprit de pénitence (à moins que je ne nourrisse le vague espoir qu'il est encore possible de surmonter cette rebuffade ?) que je vais l'inclure en ces pages :

The Gentleman's Remembrancer
8, Crane Court
Fleet Street

13 mai

Cher monsieur,

Je vous écris au sujet de votre récit Un voyage regrettable, *que vous avez eu l'amabilité de soumettre à notre estimée revue.*

Je me dois de vous informer que le public n'aura pas le plaisir de vous lire. Votre travail n'est pas dépourvu de qualités. Il est vif et intéressant par endroits, recèle plusieurs circonvolutions dramatiques plaisantes.

Il subsiste hélas de nombreuses maladresses de style. Par exemple, peut-on vraiment dire d'un meuble qu'il « se repose » ? Comment peut-on « inventorier » un visage ? Ce ne sont là que deux exemples fameux parmi beaucoup d'autres. Nous espérons que vous ne trouverez pas grossier que je les porte humblement à votre connaissance. Notre seule intention est de fournir un phare à la lumière duquel vous pourrez vous guider, de sorte que vos entreprises à venir, lorsque vous les exposerez au soleil de la critique, seront moins entachées d'imperfections de cette nature.

Le principal écueil, toutefois, consiste en ce que l'on pourrait nommer « les articulations » de votre création. En particulier, nous n'estimons pas que la mort du vieux Mr. Avery suffise à provoquer la perte de sa fille, ni que les difficultés légales qu'engendre son héritage soient compréhensibles pour le lecteur. Ces défauts ont profondément entamé notre envie de découvrir le dénouement de votre histoire.

Avec regret, nous nous voyons dans l'obligation de conclure que, même si votre travail comporte certaines qualités, il ne correspond pas aux attentes du Remembrancer.

Nous vous souhaitons en revanche de connaître à l'avenir le succès que vous méritez.

Veuillez agréer, cher monsieur, l'expression de mes sentiments distingués.

G.W. Filks, Esq.

P.-S. *Nous vous retournerons votre manuscrit dans la semaine.*

Voici donc le fruit de trois mois de patience ! Ce n'est peut-être qu'une déception sans importance, quand je pense à tout ce qui s'est produit. J'en suis pourtant resté abattu, car, malgré ma nature pessimiste, je m'étais autorisé, dans ce cas précis, à espérer.

J'ai informé D. de la teneur de la lettre ; elle a déclaré que je devais « envoyer mon texte à un autre éditeur ». Je ne peux exprimer combien cette remarque m'a courroucé (même s'il me paraît à présent ridicule de parler de « colère »). Ce ne sont pas ses paroles qui m'ont mis dans cet état de nerfs, mais le désintérêt avec lequel elle les a prononcées. Je me répète tous les jours (et je suis sûr que c'est vrai) que cette apathie est un symptôme du mal qui la mine. Il n'empêche, j'ai de plus en plus l'impression d'être marié à l'incarnation féminine du Turc mécanique, un automate qui ne ferait que jouer le rôle de mon épouse.

Minuit. En dépit de mes déconvenues, mes pensées se portent encore vers Ellen Hungerford.

Quelles sont ces « idées folles » qu'elle a écartées ? Mon ignorance de la femme, ainsi que ma faiblesse imbécile – ou plutôt criminelle –, l'a, je le crains, incitée à me vouer de l'affection, voire de l'amour, et sa déception l'aura précipitée dans les bras d'un malfrat, une crapule qui ne vaut guère mieux que mon père. Elle a choisi de supporter la culpabilité et, comme ma pauvre mère, s'est infligé elle-même son châtiment.

Il est en mon pouvoir d'intervenir…

N'ai-je point retenu la leçon ?

Jeudi 15 mai

Le frère de Dora sera à Londres demain après-midi, lors d'une visite impromptue avant d'embarquer à la marée du soir.

Maman W. a pris ses dispositions pour que l'on conduise D. à Chelsea dès demain, de sorte qu'elle puisse le voir une heure ou deux, et qu'on la ramène samedi dans la soirée, afin qu'elle passe une nuit de repos « au sein de son foyer ». Si D. est en meilleure forme, ils « feront » peut-être aussi l'Exposition samedi matin.

D. a accepté, mais « c'est à l'usage… », etc.

Chelsea ne suffira pas, je le crains (même si je concède que l'air y est plus vif qu'à Islington), à améliorer l'humeur de ma femme.

Une heure. Toujours obnubilé par Ellen Hungerford ! Plus grave, elle devient même un fantôme qui hante mon imagination ! J'ai fait un drôle de rêve…

Brandy.

Vendredi 16 mai

Surprenant de constater qu'il est le plus souvent dangereux d'obéir aux ordres de sa conscience – ou, du moins, de l'angoisse aiguë résultant de la connaissance que l'on a de ses fautes. Ce soir, pourtant, j'ai risqué mon bonheur futur – en tous les cas, ma sécurité – pour arracher Ellen Hungerford à un itinéraire infernal qui l'aurait conduite à sa perte. C'est, qui sait ? une forme de folie que de miser autant sur le destin d'une jeune fille. J'ai toutefois la conviction d'avoir pris la bonne décision.

Ce doit être l'absence de Dora qui m'a poussé à l'action. Malgré sa langueur, la maison sans elle semblait étrangement vide et je me suis retrouvé confronté à mes considérations sans que rien ne puisse m'en détacher. Dans ma solitude, j'ai enfin abdiqué devant la conclusion que je combattais depuis quelques jours : je me sentais dans l'obligation de soumettre à E.H. la proposition de Mrs. Antrobus, car fuir mes responsabilités concernant son avenir (au regard de ce qui s'était passé) constituerait de ma part un acte de la plus grande lâcheté.

La première difficulté était bien sûr de la trouver. Je ne voyais qu'un seul endroit où la chercher. Après le dîner, ayant indiqué à Mary-Anne que je rendais visite à une vieille connaissance (!), j'ai pris un cab pour Greek Street. Comme je m'y attendais, la boutique du bottier était déjà fermée. Elle comptait néanmoins une porte de service derrière laquelle, à travers une imposte couverte de suie, on discernait la lueur du gaz. J'y ai cogné sèchement, et une grille étroite a coulissé. J'ai su aussitôt que c'était l'entrée du tripot, l'établissement précis où mon père avait perdu ses trois livres, car jeune homme, à plus d'une reprise, j'étais allé le tirer de repaires similaires.

— Vous êtes qui ? demanda une voix à l'intérieur.

— Je m'appelle Jones. Je cherche une fille.

— Pas ici, l'ami. Essayez plutôt à Haymarket.

— C'est une petite nommée Ellen Hungerford…

J'ai sorti ostensiblement un shilling de ma poche.

— … et si je la trouve, cela méritera un pourboire. Il me semble que Mr. Halifax vient de l'embaucher. Je lui porte une nouvelle qui l'intéressera ; une proposition avantageuse.

Le cerbère invisible, amadoué par la vue de la pièce ou la mention de son maître, s'est fait plus conciliant.

— C'est une gamine menue, les cheveux blonds ?

J'ai répondu par l'affirmative.

— Je crois savoir qui c'est.

— Est-elle à l'intérieur ?

— Ici ? Non. Peut-être tout à l'heure.

— Où ça, alors ?

L'homme devint silencieux ; j'ai compris le message et glissé le shilling par la fente étroite. Il a disparu de mes doigts, comme gobé par une bête gloutonne.

— Tentez donc votre chance à l'*Argyll*. Paraît qu'il l'a emmenée danser.

Mon estomac s'est noué, surtout lorsqu'il a prononcé le mot « danser » avec une profonde ironie. Je l'ai malgré tout remercié et suis parti par les venelles de Soho.

L'*Argyll* ! Le cabaret le plus mal famé de Londres. Qui peut entendre ce nom sans songer à la débauche et au vice ? Mes craintes concernant l'avenir de E.H. et, indirectement, le mien, prenaient une tournure concrète.

À Windmill Street, j'ai payé l'entrée d'un shilling et descendu les marches qui menaient à la grande salle de triste réputation, et mis pour la première fois les pieds dans un monde que je m'étais jusqu'alors appliqué à éviter.

Ma première impression, au milieu du brouillard de fumée de tabac, a été que le majestueux salon ne se distinguait pas des lieux d'amusement publics ordinaires. Dorures et lampes à gaz, chandeliers suspendus et sol de marbre ciré n'auraient pas dépareillé dans un opéra ou un théâtre. Il en allait de même pour la musique (une écossaise entraînante jouée par un orchestre de quarante ou cinquante musiciens, mais l'attitude relâchée de ceux qui se tenaient autour de la piste et observaient les couples de danseurs, l'omniprésence du champagne sur les tables, les alcôves cachées aux regards par d'épais rideaux, où quelques privilégiés « dînaient », soufflaient que la réalité était différente.

Je n'avais aucune idée de l'endroit où débusquer E.H. J'ai circulé dans l'établissement, ignorant plusieurs injonctions de femmes désirant que je leur « offre un verre de pétillant », etc. (à ce qu'il semblait la monnaie d'échange prisée par la clientèle féminine). La chance a voulu que j'aperçoive E.H. au bout de quelques minutes, installée dans un des boxes à l'autre bout de la salle (les tentures, Dieu soit loué, n'étaient pas tirées) à côté de la silhouette imposante d'Halifax et face à deux hommes que je ne connaissais pas. À en juger par leur apparence, il s'agissait de gentlemen, qui tous les deux portaient un habit du soir. Je ne l'ai pas reconnue sur-le-champ. La tenue toute simple qu'on lui avait fournie chez Willis avait cédé la place à une belle robe de velours (!), et ses joues paraissaient fardées de rouge, à moins qu'elles n'aient été colorées par l'effet du champagne.

Ma détermination a vacillé et je me suis demandé si lui parler serait d'une quelconque utilité. Je projetais d'empêcher qu'on achève le saccage de sa moralité, mais c'était elle qui s'était mise à la merci du bottier, elle qui était venue à l'*Argyll*, vêtue d'une façon qui ne laissait aucun doute quant à ses intentions. Puis j'ai vu un des hommes se lever et tenter de lui prendre la main, afin de l'emmener danser, mais (la brave petite !) avec quelle force elle a protesté et l'a rejeté !

Rien n'aurait su me donner davantage de courage que cette révulsion instinctive, la peur qui est passée sur son visage, malgré ce qui l'avait poussée à tomber si bas. J'ai traversé la piste, provoquant l'agacement de plusieurs noceurs en train de tournoyer, et je me suis interposé entre l'inconnu et E.H.

— Cette demoiselle ne semble pas souhaiter votre compagnie, monsieur.

(Me suis-je exprimé avec assurance, ou ma voix a-t-elle tremblé ? Je crains que ce ne soit la dernière hypothèse !)

— Allez au diable ! s'est exclamé l'homme.

Il parlait d'un ton éduqué mais altéré par la boisson. Halifax, quant à lui, m'a dévisagé d'un air menaçant.

— Mr. Jones, pas vrai ? J'oublie jamais un visage. Qu'est-ce que ça signifie, cette intervention ridicule ? Êtes-vous ivre ?

— Loin de là. Je souhaite m'entretenir avec Miss Hungerford.

Les deux messieurs se sont indignés de l'interruption « absolument impertinente » de leur soirée, mais aucun ne semblait prêt à aller plus loin. Ellen Hungerford m'a lancé un regard étonné. La réponse revenait au bottier. Je m'attendais à une volée d'insultes mais, à ma grande surprise, il s'est exprimé de façon posée, dépourvue de colère.

— Il doit y avoir un malentendu. Si nous discutions dehors, à l'écart de ce brouhaha ?

— Je ne laisserai pas Miss Hungerford seule en compagnie de parfaits inconnus (nul n'a nié cette affirmation). Qui plus est, c'est à elle que je veux m'adresser, pas à vous.

— Miss Hungerford (ton lourd de sarcasme) peut nous accompagner, je suppose.

J'ai accepté à contrecœur. Halifax a présenté ses excuses à ses compagnons et nous a conduits à l'extérieur.

Ainsi le prédateur a-t-il trompé sa proie !

Comme un imbécile, je l'ai suivi jusqu'à une entrée tranquille sur le côté du bâtiment, Ellen Hungerford dans notre sillage. Là, il s'est retourné et, avant que j'aie pu bouger le petit doigt, il m'a saisi à la gorge et m'a plaqué contre le mur. La force de ce butor était telle que, malgré mes efforts, je ne suis pas parvenu à me libérer

— Je n'ai pas de grief particulier contre vous, monsieur, a-t-il sifflé entre ses dents, mais si un bougre me fait passer pour une andouille, pas question qu'il s'en tire à bon compte.

Je lui ai opposé que ce n'était pas là mon intention. Alors même que je parlais, il m'a envoyé un crochet dans le ventre, sans prévenir et sans avoir été provoqué, puis une pluie de coups s'est abattue sur moi.

Est-ce nécessaire de décrire l'assaut brutal que j'ai subi ? Mes tentatives pour me défendre ont été vaines ; je ne pouvais pas plus contrer la rapidité et la puissance de ses poings que je n'aurais pu arrêter une balle de pistolet.

(Que n'avais-je en ma possession une telle arme, que j'aurais pu utiliser pour ma protection !)

Ellen Hungerford a hurlé. Halifax m'a rossé avec une telle furie que j'ai craint pour ma vie.

On s'étonnera de la façon dont un simple hasard peut infléchir le cours du destin, car à cet instant j'ai entendu des pas rapides sur les pavés.

L'esprit embrouillé, j'ai d'abord pensé qu'il s'agissait de la police, alertée par le cri. Il s'est vite révélé que les nouveaux venus étaient trois jeunes gens. Halifax ayant refusé de cesser sa charge, ils se sont jetés sur lui avec la même violence qu'il avait déversée sur moi.

Je ne prétendrai pas que ce trois contre un, malgré la carrure démesurée d'Halifax, ait été un combat loyal. Ô combien, pourtant, en dépit de mon état d'hébétude, je me suis réjoui au fond de moi !

Pour ajouter à ma stupéfaction, pendant l'échange de coups, j'ai reconnu une voix familière, et un quatrième homme m'a aidé à me relever.

— Mince alors ! C'est bien vous, chef ! s'est exclamé Fortesque. J'arrivais pas à y croire.

C'est donc à mon commis de bureau que, par le plus grand des hasards, je dois mon salut !

Oui, ce n'était autre que Fortesque et ses « poteaux » (sur le point d'entrer à l'*Argyll* pour une soirée de bamboche) qui avaient assisté à la scène. Outrés par l'inégalité manifeste de la lutte, et F. ayant juré que j'étais quelqu'un de respectable, ils avaient décidé d'intervenir et de rendre à Halifax la monnaie de sa pièce.

Jamais plus je ne décrierai les jeunes gens « fougueux » et leur « exaltation » !

À vrai dire, je ne me rappelle aucun détail des quelques minutes qui ont suivi (la tête me tournait) mais on nous a trouvé un cab, et Ellen Hungerford et moi-même nous sommes retrouvés à l'intérieur. Mon dernier souvenir est celui d'une voix qui criait : « Gaffe ! Les cognes ! »

Puis j'ai défailli.

Quand je suis revenu à moi, dans le fiacre, Ellen Hungerford m'épongeait le front. Son soulagement sautait aux yeux ; on devinait qu'elle appréhendait que je ne me réveille pas. Je lui ai dit de cesser et lui ai demandé ce qui s'était passé. J'ai appris qu'une sorte d'émeute miniature s'était ensuite déclarée. Plusieurs autres jeunes gens, sous l'emprise de l'alcool, étaient venus à l'aide des deux camps, jusqu'à ce qu'un coup de sifflet annonce l'arrivée de la police. J'avais brièvement perdu connaissance (mon crâne endolori attestant la cause de mon évanouissement), alors que notre attelage s'éloignait des lieux.

— Où allons-nous ?

— Votre ami lui a indiqué Angel.

Mon ami !

Le souvenir de Fortesque (qui était resté devant l'*Argyll* pour défendre ses comparses) et de ce dont il avait été témoin, tout m'est revenu, et ma tête ne m'en a fait que plus mal. Nul doute qu'il avait vu Ellen Hungerford, et impossible qu'il l'ait prise pour ma femme.

Des sujets plus urgents nécessitaient néanmoins mon attention.

— Pourquoi êtes-vous venu ? s'est enquise Ellen lorsque je me suis redressé.

Bien que je ne fusse pas en pleine possession de mes moyens, j'ai senti le danger que recelait cette question et subodoré que je risquais de raviver les mêmes « idées folles » qui lui avaient tant nui. J'ai répondu posément que je tenais à réparer le tort que je lui avais causé après l'incendie et ne souhaitais pas l'aggraver. Que je pensais l'avoir offensée en lui proposant de l'argent, mais que se jeter dans la gueule d'un homme tel qu'Halifax revenait à tirer un trait sur son avenir. Que, en bref, mon intention n'était que de la sauver d'elle-même, sans aucun dessein condamnable en tête.

Le nom d'Halifax a paru la refroidir.

— J'ai rien fait, a-t-elle répliqué, les paupières baissées. Il m'a dit que je devais rencontrer des amis à lui, boire un verre de champ', c'est tout. Ensuite je devais les regarder jouer aux cartes.

— Rien d'autre ?

Elle a haussé les épaules. Je suis convaincu qu'elle n'était pas dupe quant à ce que lui réservait le bottier et qu'elle s'était résignée.

— Quelle importance, maintenant ?

Je lui ai expliqué que je l'avais vue protester, que sa nature profonde se révoltait contre un tel comportement.

— Je suis peut-être pas taillée pour ça, a-t-elle reconnu avec une grande tristesse dans la voix. Mais qu'est-ce qui me reste ?

J'ai pris mon courage à deux mains, car le moment était venu, et je lui ai annoncé que je devais lui transmettre la proposition d'une amie concernant une place de domestique qui se libérerait sous peu.

— Qui voudrait d'une fille perdue, monsieur ?

Je n'ai pu réprimer un léger sourire de satisfaction. Je lui ai répondu que je connaissais une femme qui, malgré ses idées arrêtées et son excentricité, n'en était pas moins une bonne employeuse. Que Mrs. Antrobus lui offrirait une deuxième chance de vivre une existence décente, à la condition qu'elle se détourne du chemin où elle s'était engagée. Qu'on n'exigerait d'elle aucune justification, ni sur son passé ni sur sa condition actuelle.

— Ça sert à rien, a-t-elle protesté. Mr. Halifax… il va me retrouver.

Je l'ai assurée que j'allais la protéger, lui procurer sans délai un nouveau toit, en attendant de m'entretenir avec Mrs. Antrobus.

Quelques instants d'hésitation, puis…

E.H. a fondu en larmes et s'est jetée à mes pieds. Secouée par les sanglots, elle m'a témoigné des remerciements si fervents et si sincères que je ne pouvais douter plus longtemps du bien-fondé de ma décision.

C'est chose faite.

Je préviendrai Dora demain et en discuterai avec Mrs. Antrobus dimanche.

J'ai ressassé d'innombrables craintes et chimères, ces derniers jours, mais il suffira que E.H. se taise et soit âpre à la tâche. Elle a prouvé être capable des deux. Le passé, mon père, les événements de l'autre soir, tout doit sombrer dans l'oubli.

Voilà, je l'ai sauvée.

CHAPITRE IX

L'inspecteur Delby alluma le gaz dans le petit salon. L'obscurité tombait et il savait que la journée allait bientôt s'achever, sans qu'il ait avancé dans son enquête. Il reprit la lecture du journal, fouillant toujours les pages à la recherche d'un indice qui lui indiquerait où trouver Jacob Jones. Puis un soupçon de mouvement attira son attention. C'était un chat, au pelage noir et blanc soyeux, qui, après s'être faufilé à l'intérieur, reniflait prudemment la cheminée et les meubles. Le policier feignit de ne rien remarquer ; l'animal approcha et vint se frotter à ses jambes.

— Tu n'as donc pas disparu, toi, marmotta-t-il en fixant les yeux insondables du félin. Dommage que tu ne puisses pas nous donner ta déposition !

— Inspecteur ?

Cette interruption le fit sursauter. À la porte se tenait un agent en uniforme qu'il ne reconnut pas.

— Oui, que voulez-vous ?

— McAuley, monsieur. Division G. J'ai retrouvé la fille que vous cherchez.

— Ellen Hungerford ?

L'air perplexe, l'agent secoua la tête.

— Non, désolé. Celle-là s'appelle Mary-Anne Bright.

Delby soupira.

— Ah, d'accord. Vous méritez quand même mes félicitations. Cela reste une bonne nouvelle. Est-elle dehors ?

— Je l'ai amenée en cab.

— Lui avez-vous expliqué ce qui s'est passé ?

— Non, monsieur. J'ai pensé que…

— Ce n'est pas grave. Racontez-le-lui maintenant… dans les grandes lignes, du moins. Elle va sans doute pleurer, si je vois juste en ce qui la concerne. Laissez-la donc faire. Ensuite, lorsqu'elle sera en état de parler calmement, amenez-la-moi.

Le visage rougi par les larmes, Mary-Anne Bright s'assit dans le fauteuil en face de l'inspecteur, qui tenait son carnet ouvert devant lui et un crayon à la main. Delby devinait qu'être dans le bureau où elle avait servi comme domestique la déroutait. Elle remuait nerveusement, incapable de rester immobile.

— Miss Bright, je dois vous poser quelques questions, dans l'espoir que vos réponses nous aideront à comprendre cette affreuse tragédie. Par où commencer, hein ? Appréciiez-vous Mrs. Jones ? Était-ce une bonne maîtresse ?

— Si je l'appréciais ? dit Mary-Anne, en tamponnant ses yeux avec un mouchoir gris assez sale. Je trouvais que c'était une jeune dame adorable, et une vraie dame, en plus. J'arrive pas à croire qu'elle est morte. Surtout comme ça.

— C'est un drame terrible, en effet. Je vous prie d'excuser mon ignorance… depuis quand travailliez-vous à son service ?

— Depuis le début de son mariage. En février de l'année dernière… son mari et elle se sont d'abord installés à Clapham, et puis nous avons tous déménagé ici au Nouvel An.

— Vous évoquez Mr. Jones… vous ne savez sans doute pas où il pourrait être ?

— Non, monsieur.

— Connaissez-vous l'existence de proches ou d'amis chez qui il aurait pu se réfugier ?

— Ça m'étonnerait. Il restait toujours seul. Il a jamais reçu de visite, jamais pour son compte.

— Et vous ? Entreteniez-vous de bons rapports avec lui ?

— Je dirais pas ça, répondit Mary-Anne, l'air renfrogné, mais on s'accordait pas trop mal. Et puis il m'a mise à la porte… et maintenant ça…

— Quoi donc ?

— Ben, c'est lui qui l'a assassinée, non ?

— Est-ce votre opinion, Miss Bright ?

— C'est le policier qu'est dehors, il m'a raconté que…

— L'agent McAuley devrait apprendre à se taire. Il lui aurait suffi de vous indiquer que Mr. Jones est l'un des principaux suspects, et rien d'autre, de notre enquête. Mr. Jones a-t-il jamais été violent avec vous ?

Mary-Anne réfléchit un instant, comme si elle fouillait sa mémoire à la recherche d'un détail qui soit digne de l'attention de l'inspecteur. Au bout du compte, elle s'avoua vaincue.

— Non, monsieur.

— Et envers sa femme ? L'a-t-il frappée ?

— Pas que je sache. En tout cas, je le trouvais étrange, et ça me surprend pas qu'il ait perdu la raison. Parce que certains jours, vous auriez vu les regards qu'il me lançait… tellement bizarres… que je pourrais pas les décrire.

Delby sourit à part soi.

— Miss Bright, j'aime autant être franc avec vous sur un point. D'ailleurs, cela pourrait expliquer les « regards » de Mr. Jones. Vous êtes peut-être au courant que votre maître tenait un journal.

— Et comment ! Je sais comment il fichait de l'encre sur toutes ses chemises ! À peine s'il en sortait, de cette pièce… qui c'est qui passe ses soirées à écrire, je vous le demande ! Pas très net…

— Un instant. Permettez-moi de poursuivre. Mr. Jones relate certains faits révélateurs et très sensibles. Par exemple, il raconte s'être réveillé en pleine nuit et avoir suivi une jeune femme, que je ne nommerai pas, sur le terrain de la New River Company, qui se trouve juste en bas de la rue, me semble-t-il, où elle a retrouvé un ouvrier de sa connaissance… dois-je continuer ?

Delby marqua une pause. Comme il s'y attendait, Mary-Anne Bright s'empourpra. Avant qu'elle ait pu recouvrer ses esprits, il reprit :

— En ce qui me concerne, savoir dans quel but cette personne est allée là-bas ne m'intéresse guère ; ça ne regarde qu'elle. D'ailleurs, je n'évoquerais pas un passage aussi inconvenant sans raison précise : souligner que cette demoiselle ne devrait pas être trop réticente ou trop timide quand je lui poserai une certaine question. Me comprenez-vous, Miss Bright ?

— Quelle question ? s'enquit Mary-Anne, nerveuse.

— Mr. Jones vous a-t-il un jour fait des avances ?

— À moi ? Non, jamais. Et j'aurais pas accepté, surtout ! De toute façon, si vous insinuez ce que je pense, c'est qu'un tissu de mensonges, du début jusqu'à la fin !

— Inutile de vous offusquer. Je souhaite seulement en apprendre davantage sur la moralité de

Mr. Jones, pas la vôtre. Si jamais vous et lui avez été intimes…

— Pas moi !

— Et se montrait-il amical avec d'autres femmes ?

— Je pourrais pas vous dire, répondit-elle après une brève hésitation. Remarquez, il avait sa petite favorite, ça c'est sûr.

— Comment cela ?

— Une môme qu'ils avaient prise en pitié, Ellen Hungerford. Ils lui ont trouvé une place de bonne chez le docteur. Elle savait pas se servir d'un plumeau, remarquez, d'après ce que j'ai vu. Madame prétendait que c'était par charité, mais…

— Quoi ?

— J'ai aperçu Monsieur dans la rue, un jour… il passait devant chez le médecin au moment où elle frottait le perron. Eh ben, ce sont des choses qui échappent pas à une femme, inspecteur. Il la dévorait du regard, je vous jure… et de son côté à elle c'était pas mieux.

— Qu'est-ce qui vous fait dire ça ?

— Elle est venue ici, une fois… sa maîtresse l'avait envoyée chercher une recette de la cuisinière, et je lui ai demandé si elle se plaisait dans sa nouvelle maison. J'ai pas eu de propos désagréables, j'ai juste commenté que Mr. Jones était rudement gentil de lui avoir dégoté du travail. Vous me croirez peut-être pas, mais je lui aurais craché à la figure qu'elle aurait pas été plus en colère. J'ai jamais entendu autant de gros mots que ce jour-là !

— Si on laisse de côté ses grossièretés, quelle était la substance de sa réponse ?

— Les laisser de côté, j'aurais bien aimé, pardi ! Elle a débité que des âneries, comme quoi je devais pas me mêler de ses affaires, qu'il fallait pas mal parler de Mr. Jones, que je devais pas faire ci ou ça, et que si je continuais, elle allait me fiche une raclée ! J'ai jamais vu une fille aussi vulgaire. Si elle est bonne pour le service, mois je suis bonne pour la potence. Vous devriez l'interroger, elle, voir ce que ça donne. Je vous souhaite bien du plaisir !

— C'est mon intention, dit Delby d'un ton maussade, sans rien dévoiler de ses pensées. Mais nous n'avons pas discuté des relations entre Mr. Jones et sa femme. Mrs. Jones n'a jamais recouvré sa joie de vivre, je crois, après sa fausse couche ?

Mary-Anne fit la moue.

— Non, elle s'en est pas remise. Elle broyait du noir la plupart du temps et n'a jamais repris de forces. Paix à son âme. Au moins, ils sont de nouveau ensemble, elle et son petit, s'il plaît à Dieu.

— Et Mr. Jones ? Comment a-t-il réagi à la perte de l'enfant ?

— Lui je sais pas. En tout cas, Monsieur et Madame se sont plus jamais entendus.

— Vous pensez qu'ils étaient en froid depuis quelque temps déjà ?

— Ce serait exagéré, mais je peux vous dire à quel moment ça a empiré.

— Je vous écoute.

— À leur retour de la côte. Elle allait encore plus mal. Malheureuse comme une pierre, qu'elle était.

— Vraiment ?

— Pour être franche, j'ai eu envie de partir, après ça. Je venais de passer une semaine hors de la maison, vous comprenez ? Quand ils sont revenus, j'ai trouvé que ça tournait pas rond, que c'était malsain.

— Pourtant, si j'en crois le journal, c'est Mr. Jones qui vous a donné congé, en fin de compte, il y a seulement huit jours. Pour quel motif, je vous prie ?

Mary-Anne contempla ses pieds.

— Comportement contraire aux bonnes mœurs, soi-disant, mais j'ai une moralité, moi, et au moins je suis pas un assassin !

— N'ayez crainte, personne ne vous en accusera, la rassura Delby. Donc d'après vous, il se serait produit quelque chose entre Mrs. Jones et son mari à Broadstairs ?

— Exact ! Ma tête à couper.

Dimanche 1er juin

Église. Puis, cet après-midi, Mrs. Antrobus est venue prendre le thé avec D.

Près de deux semaines se sont écoulées depuis qu'Ellen Hungerford a commencé à servir à Claremont Square. Nous n'avons entendu que des compliments sur son sérieux et sa persévérance, même si son ignorance « y compris des tâches les plus simples » offre à sa maîtresse une grande source d'amusement. Dans une autre maison, une bonne qui ne saurait pas frotter un poêle à la mine de plomb se verrait congédier sans ménagement. Chez Mrs. Antrobus, c'est « d'une incroyable drôlerie ». Je pense en fait que Mrs. A. considère, à juste titre, E.H. comme un précieux sujet à instruire, qu'elle modèlerait en jeune fille dévolue à sa seule économie domestique.

Si quelqu'un est capable de produire cette extraordinaire transformation, c'est bien Mrs. Antrobus !

Lundi 2 juin

Le bureau est devenu une corvée. Bien que j'aie fourni à Fortesque une explication complète de mes déboires à l'*Argyll*, il persiste à me servir des commentaires entendus chaque fois que nous déjeunons ensemble. Aujourd'hui, c'est un article de journal où l'on évoquait le casino de Holborn (une affaire de vols à la tire commis par une bande de femmes) qui a poussé F. à déclarer qu'« il faut toujours ouvrir l'œil, et le bon, pour repérer ce genre de harpies, pas vrai, chef ? ».

En temps normal, je me serais élevé majestueusement au-dessus d'une telle vulgarité… qu'on me donne du « chef », quelle grossièreté ! En outre, lui-même n'aurait pas osé s'adresser à moi de la sorte. Pourtant, mon commis de bureau s'imagine à présent que je connais tous les repaires de la capitale (ou, en tout cas, fait semblant d'avoir cette opinion faussée de ma moralité) et il s'amuse beaucoup de me voir au supplice. S'il ne demande qu'à fréquenter des établissements comme l'*Argyll* ou le casino, sans sa femme, ça ne regarde que lui, mais je peine à supporter qu'on me fourre dans le même sac, y compris par plaisanterie.

Que dois-je faire ? Le réprimander pour ses saillies déplacées, sachant ce qui s'est passé l'autre soir, tiendrait trop de l'ingratitude. Si toutefois il continue dans cette veine à notre retour de Broadstairs, je devrai le remettre au pas.

En rentrant à la maison, j'ai aperçu E.H. – pour la première fois depuis qu'elle a commencé – à Claremont Square. Elle réceptionnait un petit paquet que lui délivrait le postier, et lui parlait depuis le sommet des marches de la courette. Elle rayonnait de santé, et la tenue modeste que constituaient son tablier et son bonnet seyait à sa silhouette.

Je me demande à présent si j'ai pris la bonne décision pour elle mais la mauvaise pour moi. À la voir là, comme un poisson dans l'eau, je me suis senti traversé du même sentiment, loin d'être désintéressé, que j'avais éprouvé le jour de l'incendie.

Ce n'est, bien sûr, qu'un simple écho, une illusion que je vais chasser de mes pensées. Quoi qu'il en soit, il est désormais proscrit que je passe du temps en sa compagnie.

J'espère du fond du cœur que Broadstairs remontera le moral à D., et que la brise marine me remettra les idées en place.

Mardi 3 juin

Broadstairs, c'est pour demain !

À mon retour, ai trouvé Dora « aux cent coups » ; montagnes de vêtements éparpillés, et Mary-Anne en train de préparer quatre malles pour une semaine de villégiature ! J'ai fait remarquer le caractère excessif de ce nombre, qui serait source de grandes difficultés lors du voyage, et stipulé qu'il fallait le réduire à trois. D. a rétorqué, accusatrice, que je voulais « l'emmener sans rien d'autre que les habits qu'elle avait sur le dos » – non pas sur le ton de la raillerie, mais avec sévérité !

Il me semble qu'elle est, dans le meilleur des cas, résignée à l'idée de ce séjour. Une chose est sûre, elle n'a montré aucun enthousiasme à cette perspective. Elle sait que je ne souffrirai pas qu'on cherche à contrarier mes plans et que nous partirons demain, qu'elle soit gaie ou maussade.

Mary-Anne m'a mis de mauvaise humeur, ce soir. Alors que je gagnais mon cabinet de travail, peu avant onze heures, j'ai eu la certitude d'entendre une voix masculine dans la cuisine. Je suis descendu au sous-sol, mais Mary-Anne s'y trouvait seule. Incapable de réfuter mon accusation, elle m'a indiqué que c'était un colporteur qu'elle venait d'« envoyer sur les roses ». J'ai répliqué qu'elle ne devait jamais ouvrir à ce genre de personnages, si elle ne les connaissait pas, et verrouillé la porte. En vérité, je suis convaincu qu'elle recevait son ouvrier. Le rouge à ses joues ne trompait pas ; je ne saurais déterminer si c'était dû à la culpabilité ou à l'émoi importun qu'occasionnait la présence de cet homme.

Je regrette d'avoir fermé les yeux sur ce comportement pendant de si nombreuses semaines, par commodité.

Je me réjouis que Mary-Anne ne nous accompagne pas à Broadstairs et qu'elle aille loger chez sa cousine. Si l'état de Dora s'améliore un tant soit peu, je la renverrai dès notre retour.

Mercredi 4 juin

Nous voilà à Broadstairs !

Au petit déjeuner, D. n'a pas manqué de se plaindre d'un « mal de tête », etc., mais nous sommes néanmoins arrivés à Tooley Street à midi, et montés à bord de notre train pour Margate en avance (trois malles !). À la gare, nous avons ensuite pris une patache tirée par une jument sans âge, lourde et patiente. Notre trajet ne comptait que trois ou quatre miles, mais l'animal progressait avec une lenteur terrible, malgré le grand nombre de jurons et de coups de fouet dont l'accablait son maître. À la fin du voyage, j'ai remarqué que la jument portait une multitude de cicatrices sur la croupe. Lorsque l'homme m'a lancé « n'oubliez pas le cocher », je lui ai indiqué qu'au contraire je me souviendrais de lui, et qu'à notre retour je choisirais quelqu'un qui se montrerait plus doux avec la bête qui lui permettait de manger.

Je ne noterai pas la volée de bois vert que j'ai essuyée.

Malgré ce premier contact déplorable avec le village, la maisonnette s'est révélée un lieu délicieux, à cinq minutes de marche du port. Je suis convaincu que Dora en est tombée amoureuse. Je ne l'ai pas vue aussi gaie et radieuse depuis des semaines. Une femme respectable d'un certain âge, l'épouse d'un pêcheur du bourg, Mrs. Sherridan, vient s'occuper de nous matin et soir. Pour le déjeuner, nous « sortons » dans l'un des hôtels des environs ou préparons nous-mêmes notre modeste pitance dans la petite cuisine.

D. dit que le cottage de pierre lui rappelle quand, fillette, elle « jouait à la maison de poupée ». Cet endroit en a en effet les proportions ; le secrétaire étroit sur lequel j'écris ces mots, qui serait plus adapté pour une chambre d'enfants, suffit à l'attester.

J'ai vu poindre trop d'embellies trompeuses chez Dora pour me réjouir de ce léger mieux.

Néanmoins, l'espoir est permis !

Jeudi 5 juin

Aujourd'hui, nous avons goûté les divertissements que l'on trouve au bourg.

D'aucuns connaîtront ce mince volume intitulé *Des serpents en Irlande*, qui commence par cette adresse au lecteur : « En ce qui concerne les serpents en Irlande, il n'y en a aucun. » On pourrait appliquer cette plaisanterie aux agréments qu'offre Broadstairs : en bref, aucun. Mais c'est en un mot ce qui fait le charme des lieux : ici, pas de « château en bord de mer » comme nous en avons vu à Margate, aucun « amuseur nègre » ou équivalent sur la grève, pas de bonimenteur à la peau brunie par le soleil vantant sa camelote dans les ruelles. Non, c'est un endroit sain et correct, paisible et respectable, qui ne cherche pas à se donner une apparence différente.

Les « monuments à voir », si l'on peut les définir ainsi, consistent en une arcade étroite nommée « porte d'York »(qui à Londres ne présenterait aucun intérêt) marquant l'extrémité d'une des rues principales, ainsi qu'une jetée de bois, peinte en noir et pourvue de garde-corps blancs, sur laquelle les « villégiateurs » se promènent ou s'assoient pour admirer la mer agitée. Sur la plage, on trouve une dizaine de cabanes à flot, serrées les unes contre les autres, et plus près encore des barques et diverses petites embarcations qui s'entassent dans le port. On pourrait sans doute espérer mieux ; Mrs. Sherridan m'a informé, d'un ton outré, qu'il n'était fait aucune distinction de sexe, si bien qu'hommes, femmes et enfants doivent se coller les uns aux autres « de façon pas décente pour un sou » s'ils souhaitent se baigner. Je ne crois pas que je m'élèverai avec une telle rigidité contre ces bains « indécents » (!), car les roulottes préservent malgré tout la bienséance comme il se doit. La seule question qui me préoccupe, c'est de savoir si l'eau de mer, comme l'air marin, profitera à Dora. J'en déciderai plus tard. Pour l'heure, je crains que sa santé ne soit trop faible pour la « trempette » traditionnelle.

Le temps a été ensoleillé mais très venteux ; il va falloir que je trouve du ruban noir pour mon chapeau.

Vendredi 6 juin

Averses régulières, aujourd'hui, qui nous ont coupés dans nos loisirs.

J'avais apporté à la plage deux chaises à assise de jonc venant de la maisonnette, et Dora s'amusait à ramasser des coquillages. Les cieux se sont alors déchirés, et nous avons dû nous abriter à l'*Albion*, l'hôtel de stuc blanc qui domine la promenade. Au moins, nous savons à présent qu'il possède une salle de café de qualité, que fréquente la clientèle la plus délicate. Ce sera désormais notre « abreuvoir » quotidien.

L'après-midi, nous avons visité une petite boutique (un bien grand mot pour désigner une pièce dans une maison de pêcheur) où D. a acheté du corail rose et des coquillages exotiques. D. a beaucoup parlé d'installer une « vitrine de curiosités » chez nous.

J'ai l'impression que le changement de décor porte ses fruits ; Dora se montre plus vive et plus bavarde. Sa léthargie, sans avoir été dispersée, s'atténue. Quant à moi, je me sens mieux aussi.

Ce soir, je l'avoue, je me suis longuement interrogé sur nos relations conjugales. À Broadstairs, nous vivons collés l'un à l'autre. En ces circonstances, rien ne devrait être plus naturel pour un couple que de s'adonner à l'union joyeuse et sacrée des sexes.

En toute franchise, je rechigne à m'y essayer, par crainte de devoir essuyer la même déception que la fois précédente.

Samedi 7 juin

Belle journée. Le matin, j'ai marché trois ou quatre kilomètres dans les champs de blé des environs, puis je suis revenu par le bord de mer. J'ai suggéré à Dora, si elle comptait installer sa « vitrine », de chercher des spécimens de pétrifications dans les falaises (nous sommes rentrés bredouilles !).

Après avoir déjeuné à l'*Albion*, nous avons longé la grève. Je caressais l'idée d'organiser « une virée en mer » (car Mrs. Sherridan m'a informé que nombre de pêcheurs « prendraient avec plaisir un gentleman à leur bord » ou « nous emmèneraient en barque jusqu'à Ramsgate ou Pegwell Bay »). Ces considérations ont toutefois été interrompues par la voix familière qui nous a appelés.

— Mr. Jones ! Très chère Dora !

J'ai eu la stupéfaction de constater que ce n'était autre que Mrs. Antrobus qui, arrivant de High Street, s'engageait sur la promenade. Seule, elle a marché d'un bon pas dans notre direction.

Je n'ai ni le temps ni le désir de coucher par écrit la conversation de femmes (interminable, comme d'habitude !) qui a suivi. En résumé, il est apparu que notre rencontre ne tenait pas tout à fait de la coïncidence. Mrs. A. connaît Broadstairs depuis longtemps et a de la famille à Ramsgate (une cousine avec qui elle entretient une correspondance et à qui elle avait promis une visite depuis une éternité). Lorsque Dora lui a parlé de nos projets, elle aurait décidé de « faire d'une pierre deux coups » (quelle expression vulgaire !) en allant chez sa cousine et en faisant une surprise à « ses chers amis ». Elle va passer trois nuits à l'*Albion*.

Le Dr. Antrobus, en homme de bon sens, a choisi de rester à Londres !

Elle est venue accompagnée d'Ellen Hungerford, certaine que « la jeune fille en apprendra long rien qu'à observer les femmes de chambre » – car il est de notoriété publique que même les serveurs sont des gens exemplaires, n'est-ce pas ? Ce n'est pas tous les jours que l'on entend proférer ces propos avec tant d'assurance.

Bien sûr, organiser cette formidable « surprise », pour notre unique bénéfice, est typique du personnage. Le sens du théâtral, semble-t-il, coule encore dans ses veines !

Si seulement elle n'avait pas amené E.H.

Dimanche 8 juin

Sommes allés à l'église du village, en compagnie de Mrs. A.

Par bonheur, elle avait déjà donné à E.H. la permission de se rendre dans une « chapelle de moindre taille à deux kilomètres de là par la route » à l'invitation d'une des filles de cuisine de l'*Albion*.

— Il paraît que le pasteur est un péroreur de première, m'a-t-elle confié, mais jeune, cher Mr. Jones, et beau à se pâmer.

Après l'office, nous sommes retournés au salon de thé de l'*Albion*. Mrs. A., qui est déjà venue à Broadstairs à quatre occasions, connaît la région comme sa poche. Elle m'a même recommandé un marin digne de confiance pour une partie de pêche (mais la pluie est pour l'instant trop menaçante).

Demain, si le ciel le permet, Mrs. A. souhaite organiser un pique-nique sur les falaises, auquel E.H. participera inévitablement.

Il m'est impossible de refuser, bien entendu, mais je dois trouver un moyen de me dérober. Je ne me crois pas capable de le supporter ; plus grave, je redoute que ma présence ne provoque quelque parole ou geste malheureux chez Ellen Hungerford…

Non, hors de question que je m'y rende.

Lundi 9 juin

Quelle horreur ai-je commise, aujourd'hui ?

Je suis un mufle… un âne bâté !

À la vérité, je suis plus médiocre qu'un animal, car les bêtes ne possèdent aucune conscience de leurs fautes, nul intellect susceptible de contenir leur nature.

Un sale cabot !

Mardi 10 juin

Je me relis et me rends compte que je n'ai noté que mes sentiments, de l'apitoiement sur moi-même qui plus est, concernant les événements d'hier. Il y a quelques semaines, j'ai résolu d'être un chroniqueur plus pointilleux, plus honnête de ma vie, et dans quelques années peut-être extrairai-je de mes écrits un espoir de rédemption. Je vais donc – je dois – consigner les faits comme ils se sont déroulés.

Temps agréable, assez doux et ensoleillé, qui a encouragé Mrs. A. à nous envoyer un billet pour proposer que son pique-nique ait lieu, à midi. Dora s'est montrée très enthousiaste, mais je lui ai opposé que je m'étais réveillé avec un torticolis, à cause du froid qui tombait de la fenêtre à côté du lit. Après une longue discussion, nous avons convenu que j'allais accompagner D. à l'*Albion*, d'où un petit groupe constitué de Dora, de Mrs. A. et « de deux charmants gentlemen ainsi que leur nièce, avec qui j'ai bavardé au petit déjeuner » (telle était la teneur de son message !), prendrait le chemin des falaises, pendant que je rentrerais.

Je me suis acquitté de mon devoir et ai dit au revoir à tout le monde à midi et demi. Je n'ai pas adressé un mot à E.H., qui marchait timidement sur les talons de sa maîtresse. Puis je suis revenu « à la maison ». Une heure plus tard, on a frappé.

J'ai eu la surprise de constater que c'était Ellen Hungerford en personne, que ma propre femme avait chargée d'une course. Elle m'a informé, avec une grande pudeur, que « la brise s'était levée », que « Mrs. Jones réclamait son châle rouge, qu'est suspendu à la porte » et demandé que je le lui remette.

Je suis allé chercher l'accessoire. Si seulement je m'étais limité à ma résolution initiale – me taire, jouer la comédie du décorum –, alors tout danger aurait été évité.

— Mrs. Antrobus vous traite bien, à ce qu'il semble.

(Pouvais-je proférer remarque plus anodine ?)

— Oui, monsieur, merci. Elle est très gentille avec moi.

— C'est un coup de chance que vous puissiez profiter d'un séjour dans un lieu aussi agréable, si tôt après avoir été engagée.

— En effet, a-t-elle répondu. Sauf que…

Je ne comprenais pas son hésitation, mais elle a rougi.

— Sauf que la chance y est pour rien, monsieur.

J'ai eu la bêtise de lui demander de préciser son propos.

— C'est grâce à moi. Quand elle m'a annoncé que vous passiez une semaine ici, je lui ai raconté que j'avais jamais vu la mer, que je pensais jamais y aller de ma vie, et pas mal d'idioties de ce genre. En tout cas, c'est moi qui lui ai suggéré ce voyage, voilà la vérité.

— Eh bien, Mrs. Antrobus est une femme très prévenante de vous avoir écoutée, quoique un peu impulsive, même si partir en villégiature devait lui convenir. Je n'abuserais pas de sa gentillesse, à votre place. Une bonne de qualité devrait garder son avis pour elle.

— Je suis pas venue pour la mer. Ça je m'en fiche.

— Ah bon ? Pourquoi lui tenir de tels propos, en ce cas ?

Un moment d'hésitation de sa part. Sa voix, lorsqu'elle s'est fait entendre, manquait tant d'assurance qu'elle était confinait au murmure.

— Je voulais être près de vous, monsieur.

Mon cœur s'est emballé, car je me suis alors rendu compte que ses « idées folles » ne s'étaient pas dissipées. Pas le moins du monde ! Au contraire, elle les avait entretenues et nourries en secret, sans chercher à y renoncer.

Des « idées folles » ? Ne nous voilons pas la face, il s'agit d'« amour ». Quel autre sentiment peut s'emparer d'une jeune femme au point qu'elle ne proteste pas lorsqu'un homme, marié par-dessus le marché, s'approche d'elle et l'embrasse, mais lui répond avec ardeur ? Quoi d'autre, quand un baiser se mue en fusion intime, en échange intense, entre deux êtres ? Elle a en effet parlé d'amour, bien que je ne me rappelle pas si c'était pendant notre étreinte, ou à la fin. Rien d'autre, c'est certain, une fois que toute passion a été épuisée, ne pourrait justifier le regard chargé de tendresse qu'elle a posé sur moi.

Oui, je dois admettre qu'elle m'aime ; voilà qui est limpide et facile à comprendre.

Suis-je amoureux d'elle ? Non. Un acte aussi grave – rompre un serment prêté devant Dieu, peu importe comme on cherche à le justifier – ne peut être mû par l'amour. Ce terme n'est pas le bon.

Dix ou quinze minutes après son arrivée, j'ai dit au revoir à E.H.

À peine cinq minutes plus tard, Dora est rentrée !

A-t-elle remarqué ma stupeur ? Elle m'a expliqué qu'ayant trouvé la brise « beaucoup trop vigoureuse », elle n'avait pas souhaité attendre son châle, car elle redoutait d'avoir déjà pris froid. Elle pensait en outre que cette petite sotte avait terriblement traîné et lui en avait fait part lorsqu'elle l'avait croisée sur la route.

Mon unique réponse (hypocrite !) a été de lui reprocher d'être revenue seule (même s'il m'aurait étonné qu'on lui ait manqué de respect ou qu'on l'ait importunée dans un endroit tel que Broadstairs). Mon commentaire n'a suscité aucune réaction. D. est restée triste et distraite tout l'après-midi.

Que noter encore ? Mes paroles et mes actes m'emplissent d'un profond dégoût.

Si D. était rentrée quelques minutes plus tôt…

J'ai gardé le pire pour la fin. Il me répugne de l'écrire, de donner corps à quelque chose que je devrais plutôt dissoudre dans l'oubli.

Lorsque Ellen Hungerford m'a quitté, qu'elle a pris le châle et s'est arrêtée une seconde fois sur le seuil de la maisonnette, voici les mots qu'elle a prononcés :

— Je vais vous revoir, monsieur ?

— Oui, ai-je répondu.

C'est pourtant impossible… cela ne doit pas se produire… toutefois…

Si elle se présentait devant moi de nouveau, en ce moment même, la repousserais-je ?

Mercredi 11 juin

Sans raison apparente, à mon grand désespoir, Dora a de nouveau sombré dans la léthargie dont j'escomptais la sauver. Mrs. Antrobus a regagné Londres avec E.H. tôt ce matin (profond soulagement !). J'ai laissé un message à l'*Albion* afin de prévenir que D. ne se sentait pas bien et que nous n'aurions pas l'occasion de la saluer.

Après le petit déjeuner (D. demeurait alitée) j'ai informé Mrs. Sherridan que ma femme était souffrante, et la brave paysanne a proposé de rester auprès d'elle. Je suis alors allé jusqu'au port et ai demandé à parler à un certain Mr. Gregory, dont Mrs. A. m'a vanté les mérites en matière de pêche en mer. La perspective d'une journée d'inactivité et d'introspection m'était insupportable (après avoir consacré une grande partie de la nuit à l'examen de ma conscience, en vain) ; ai donc résolu de m'occuper.

J'ai convenu d'un prix avec le pêcheur (1 shill.) ; les appâts et les lignes ont été vite préparés, et l'homme nous a emmenés à grands coups de rame vers la « pointe du Long Nez » où « le poisson se fait pas désirer ». Je ne peux le contredire car, moi qui suis un simple novice, j'ai pris une demi-douzaine de morues moins d'une demi-heure après avoir jeté l'ancre.

Gregory constituerait un beau spécimen de « vieux loup de mer ». Le visage tanné par les éléments, il saupoudre chacune de ses phrases de doses généreuses de jurons bien sentis, comme c'est de rigueur chez les marins. Il a profité d'être « à la barre » de son vaisseau pour pester contre le Parlement, les remorqueurs à vapeur, la France et le bateau de sauvetage de Ramsgate (!) – j'ai appris que ce dernier « vole » aux pêcheurs des environs l'argent qu'ils empochaient autrefois en venant à l'aide de navires en difficulté. Lorsque nous avons regagné la terre ferme, je lui ai remis six pence de plus, car c'est surtout lui qui m'avait distrait.

Hélas, on ne peut fuir ses pensées indéfiniment. Je passe mon temps à me poser cette question : reste-t-il quelque chose à essayer pour Dora ? Le mal qui l'accable est effroyable ; il semble défier toutes les tentatives de la guérir. C'est terrible pour elle, et plus encore pour moi. Jamais je n'aurais présumé que je vivrais un jour avec une invalide imaginaire de vingt-trois ans ! Que nous réserve l'avenir ? Sans doute bien des souffrances ; j'ai l'impression que nous ne pourrons y échapper.

Quant à Ellen Hungerford, elle est par trop présente. Je n'ai aucune excuse, car deux fois j'ai joué le rôle de son séducteur. Il serait ridicule de le nier.

Cela ne doit plus se reproduire, un point c'est tout.

Jeudi 12 juin

De retour à Londres !

C'est moi qui me suis occupé des bagages (une belle pagaille, je l'avoue), puis j'ai emmené Dora, malgré ses nombreuses objections, pour une dernière promenade sur les falaises. Nous avons observé plusieurs vapeurs (D. dépourvue d'intérêt et d'énergie), puis sommes revenus au fiacre que Mrs. Sherridan avait commandé pour nous.

Le voyage du retour depuis Margate a été ennuyeux (train bondé) et s'est déroulé en silence. J'ai éprouvé la crainte irrationnelle de trouver Ellen Hungerford sur le perron de la maison à notre arrivée à Amwell Street ; très soulagé, aussi surprenant que cela puisse paraître, de ne voir que Mary-Anne !

J'ai écrit au Dr. Antrobus. J'aimerais qu'il passe examiner Dora ; l'air marin n'a été qu'un fortifiant provisoire.

Vendredi 13 juin

J'ignore si le bonheur d'un homme dépend de la chance ou d'un destin prédéterminé, mais je suis accablé de tant d'infortunes, depuis quelques mois, que j'ai le sentiment d'être maudit. Dans les moments les plus sombres, j'ai l'impression que cette suite d'événements ressemble à quelque châtiment maléfique, à plus forte raison lorsqu'une calamité s'abat sur moi depuis une source imprévue.

Je suis retourné au bureau ce matin, accueilli chaleureusement par Mr. Hibbert et les autres, et me suis aperçu que Fortesque m'attendait, l'air particulièrement nerveux. Je n'ai pas eu droit à ses taquineries habituelles ; il a aussitôt sollicité un entretien en privé, que je lui ai accordé.

— Vous vous souvenez de Gresham, je suppose ? m'a-t-il demandé, sans préambule.

J'ai répondu que je n'avais pas oublié le courtier.

— Il y a du nouveau de ce côté-là, monsieur.

Pas de « chef » ! Il n'a pas osé !

— Ah oui ?

— On m'a prévenu que la police l'avait pincé aux courses de York. Ça paraîtra demain dans les journaux.

J'ai déclaré que c'était une excellente nouvelle, que ce bandit devait être puni pour ses escroqueries. Pourtant, mon commis de bureau se tordait les mains.

— C'est gentil, mais pas vraiment, monsieur… parce que, quel que soit le verdict, s'il se met à table, j'y aurai droit aussi.

Perplexe, je l'ai prié d'être plus clair.

— Eh bien, il expliquera au juge que j'ai joué un rôle dans l'affaire.

Au cours des minutes qui ont suivi, j'ai appris toute la triste histoire de la bouche même de Fortesque. Ses aveux précédents n'étaient qu'un tissu de mensonges. F. n'avait pas perdu d'argent à cause de Gresham (il n'avait acheté aucun titre), son récit n'était qu'une invention, concoctée au débotté au moment où je l'interrogeais. En fait, il avait occupé une place centrale dans les nombreuses machinations du financier : par exemple, durant plusieurs semaines, il avait subtilisé des obligations appartenant à nos actionnaires, dont on nous avait confié la garde, et les avait remises au courtier. Gresham avait ensuite fabriqué un faux ordre de virement bancaire, vendu les titres pour un montant de plus d'un millier de livres, et partagé les gains avec son complice.

La véritable source de l'« héritage » de Fortesque m'était alors révélée – la somme entière, dérobée à la compagnie !

Alors même qu'il me faisait ces nouveaux aveux, je ne comprenais pas ce qui le poussait à s'épancher, car mon devoir était évident.

— J'ai commis une erreur, monsieur, a-t-il poursuivi, mais vous pouvez m'aider.

J'ai répondu que cela me paraissait peu probable – je ne pouvais que prévenir la police et, s'il avait terminé son récit, je n'allais pas tarder.

— Non, pas ça ! m'a-t-il imploré en m'attrapant le bras. Ayez pitié ! Il suffirait de modifier quelques pages du registre… nous pourrions avancer que c'est lui qui a volé les obligations… après tout, il est venu assez souvent au bureau…

J'ai mis un moment à saisir ce qu'il me proposait. Il m'a expliqué qu'il avait inscrit des écritures correspondantes pour chaque vente, afin de cacher les transactions frauduleuses. Maintenant qu'on avait découvert « le pot aux roses », elles constitueraient la preuve principale de sa culpabilité.

— Si l'on agit, il faut le faire vite, a-t-il déclaré, le souffle court. Vous ne comprenez pas ? Je ne m'adresserais pas à vous, sinon. Aurez-vous pitié de moi ?

J'ai rétorqué que c'était impossible, que je ne pratiquerais pas la falsification.

— Mais si, vous le pouvez ! Dites que j'ai renversé de l'encre sur le livre, que j'ai dû tout rédiger de nouveau…

À le voir ainsi, en train d'implorer ma complaisance, je ressentais une grande miséricorde. L'idée que je pourrais me trouver mêlé à pareille fraude, néanmoins, même si ce n'était qu'en « fermant les yeux », était inadmissible. J'ai repoussé sa main, répliqué que j'allais rendre compte de l'affaire directement à Mr. Hibbert ; j'ai ajouté que, sans que ce soit de gaieté de cœur, j'étais dans l'obligation de le renvoyer et que, s'il voulait espérer quelque clémence, mieux valait tout avouer à la police plutôt qu'à moi.

Je ne m'attendais pas à ce qui a suivi.

— Pour sûr que je peux vider mon sac, si vous y tenez. Je déballerai tout. Je m'arrangerai pour qu'on apprenne l'épisode de l'*Argyll*, et puis de votre petite chérie, aussi. Assez jeune pour être votre fille, à mon avis. Alors, vous en pensez quoi ?

Voilà que je me retrouvais victime de chantage !

Selon toute évidence, ses menaces étaient préméditées, car il n'a pas montré le moindre scrupule. Je lui avais pourtant déjà servi l'histoire des origines d'Ellen Hungerford (sa mère domestique, etc.) et je la lui ai répétée. J'ai affirmé que je n'avais commis aucun acte dont je devrais avoir honte.

— C'est pas l'impression que j'ai eue, quand elle vous a aidé à monter dans le cab. Il m'a plutôt semblé qu'elle était drôlement attachée à vous. « Oh, mon chéri », « Oh, mon doux »…

Mon hésitation, malheureusement, en a dit plus long que n'importe quels mots. J'ai rétorqué que la jeune fille était alors sans doute ivre.

— Si vous le dites.

Écrire ici la fin de notre conversation serait trop dégradant. En résumé, elle s'est muée en négociation d'affaires, où d'un côté de la balance étaient en jeu mon avenir et ma réputation, et de l'autre la vie et la liberté de Fortesque. Nous avons marchandé offres et contre-offres, jusqu'à ce que nous parvenions à un compromis.

Seule consolation au terme de cet échange : j'ai obtenu l'avantage. J'ai fini par le persuader que des révélations concernant Ellen Hungerford (aussi accablantes soient-elles !) étaient préférables à la prison, et que l'incarcération serait la conséquence inévitable, si l'on découvrait des malversations de ma part. En outre, quelles que soient les mesures prises, si la vente truquée de parts de la compagnie était révélée, on le soupçonnerait immanquablement, car nul n'ignorait sa camaraderie avec Gresham.

Notre discussion s'est donc conclue par cet arrangement : il quitterait Londres au plus vite, avec la somme qui lui restait et cinquante livres fournies de ma poche (l'argent de Dora !), je ne dévoilerais rien à Mr. Hibbert ni à la police, mais inventerais une explication pour son départ soudain, et le registre, quant à lui, demeurerait intact. Il devait courir ce risque en priant pour que Gresham se taise. Si tout se passait bien, il faudrait des semaines, voire des mois ou des années, avant que l'on découvre sa déprédation. Sa destination et ce qu'il comptait faire ensuite ne regardait que lui. Je lui ai conseillé de traverser la Manche.

S'il venait à être pris, il a juré de ne rien révéler de mon rôle dans ce marché.

Connaissant le personnage, quel crédit puis-je accorder à son serment ?

Nous ne pouvons guère nous permettre de dépenser ces cinquante livres ! Je me demande à présent s'il cherchait pour de bon à maquiller son crime ou espérait seulement tirer profit de mon embarras, par tous les moyens.

Pour sauver ma peau, j'ai trahi la confiance que l'on place en moi depuis huit ans. J'aurais dû aller à la police, sans tenir compte des conséquences.

Si l'on découvre l'escroquerie, même si je suis censé ne pas en être complice, je ne peux escompter garder ma place à la compagnie.

Où m'acceptera-t-on, alors ? Au magasin de nouveautés de papa Willis, sans doute, où je ferai à jamais l'objet de railleries et de condescendance.

Je devrais en vouloir à Ellen Hungerford. C'est elle qui m'a jeté dans cette extorsion honteuse. Pourtant, je n'en ai pas le cœur. C'est ma faiblesse que Fortesque a si bien saisie, pas la sienne, et j'en paie le prix.

Comment ai-je pu être aussi aveugle ?

Samedi 14 juin

On a bel et bien arrêté Gresham à York.

Je suis incapable d'écrire, car je ne peux envisager mon avenir, qui me semble trop sombre.

Dimanche 15 juin

Ce soir, le Dr. Antrobus nous a rendu visite ; nulle lueur, obscurité absolue.

Après avoir examiné Dora, il a conclu qu'il « n'y a pas de mal organique grave, mais qu'elle est victime de ses nerfs, Mr. Jones, comme tant d'autres personnes du sexe ».

Il ne peut prescrire aucun tonique, nul traitement qui puisse être plus efficace que le « changement d'air », lequel s'est révélé un échec.

Cela ne finira donc jamais ? Les souffrances ne cessent de s'amonceler.

Mercredi 18 juin

Rien au sujet de Gresham, Fortesque, etc.

Dora se rend-elle compte que je suis moi aussi affligé ? Je ne le crois pas ; elle s'est encore une fois repliée sur elle-même et ne remarque rien qui soit d'importance.

J'ai presque envie d'abandonner ce journal, car le jeu n'en vaut pas la chandelle.

Lundi 23 juin

La dernière fois que j'ai pris la plume, j'ai conclu un pacte tacite avec la page qui s'ouvrait devant moi. J'ai résolu de ne plus la souiller d'encre sans raison valable, de ne plus m'étendre exclusivement sur mes considérations et mes craintes (aussi justifiées soient-elles !).

Je m'étais à moitié imaginé, pour avouer la vérité, que la prochaine feuille ne pourrait être rédigée que dans la cellule d'une prison… ou d'un asile d'aliénés !

(Non, je ne devrais pas parler de cela avec tant de légèreté. Et si c'est la folie qui me gouverne en cet instant, c'est une folie brillante… une étincelle qui illumine tout ce qui l'entoure.)

Si je recommence, c'est parce que j'ai un motif valable. Je suis parvenu à un point charnière, et je dois consigner les événements d'aujourd'hui.

J'ai quitté le travail peu après cinq heures (toujours, par la grâce de Dieu, sans déplorer aucune conséquence des actes de Fortesque) et suis rentré par City Road.

J'ai vu Ellen Hungerford, pour la première fois depuis Broadstairs, au croisement de Claremont Square.

Cette rencontre ne tenait pas du hasard, car elle m'attendait. Je l'ai vite avertie qu'elle risquait de perdre sa place, si elle s'absentait sans raison.

— J'en ai une, monsieur. Y en a pas de meilleure, il me semble.

— Qu'entendez-vous par là ?

— S'il vous plaît, soyez pas fâché. Je supporterais pas que vous soyez en colère contre moi… pas maintenant.

J'ai insisté pour qu'elle s'explique – j'avais déjà un mauvais pressentiment. Elle s'attachait à éviter mon regard et fixait le sol à ses pieds.

— Je crois que je suis grosse. Ça fait deux mois qu'il se passe rien… c'est un signe qui trompe pas, ça, non ? C'est votre bébé que je porte.

Je n'ai pas pu cacher mon étonnement. Elle m'a dévisagé, l'air de craindre ma réaction mais, il n'y a pas d'autre mot, fière d'elle.

Une seule pensée m'est venue : Dora avait un jour posé sur moi le même regard.

— Qu'est-ce que je vais faire ? m'a-t-elle demandé. Vous allez me guider, pas vrai ? Qu'est-ce que je dois faire ?

Je n'étais pas capable de prononcer une parole. Je suis resté là, muet.

— Je veux pas travailler à la grande baraque, monsieur, sauf si je peux pas éviter. Je sais pas où je vais me retrouver, en fait…

L'hospice[1] ! Elle tenait des propos incohérents, parlait pour ne rien dire, comme résolue à combler le silence dans lequel je me cantonnais. J'ai fini par recouvrer la raison.

— Je dois déterminer ce qui conviendra le mieux. Nous ne pouvons discuter ici.

— Mais vous êtes pas en colère, hein ?

— Non.

Ainsi s'est achevé notre échange.

Ce soir, j'ai donc appris pour la deuxième fois que j'allais être père.

1. Atelier où les pauvres en bonne santé travaillent pour le gîte et le couvert. (*N.d.T.*)

Il est vain d'évoquer les douloureux reproches que je m'adresse, car j'endure déjà assez de tourments. Pourtant, un homme se doit de jouer avec les cartes qu'il a en main ; inutile d'espérer une autre donne. Si j'ai repris la rédaction de ce journal, c'est avec un but en tête : argumenter ma décision et savoir que c'est la bonne conclusion.

Je ne lui demanderai pas de se débarrasser de l'enfant, car il s'agit là de pratiques pénibles et dangereuses… et criminelles.

Je ne nierai pas qu'il est de moi ; cela jetterait une grave ombre sur la moralité de la jeune fille, ce qu'elle ne mérite pas.

Quelle possibilité s'offre à moi, alors ?

La solution (la seule qui me vienne à l'esprit) m'est apparue comme une révélation. J'ai d'abord pensé que cette nouvelle sonnerait le glas de mes espoirs de recouvrer le bonheur, jusqu'à ce que la vérité surgisse clairement. Ma vraie situation dépend de la réponse à une question que je ne me suis pas posée ces dernières semaines, alors qu'il l'aurait fallu.

Que suis-je tant résolu à préserver de mon existence actuelle ?

Ma femme n'est que l'ombre d'elle-même, et ce depuis plusieurs mois, au point que je suis incapable de l'égayer ou de la rendre heureuse. Aucun mieux ne se profile à l'horizon. Je ne suis attaché à aucun ami. Si Gresham venait à entraîner Fortesque dans sa chute, mon seul moyen de subsistance, et avec lui ma place dans la société, est condamné.

Quelle valeur a ma vie ?

Un homme d'inclination plus morbide, confronté à cette conclusion, envisagerait peut-être de mettre fin à ses jours, mais je n'en suis pas encore là.

Telle est ma résolution :

Qu'il y ait une fin, d'accord, mais qu'elle mène à un nouveau commencement. Je l'ai déjà accompli, lorsque je me suis débarrassé de l'influence funeste de mon père. Il devrait être possible d'y parvenir une deuxième fois.

Je vais quitter Londres et emmener la mère de mon enfant. Là réside vraiment la perspective de repartir de zéro, mon unique espoir de connaître le contentement. De la même façon qu'elle s'est démenée pour se former au métier de domestique chez Mrs. Antrobus, Ellen Hungerford aura le loisir d'apprendre à être mon épouse. Elle est jeune et malléable, je possède la preuve irréfutable de son amour, et peut-il exister lien plus fort entre un homme et une femme que le bébé qu'elle porte ?

Dora – ma pauvre Dora ! – retournera au sein de sa famille, où elle recevra affection et soins, qu'on lui prodiguera plus volontiers que je ne le pourrais jamais. C'est par ce seul crime (je ne cherche pas à me voiler la face et à me convaincre que le sacrifice de notre mariage soit autre chose) que je lui rendrai le meilleur service.

Enfin ! Pour la première fois, je retrouve le discernement qui m'échappe depuis si longtemps.

Un phénix se relèvera de ces cendres !

Mardi 24 juin

Ai vu E.H.

Elle est d'accord et me suivra le moment venu.

Jeudi 26 juin

C'est une chose remarquable que, si l'on s'attelle à la tâche, on puisse se libérer aussi facilement des chaînes qui entravent notre existence. À condition d'accepter une dose d'incertitude, une pincée de risque, ce n'est qu'une question d'heures.

L'argent est la première des considérations. Je n'ai d'autre choix que de piocher dans la dot de Dora. Nous allons gagner Liverpool, d'où nous embarquerons à bord d'un paquebot. Il me reste encore à décider de notre destination.

Terre-Neuve, peut-être, ou New York !

En tout cas, ce doit être quelque chose de neuf.

Quelle folle fantaisie me pousse, à présent ! Si c'est une forme de démence, je me sens plus serein, plus enjoué que je ne l'ai été depuis des semaines.

Combien d'hommes auraient le courage inouï de recommencer leur vie de zéro, dépourvus du confort et des ressources qu'ils ont amassés depuis tant d'années ?

Quel vent de liberté souffle alors sur leur esprit !

Seule source d'inquiétude, je crains que Dora n'ait remarqué mon changement d'attitude, que mon enthousiasme ne rayonne assez fort pour avoir percé la brume qui l'entoure. Une sorte d'intuition féminine lui chuchote-t-elle que quelque chose n'est pas normal ? Car elle a quitté son lit et s'est mis en tête de me suivre partout dans la maison, spectre silencieux que je croise à chaque tournant.

Pauvre D. !

Je veux m'enfuir !

Dimanche 29 juin

À la messe, avec Dora ; muette, amorphe.

Ce n'est pas la femme que j'ai épousée, mais l'abandonner n'aura néanmoins rien d'aisé. L'exaltation qui m'animait il y a deux jours à peine a cédé la place aux…

Non, je ne parlerai pas de remords, mais plutôt de regrets concernant ce que la vie aurait pu être, si la destinée l'avait permis.

C'est sans doute mieux pour nous deux.

Mardi 1er juillet

J'ai retiré deux cents livres de la dot de Dora et les ai cachées. Il ne reste qu'une somme infime, mais je n'ai pas le choix. J'ai les billets de train.

Il est beaucoup trop tard pour renoncer.

Coup de pouce inattendu alors que je mettais la touche finale à mes préparatifs : Mrs. Galton a demandé deux jours de congé, afin de rendre visite à sa sœur, à Leeds, sur son lit de mort à ce qu'il semble. Je lui ai accordé une semaine et lui ai donné un shilling ; elle partira ce soir.

Plus que trois jours !

Il m'est pénible d'avoir dû tromper Mr. Hibbert au sujet de F., mais mieux vaut que je m'en aille avant qu'on le découvre.

Je suis fin prêt.

Jeudi 3 juillet

J'ai congédié Mary-Anne Bright. Je ne prétendrai pas n'y avoir pris aucun plaisir.

— Pour quel motif ? a-t-elle demandé, avec l'effronterie qui la caractérise.

— Comportement contraire aux bonnes mœurs, ai-je rétorqué, du ton le plus calme possible. On a porté à ma connaissance que vous fréquentiez un certain ouvrier et l'aviez reçu en secret ici.

— C'est pas vrai ! s'est-elle exclamée, mais le rouge à ses joues a trahi sa culpabilité en beauté.

Elle a déjà quitté la maison ; je l'ai prévenue que je ferai suivre sa malle.

Dora en larmes – comment trouvera-t-elle une nouvelle bonne ? etc. –, mais je lui ai promis que, étant donné sa fragilité, j'allais m'en charger (!). J'ai suggéré qu'il serait préférable qu'elle séjourne chez sa mère en attendant que nous ayons une remplaçante. De cette manière, le terrain est préparé.

Je n'ai plus qu'à prendre mon mal en patience. Je dois retrouver E.H., demain matin, à la gare d'Euston, d'où nous partirons pour Liverpool.

Je me demande ce que Dora va penser de moi quand elle découvrira la vérité.

Deux heures. Malheur ! Je dois être le pire des lâches.

Je reviens de la chambre de Dora, après qu'il m'est venu l'envie de la regarder dormir, d'emporter un ultime souvenir apaisant de notre dernière nuit sous le même toit… et…

J'en suis sorti vidé de tout courage.

Lorsque je suis entré dans la pièce, elle a remué, dérangée par la lueur du couloir. Elle a ouvert les yeux, à demi réveillée, m'a souri puis est retournée à son sommeil paisible.

Quel déchirement ce sourire a provoqué en moi ! Comment un signe aussi infime peut-il tout remettre en cause ?

C'est impossible !

Je ne suis plus sûr d'avoir la volonté de la quitter.

Deux heures et demie. Je me prends à penser que les dix jours passés n'ont été qu'un songe, et que ma sagacité n'était qu'une chimère.

Je ne croyais plus qu'il subsistait le moindre lien entre nous, mais…

Au diable ! C'est encore ma femme !

Vendredi 4 juillet

Je sais ce que je dois faire aujourd'hui. Je vais rejoindre Ellen Hungerford à la gare ; je lui remettrai autant d'argent que possible, de ma bourse, pour l'enfant, et lui promettrai de lui en envoyer davantage lorsqu'il sera né. Qu'elle utilise son billet de train, si elle le veut ; Londres ne recèle rien de bon pour elle.

M'accablera-t-elle d'injures, pour l'avoir entraînée aussi loin, ou se pliera-t-elle à ma volonté ?

Ma décision est prise.

Je ferai le maximum pour elle et le bébé, si ma situation le permet, mais je dois épauler Dora.

CHAPITRE X

— Vous êtes encore là, monsieur ? s'étonna l'agent de police. Je m'apprêtais à éteindre la lumière, je vous croyais parti.

— Il est encore tôt, répondit Delby, même s'il s'était écouté une demi-heure depuis que l'horloge de la cheminée avait carillonné onze heures.

— Vous êtes toujours plongé dans ce journal ?

— Dans le dernier passage, oui. Je préférais le relire.

Vendredi 4 juillet

Si vous tenez ces feuillets entre vos mains (quelqu'un les lira forcément), vous vous demanderez sans doute quelle folie s'est emparée de moi, en ces derniers instants.

Rédiger mon journal alors que…

Je ne puis me résoudre à l'inscrire. Ça n'a guère d'importance. Mes jours sur cette terre sont comptés.

Il se peut que j'aie bel et bien été en proie à la démence, depuis plusieurs jours… semaines… mois… je ne sais pas.

Si je recueille ces événements – mes ultimes écrits –, c'est parce que ces pages auront une fonction valable, que je n'avais pas prévue. Elles prendront ma défense, et apporteront leur témoignage sur la créature contre nature, la sirène maléfique qui m'a conduit à ma perte.

J'ai retrouvé E.H. à la gare, comme convenu. Je lui ai confié que je m'étais égaré, que je ne pouvais abandonner ma femme, que sans Dora j'aurais tenu ma promesse, et que je la soustrairais volontiers des calculs portant sur mon bonheur futur, si seulement c'était possible, mais qu'il était exclu de la trahir.

Elle a pleuré, m'a reproché de l'avoir dupée (ce que je ne pouvais nier), mais qu'elle ferait tout pour moi, etc.

Elle a déclaré qu'elle m'aimait !

Je lui ai indiqué qu'elle devait s'enfuir à Liverpool, m'écrire, et que je ferais de mon mieux pour l'aider.

Je lui ai remis vingt livres, qu'elle a empochées après un instant d'hésitation. Puis, ne souhaitant pas que notre séparation s'éternise, je suis monté dans l'omnibus pour Moorgate.

La journée s'est passée sans histoires, et je suis rentré chez moi à l'heure habituelle. Je m'attendais à trouver la maison vide, car Dora devait partir pour Chelsea. Quand j'ai ouvert la porte, pourtant, j'ai aperçu une silhouette assise au bas de l'escalier, dans le vestibule, un sac tapisserie à ses pieds.

Ce n'était pas Dora, mais Ellen Hungerford !

Elle s'est levée et s'est précipitée vers moi, les bras grands ouverts. Stupéfait, j'ai reculé. J'ai exigé de savoir pourquoi elle s'était introduite de la sorte.

— Je pouvais pas m'enfuir sans vous, a-t-elle répondu en saisissant ma main. C'est votre enfant, que je porte. Vous finirez par l'aimer, j'en suis sûre !

J'ai éprouvé de la pitié à son égard (quel imbécile de première je fais !). Je me suis posé sur la marche, ai serré sa main dans la mienne, et me suis expliqué une deuxième fois : les vœux que j'avais prononcés ne pouvaient être rompus, quitter Dora l'affligerait d'une souffrance infinie…

Tandis que je lui parlais, elle m'a fixé du regard, un sourire triomphant et satisfait se dessinant petit à petit sur ses lèvres.

— Mon amour, c'est du passé, maintenant.

Elle m'a appelé « Mon amour » !

Je lui ai demandé ce qu'elle insinuait.

— C'est pour vous que je l'ai fait. C'est plus la peine de vous soucier de tout ça.

J'ai baissé la tête et repéré les taches sur ses manches, les innombrables éclaboussures carmin foncé.

J'ai eu le malheur de monter à l'étage, où je l'ai vue. Ma pauvre femme ! Je regrette à présent d'y être allé, mais il me fallait en avoir le cœur net.

J'ignore combien de temps je suis resté là-haut ; je ne m'en souviens pas.

Quand je suis enfin redescendu, Ellen Hungerford me regardait, les yeux emplis d'espoir, impatiente de me retrouver, comme une chienne haletante qui attend son maître.

Si seulement je l'avais battue à mort avec un tisonnier, ou saisie à la gorge et étranglée ! Ç'aurait été la réaction d'un homme, mais moi j'ai agi comme un gamin. Je me suis assis et, aussi pitoyable qu'impuissant, j'ai versé des larmes amères, incontrôlables.

Elle a cherché à me consoler (inouï !) et m'a parlé avec enthousiasme du train pour Liverpool… de notre enfant et de notre avenir…

Je l'ai repoussée. Toujours en pleurs, je l'ai traitée de tous les noms. C'est à cet instant qu'elle a recouvré un semblant de raison. Je crois qu'elle a alors compris, même si son esprit dérangé ne pouvait appréhender le mal qu'elle avait provoqué, que jamais je ne serais sien.

Il ne s'est écoulé qu'une heure, mais je n'ai que des souvenirs incomplets de ce qui s'est passé. Elle s'est enfuie (je ne sais pas où) et, à ma grande honte, je ne l'ai pas suivie. Je n'avais pas la force, ni le cœur, de me lancer à sa poursuite

Ce qu'il me restait d'argent a disparu… elle me l'a volé.

Dora…

CHAPITRE XI

— Désolé, inspecteur, je vous dérange encore, hein ? déclara l'agent McAuley.

— Non, répondit Delby, en remettant la feuille de papier sur le bureau. Qu'y a-t-il ?

— On m'a prévenu à l'instant. Mrs. Antrobus, la femme du docteur… elle vient de rentrer. Elle rendait visite à une proche dans le Hertfordshire…

Le policier se montra hésitant.

— Allez-y, crachez le morceau !

— Elle s'excuse, mais elle est très fatiguée et demande si elle pourrait plutôt vous recevoir demain matin…

— Peu m'importe qu'elle soit revenue à pied de l'île de Wight et qu'elle soit en train de prendre le thé avec la reine. Rendez-vous là-bas sur-le-champ et avertissez-la qu'un inspecteur de police se présentera chez elle dans deux minutes.

— Vous avez dit aux gars de rester discrets, alors je crois pas qu'elle sache qu'il s'agit d'un meurtre…

— En ce cas, je ne manquerai pas de le mentionner.

Mrs. Delia Antrobus saisit le verre de brandy qu'on lui tendait et en but une gorgée. Les joues rouges et zébrées de larmes, sa main tremblait.

— Je préférerais que votre mari soit présent lui aussi, indiqua Delby. Vous ignorez quand nous pouvons espérer son retour, je suppose ?

— Il est auprès d'un gentleman très malade à Mayfair, monsieur. Je ne sais rien de plus. Il se peut qu'il y passe la nuit.

— Vous me pardonnerez de vous poser quelques questions, madame, car vous connaissez des éléments cruciaux pour mon enquête, un renseignement qui ne peut attendre demain matin.

— Je suis navrée, inspecteur… si j'avais su…

— Je vous en prie. Inutile de vous tourmenter. Bien. Après m'être entretenu avec les voisins de Mrs. Jones, il semblerait que vous soyez la dernière personne à l'avoir vue vivante.

— Seigneur ! Je lui ai parlé vendredi.

— Voilà. Expliquez-moi quels ont été vos déplacements, ce jour-là. Vous avez rendu visite à Mrs. Jones ?

— Oui. J'avais pour habitude d'aller chez elle presque tous les jours. Elle était très souffrante, abattue, et j'estime qu'entre voisins, c'est un devoir, vous comprenez…

— Parfaitement, madame. À quelle heure était-ce ?

— Vers deux heures, je pense. Nous avons beaucoup discuté… pauvre Dora, elle qui appréciait tant nos conversations… je n'arrive pas à croire qu'elle soit morte… Je vous assure, inspecteur, ce doit être l'œuvre d'un dément !

— Combien de temps êtes-vous restée ?

— À peu près une demi-heure. Imaginez un peu… son mari avait pris leur bonne en grippe – elle était loin d'être irréprochable, certes… bref, il l'a congédiée et a laissé sa femme sans aucune aide ! Nous n'avons pas bavardé longtemps. Dora devait se rendre chez sa mère, à Chelsea… et craignait de ne pas trouver de fiacre… ce qu'elle pouvait s'angoisser ! Je lui ai dit qu'elle pourrait en héler un au bout de la rue sans le moindre mal… ce qui m'intrigue, c'est pourquoi elle est revenue… tout cela me paraît très étrange.

— Comment cela ? l'interrogea Delby, perplexe. Vous pensez qu'elle avait quitté la maison ? Vous l'avez vue partir pour Chelsea ?

— En fait, pas vraiment… est-il nécessaire d'être pointilleux à ce point ?

— C'est mon métier. Pourquoi êtes-vous aussi certaine qu'elle s'est rendue à Chelsea, si vous ne l'avez pas vue s'en aller ?

— Si vous voulez tout savoir, j'ai une ravissante petite cape que je viens d'acheter chez Gregor… une affaire ! Cerise, très à la mode… et je l'ai montrée à Dora. Je l'ai oubliée, comme ça m'arrive sans arrêt. Le temps était très doux et…

— Je ne vous suis pas, madame, l'interrompit Delby.

— J'y suis retournée, monsieur. Je me suis aperçue que j'avais laissé ma cape chez elle… ça ne pouvait être plus d'une heure environ après que nous nous étions quittées… et Mrs. Jones était déjà partie.

L'inspecteur soupira et se massa le front.

— Vous êtes revenue et on ne vous a pas ouvert ? Vous êtes sûre ?

— J'ai carillonné la cloche par deux fois. Mais au fait, comment va Mr. Jones ? Dans quel état doit-il être !

— Je n'en ai aucune idée, rétorqua Delby. Il a disparu.

— Vous m'inquiétez. Le ton que vous employez… on vous sent accusateur. Insinueriez-vous qu'il a joué un rôle dans ce drame ?

— Si vous m'aviez posé cette question avant notre conversation, déclara Delby d'un ton las, je vous aurais confié que c'était en effet une possibilité.

— Je ne comprends pas.

— Je ne pense pas que Dora Jones soit allée à Chelsea. Rien ne l'indique. Nous avons interrogé tous les cochers des environs et la plupart des domestiques. Je le saurais, sinon.

— Alors pourquoi n'a-t-elle pas répondu ?

— Parce qu'au moment où vous êtes revenue, je crois qu'elle était déjà morte. Par conséquent, si nous nous basons sur cette hypothèse, Mr. Jones était à Moorgate au moment de son décès.

Mrs. Delia Antrobus ouvrit des yeux comme des soucoupes.

— Elle était morte ? Alors que j'attendais à la porte ?

Delby ignora sa question et poursuivit.

— Si je ne m'abuse, vous avez une nouvelle bonne, madame, qui n'a commencé qu'hier.

— C'est exact, inspecteur, reconnut Mrs. Antrobus, visiblement soulagée de changer de sujet. Si vous saviez les énergumènes qui ont servi chez moi ! J'ai abrité une voleuse sous mon toit… elle est en prison, maintenant ! La dernière en date, que je croyais être un diamant brut et pour qui je me suis démenée, est partie vendredi sans crier gare. Dora l'avait prise sous son aile, et j'ai commis l'erreur d'accepter de l'engager. Comme je le disais à cette pauvre…

— Une voleuse et une meurtrière… la coupa sèchement Delby.

— Je vous demande pardon ?

— Il me semble très probable qu'Ellen Hungerford…

— C'est justement le nom de…

— Je pense que c'est Miss Ellen Hungerford qui a assassiné votre amie.

Mrs. Antrobus se fit muette.

— Vous n'auriez pas, à tout hasard, une idée de l'endroit où Miss Hungerford a pu aller ? reprit Delby.

— Pas la moindre, inspecteur. Ça alors ! Mon mari va fulminer ! Ellen ! Elle était étrange, cette petite, je le reconnais, mais enfin… de là à… Vous en êtes sûr ? Vous voulez dire qu'elle aurait pu nous égorger pendant notre sommeil ?

— Vous ne couriez pas grand risque. Elle n'en avait pas après vous.

— Mais pourquoi diable aurait-elle… Dora, quand même !

— C'est une longue histoire, déclara Delby d'un ton las. Je n'ai pas le temps de tout vous raconter. Vous apprendrez les détails lors de l'enquête judiciaire, je pense. Votre mari et vous serez hélas obligés d'y assister.

— Des renseignements utiles, monsieur ? s'enquit l'agent McAuley lorsque Delby sortit de chez le Dr. Antrobus.

Delby fit non de la tête.

— Rien qui puisse nous servir, rétorqua-t-il avec amertume. Et il semblerait que Mr. Jones soit hors de cause.

— Je m'excuse, inspecteur, mais ça n'a pas l'air de vous réjouir.

— Pas le moins du monde.

EXTRAIT DU *TIMES* DU 10 JUILLET 1862

« ENQUÊTE JUDICIAIRE. Hier après-midi, le Dr. Lankester, coroner du Central Middlesex, assisté par un jury constitué de seize paroissiens de St. Mark, dans le quartier de Clerkenwell, a procédé à une enquête judiciaire ayant pour sujet Dora Jones, épouse de Jacob Jones, dont on a trouvé le corps le matin du 7 de ce mois, chez elle, à Amwell Street, Islington, en des circonstances ne pouvant mener qu'à une seule conclusion : que l'on déplorait un meurtre effroyable. L'enquête s'est déroulée à la cour de justice de Clerkenwell, dans une salle d'audience remplie au maximum de sa capacité.

Au cours de la journée qui a suivi la découverte macabre, l'inspecteur Delby, l'enquêteur chargé de l'affaire, a lu un journal tenu par le mari de la victime, source de grand intérêt et de profonde stupéfaction, qui a éclairé les conditions ayant conduit à sa mort. Les écrits de Jones ont permis de déduire qu'il entretenait une relation adultérine avec une jeune domestique du nom d'Ellen Hungerford. L'ayant rendue enceinte, il l'a entraînée dans un projet de fuite mais s'est rétracté. Terrible conclusion à leur liaison, la jeune femme s'est introduite chez lui et s'en est prise à Mrs. Jones dans un accès de jalousie incontrôlable, agression violente dont la victime n'a pas réchappé.

Lors de sa déposition, l'inspecteur Delby a indiqué que Scotland Yard avait mobilisé toutes ses ressources pour retrouver la jeune femme et son amant, lesquels se seraient enfuis.

Mr. Jones aurait pris un train pour Margate le soir du drame, puis se serait rendu à Broadstairs.

Mr. Arthur Grauntley, pêcheur de son état, a témoigné qu'il avait repéré un homme correspondant au signalement de Jones en train d'avancer vers le large à la nage très tôt le matin du samedi 8 juillet, et que, s'affairant à son labeur, il avait perdu le nageur de vue. Le sergent Preston, de la Detective Branch, a déclaré qu'on avait identifié des vêtements abandonnés sur une plage de Broadstairs comme appartenant à Mr. Jones. D'après lui, désarçonné par la découverte du corps de sa femme, Jones aurait mis fin à ses jours ; reste à trouver son cadavre.

À quatre heures, alors que plusieurs témoins devaient encore comparaître, l'inspecteur Delby a rapporté que de nouveaux éléments étaient apparus au cours de l'après-midi et qu'il était nécessaire que l'enquête soit approfondie.

L'audience a ensuite été ajournée jusqu'au lundi 14 courant. »

CHAPITRE XII

— Coppermill Lane, déclara Preston, en foulant le chemin de terre à grandes enjambées. Les marais de Walthamstow. C'est un vrai trou, hein ? Même le moulin est à l'abandon.

— Les lieux sont désolés, sergent, je vous l'accorde. Ça va, docteur ? demanda Delby.

— Mes chaussures ne sont pas adaptées à la boue, inspecteur, c'est tout, répondit le Dr. Antrobus, à la traîne derrière les policiers. Et puis j'ai la nette impression qu'il s'est mis à pleuvoir. Ce n'est pas trop loin, j'espère ?

— L'agent d'ici m'a certifié qu'il a planté un drapeau pour nous indiquer l'endroit, expliqua Delby, qui offrit sa main au médecin.

« C'est très aimable à vous de nous accompagner, monsieur, directement après l'enquête judiciaire. Je sais que votre temps est précieux, et je vous en suis fort reconnaissant. Attention à vos pieds… ah, nous y voilà.

Delby pointa le doigt vers un bord de la route, où un fanion en loques était piqué dans le sol. À côté, on avait étendu un rouleau de toile cirée par-dessus un fossé étroit. Le médecin clappa de la langue d'un air désapprobateur et se baissa pour soulever la bâche. Le visage fermé, il examina ce qui se cachait au-dessous.

— Elle est morte depuis quelques jours, annonça Delby.

— Je ne suis pas légiste, maugréa le Dr. Antrobus en recouvrant le corps, mais vous avez sans doute raison. Depuis plusieurs jours.

— Est-ce Ellen Hungerford ?

— Oui, sans aucun doute. Poignardée dans le ventre, si je ne m'abuse. Voilà qui est détestable. Bien, je pense m'être acquitté de mon devoir de citoyen, et ce à deux reprises aujourd'hui. Puis-je quitter ces lieux sinistres et repartir traiter mes patients ?

— Vous nous avez été d'une grande aide, docteur, répondit Delby. Merci mille fois.

— Expliquez-moi une nouvelle fois, dit Preston comme le cab disparaissait au loin, pourquoi ce vieux monsieur désagréable est au sec dans un fiacre alors que nous restons là, trempés par la pluie.

— Parce que, sergent, j'ai l'intention d'effectuer à rebours le trajet qu'a accompli la jeune fille, entre ici et la civilisation…

— Ou le quartier de Hackney Wick, ce qui se présentera en premier.

— Hilarant. Le constable m'a affirmé qu'il y a deux fermes, où nous pourrons poser des questions, et un pub près du canal, à un mile d'ici. Elle a dû passer devant les trois. Si on l'a vue, nous connaîtrons au moins le moment exact de son assassinat.

— Je crois qu'elle avait perdu la tête. Elle est venue ici sans savoir où elle allait, ni s'en soucier… elle voulait juste marcher… elle avait l'argent sur elle… elle a croisé quelque gredin qui rentrait à Londres… en ce qui me concerne je m'aventurerais pas dans le coin à la nuit tombée…

— Ça pourrait expliquer sa mort, mais j'ai peine à croire qu'il existe une justice aussi poétique.

Depuis peu, il pleuvait à grosses gouttes. L'air navré, Preston resserra son col de veste.

— C'est quoi votre théorie, alors, inspecteur ?

— Je n'en ai aucune, pour l'instant. En route.

— Vous pensez que ça pourrait être Jones, pas vrai ? Qu'il l'a suivie jusqu'ici pour se venger.

— J'espère le découvrir.

Deux heures plus tard, les deux policiers étaient installés dans le pub *Horseshoe*, sur une berge de la rivière Lea. La pluie s'était calmée ; tous les deux buvaient une pinte de bière blonde. Ni l'un ni l'autre, toutefois, ne paraissait de bonne humeur.

— Deux témoins, monsieur, dit Preston. Vous pouvez pas passer outre. C'était ce vendredi-là… elle est venue par ici, vers dix heures.

— Je ne cherche pas à passer outre à quoi que ce soit, sergent, rétorqua Delby, agacé.

— Nous savons quand Jones est arrivé à Broadstairs. J'ai un cocher et un patron d'hôtel qui peuvent l'attester. Si Ellen Hungerford n'était pas aux marais de Walthamstow avant dix heures…

— Jones ne peut pas l'avoir tuée. J'en suis sûr.

Preston soupira.

— Si je peux vous donner mon avis…

— Je vous en prie.

— Nous connaissons le sort qu'ont subi Jones et la fille, maintenant… nous n'en apprendrons jamais plus. Il faut s'y résoudre.

EXTRAITS DU LIVRE DE SOUVENIRS DE JACOB JONES

Lundi 30 décembre

Me suis rendu au nouveau repaire de mon gredin de père !

Pear Tree Court ! Ce nom pittoresque, évidemment, ne reflète en rien la réalité : il s'agit d'un bout de terrain jonché de déjections animales et de déchets végétaux, situé derrière un vieux pub, au cœur d'un dédale de venelles, au bord des appentis gris d'une petite usine à gaz nauséabonde.

En bref, un affreux taudis !

À mon grand agacement, j'ai découvert que pas un immeuble ne portait de numéro ou d'inscription (pas même celle qui promettait toujours des « logis sans pension ») et je n'ai pu deviner dans lequel pouvait habiter mon père, s'il vivait bien là. Ai frappé à plusieurs portes, pour n'être confronté qu'à l'incompréhension crasse d'une famille d'Irlandais, me voir rétorquer « C'est pas correc', m'sieu » et, à une occasion, essuyer les plus abjectes des insultes. Alors que j'envisageais d'abandonner, une voix familière a retenti.

— Fils ! Monte donc !

J'ai levé la tête et scruté l'obscurité. Seule brillait la lueur chétive des lanternes de l'usine voisine. Néanmoins, il s'agissait de mon père.

Sa chambre faisait peine à voir : sol de planches nues, un matelas et quelques rares meubles. (Comment peut-il vivre dans un lieu aussi sordide ?) Il m'a accueilli avec enthousiasme. Lorsqu'il s'est approché, je me suis aperçu qu'il se tenait un bras d'une drôle de façon et qu'il avait un œil au beurre noir impressionnant.

Je lui ai demandé s'il devait ses blessures au bottier.

— Prononce pas son nom, mon gars ! Dis-moi, par contre, tu as apporté son argent ?

Je l'ai informé que non, que je préférais le remettre directement à son créancier.

— T'as pas confiance en moi, fils ?

Ma réponse a été sans équivoque. Je lui ai rappelé notre marché et il est parti d'un gros rire, puis a commenté que c'était un bon arrangement, et qu'à cette occasion il m'avait fait un grand honneur, etc.

Il a amené la petite, une jeunette aux lèvres boudeuses, au teint diaphane, presque blême, et au regard langoureux. Ravissante, un morceau de choix. Elle portait une robe des plus ordinaires, immaculée, dont l'étoffe crème s'effilochait aux poignets et laissait entrevoir divers accrocs là où on l'avait recousue avec soin. Âgée de quinze ou seize ans tout au plus, elle s'appelait Ellen. J'ai indiqué mon approbation. Comme d'habitude, nous nous sommes rendus au bordel de Bowling Green Lane, et je n'ai pu qu'admirer le balancement gracieux de son derrière… quel frisson voluptueux ai-je ressenti rien qu'à contempler sa démarche !

Elle n'a pas froid aux yeux et connaît bien des façons de contenter un homme… un cran au-dessus des filles précédentes. Elle m'a confié qu'elle tenait beaucoup à « s'améliorer » et « à fréquenter des gentlemen ».

Je pense que je reviendrai lui rendre visite.

Mercredi 29 janvier

Me suis réveillé frappé d'un mal de crâne terrible. Trop de champagne !

Je dois noter que maman Willis a tenu sa promesse et est repartie hier soir. Je ne regrette pas de l'avoir affrontée – m'incliner devant elle n'aurait pas été digne d'un homme. Dora très apaisée. Au petit déjeuner, elle m'a dit espérer que je pourrais « faire la paix », car « maman m'est très chère, même si ses manières sont parfois abruptes et déroutantes ». Je lui ai répondu que je réfléchirais à la question, mais que je ne pouvais (et que je ne voulais) accepter que l'on me contredise sous mon propre toit, et qu'on m'avait poussé à me ridiculiser. J'ai ajouté qu'une épouse qui se respecte se doit de soutenir son mari et non pas s'accrocher aux jupons de sa mère.

D. a blêmi et s'est tue, mais n'a eu d'autre choix que d'acquiescer.

À vrai dire, je n'aurais pas dû me montrer aussi dur envers ma femme car, libéré des entraves du foyer, j'ai passé un moment sublime. Ce qu'une nuit de débauche imprévue peut être appréciable ! Quant à Ellen Hungerford, c'est un bijou, voilà qui est certain. C'était notre troisième rencontre, et elle a prouvé sa grande valeur… elle a exaucé avec plaisir toutes mes exigences.

Quelle ironie que mon père croie qu'elle a de l'estime pour lui ! En fait, elle n'éprouve que mépris à son égard, le trouve vantard et vaniteux, et m'a raconté que la boisson le rend incapable à tous les égards.

Il n'est même pas fiche de gagner le respect de ses putains !

Dimanche 16 février

Ce soir, la police est venue me prévenir qu'on avait arrêté mon père devant le pub *Wheatsheaf* de Goswell Road, pour agression sur la personne de William Halifax (encore une bagarre avec cet homme à cause d'une dette !). Tandis qu'il attendait le magistrat, il avait indiqué au sergent du commissariat d'Old Street qu'un « gentleman respectable » d'Amwell Street, à Islington, se porterait garant de son honnêteté.

Souhaitais-je donc me rendre au tribunal le lendemain matin et plaider en sa faveur ?

J'ai répondu non et ai nié le connaître.

Je suppose toutefois que je devrai payer l'amende. C'est la seule façon de m'assurer de son silence.

Il est allé trop loin ; un agent qui se présente à la maison, c'est inadmissible !

Lundi 17 février

Suis allé à Old Street régler l'amende de quarante shillings. Les mésaventures de ce tonneau commencent à devenir trop fréquentes. C'est l'alcool, je ne peux l'empêcher. Comment puis-je me débarrasser de lui ?

Ce soir j'ai au moins connu une révélation agréable. Je sais qui est mon admiratrice de la Saint-Valentin !

À moins que je ne me trompe, ce jour marque ainsi le début d'un chapitre de ma vie très divertissant !

Jeudi 27 février

Je commence à me lasser de E.H. – elle m'a reproché ce soir que nous ne nous étions pas vus depuis plus d'une semaine ! Il est grand temps, je crois, de « couper les ponts ». Qui plus est, ma belle de la Saint-Valentin désapprouve que je la fréquente ; elle est si délicieuse, stimulante (exigeante ?), adorable et passionnante !

Je suis néanmoins toujours résolu à aider E.H. à mener à bien son ambitieux projet – gagner une situation qui lui permettra un jour d'« épouser un duc, un comte ou quet'chose comme ça » (telle est sa façon grossière de s'exprimer !).

J'ai l'intention de la placer à la maison Willis. Comme il sera amusant de me représenter cette petite traînée, catin qui par hasard sait manier l'aiguille, employée chez papa Willis ! Il me plaira de la voir tirée à quatre épingles derrière ses comptoirs, pendant que moi je dresserai l'inventaire des façons dont je…

Non, pas de vulgarités.

Je vais échafauder une histoire plausible qui fera vibrer la corde sensible de Dora ; en ce qui concerne E.H., il suffira de lui donner quelques instructions.

Vendredi 28 février

Aujourd'hui, j'ai parlé à ma belle de mes projets pour E.H.

Elle trouve cela très amusant.

Samedi 12 avril

Dora s'est levée avant l'aube et a fait les cent pas dans sa chambre. Au petit déjeuner, elle m'a avoué qu'au cours de la nuit la sortie à l'Institut polytechnique avait petit à petit revêtu un aspect effrayant dans son imagination, qu'elle s'était réveillée en proie à une multitude d'angoisses (toutes insignifiantes).

Ridicule !

Je suis rentré du travail à deux heures. Nous avions commandé notre cab pour la demie, et il est arrivé à l'heure. Dora a tardé à descendre – elle a tergiversé pour savoir quel chapeau elle devait mettre (!) –, mais nous avons fini par y aller.

E.H. nous attendait devant l'Institut. Elle se tenait telle une sentinelle sur le trottoir, seule, à deux pas de l'employé qui recueillait les shillings des visiteurs.

Sensation étrange que de la voir ici, avec Dora à mes côtés !

— C'est elle ? s'est enquit D.

J'ai répondu par l'affirmative.

— Elle est assez jolie.

J'ai réglé la course, puis me suis empressé de les présenter l'une à l'autre et de payer nos billets, car une foule nombreuse s'assemblait pour assister à la conférence. E.H. a joué son rôle à la perfection.

— Je suis ravie de vous rencontrer, Ellen.

— Merci, madame.

— Votre mère a travaillé dans la famille de mon mari, c'est exact ?

— Oui, madame.

— Longtemps ?

Là, je l'avoue, j'ai éprouvé un pincement d'anxiété !

— Au moins une dizaine d'années.

— Ensuite elle s'est mariée ?

— Oui, madame.

Il a été néanmoins heureux que nous n'ayons disposé que d'un court moment avant le début de la lecture. Ainsi donc, les questions de politesse presque épuisées, je les ai précédées dans l'escalier, à travers le hall aux dalles de marbre, et les ai conduites à l'intérieur de l'amphithéâtre.

Mr. Plumptre était un homme d'un âge avancé, à la posture professorale, qui ne cherchait guère à insuffler de la vie dans son intervention. Ennuyeuse à mourir, la conférence n'a été pimentée que par E.H. qui, sous le couvert de son châle, m'a gratifié d'un amusement à la fois insatisfaisant et très divertissant !

Lorsque nous avons quitté l'Institut polytechnique, D. était aux anges.

Ma pauvre petite D. !

CHAPITRE XIII

— Très chère, je ne souhaite pas en discuter alors que nous sommes en train de dîner. Ils m'ont conduit jusqu'aux marais et je leur ai donné mon opinion.

Mrs. Antrobus considéra son mari avec un air de profond mépris.

— Je demandais seulement ce que l'inspecteur a conclu, déclara-t-elle.

— C'est faux, répliqua le médecin, avec un calme olympien. Vous m'avez posé, si mes souvenirs sont bons, une demi-douzaine de questions, sans me laisser le temps de répondre à aucune d'elles.

— Vous êtes sûr que c'était Ellen ?

— Bien sûr, j'ai reconnu son visage, ou du moins ce qu'il en restait. Je vous en conjure, ce n'est pas un sujet dont on peut parler à table, ni ailleurs. Et puis j'essaie de lire mon journal, nom d'un chien !

Mrs. Antrobus n'en resta toutefois pas là.

— Dire que nous avons accueilli cette jeune femme par charité – chez nous ! Elle qui paraissait si calme, si inoffensive !

Le Dr. Antrobus pouffa et prit une gorgée de porto.

— Vous êtes trop naïve. On peut sortir ces filles des bas-fonds, mais le fruit est déjà gâté. C'est tragique, etc., mais ce malheureux aurait dû la laisser là où il l'a trouvée.

— Comme vous auriez dû le faire avec moi ?

— Ça n'est pas comparable, ma chérie. L'entrée des artistes de l'Adelphi Theatre est bien loin du caniveau, n'est-ce pas ? J'ai su aussitôt que vous étiez une dame, et j'aurais pu vous expliquer ce qu'était Ellen Hungerford… bref, je ne prononcerai pas le mot… et c'est à mon sens un mystère que Jones ne s'en soit pas rendu compte. Le pauvre bougre…

— Mais vous, vous l'avez su ?

— Delia, pourquoi insistez-vous ? Vous affirmiez que cette fille était « inoffensive ». En premier lieu, elle était folle, cela sautait aux yeux. Deuxièmement… je n'avais pas l'intention de vous en parler, mais vous m'y obligez… une semaine à peine après son arrivée chez nous, elle m'a fait des avances.

Mrs. Antrobus sourit.

— Il a dû lui être impossible de résister à votre charme, Charles.

— Ça ne fait pas l'ombre d'un doute, répondit le Dr. Antrobus en lui adressant un clin d'œil. Puis-je lire mon journal, maintenant ? Ils ont arrêté une date pour le procès de ce Gresham. Il semblerait qu'il ait embobiné la moitié de la City.

— Ont-ils récupéré une partie de l'argent ?

— Je ne crois pas. Je vous en prie, mon amie… puis-je lire ?

Le silence de Mrs. Antrobus fit office d'autorisation suffisante.

Le médecin ne prêta pas attention à sa femme lorsqu'elle quitta la table, et ne remarqua pas le regard très particulier qu'elle lui lança.

CHAPITRE XIV

Mr. Daniel Barton arriva au village sans tambour ni trompette. On apprit grâce à Emmy Harris, sa jeune bonne, qu'il avait loué l'ancien presbytère pour douze mois, mais qu'il resterait sans doute jusqu'à l'hiver suivant. Il avait fait fortune dans les chemins de fer (peut-être dans les actions ferroviaires, bien que Miss Harris eût une compréhension limitée de ces questions) et avait choisi de s'installer dans le Yorkshire pour y mener une vie paisible. La rumeur voulait qu'il envisageât d'acheter une petite propriété et caressât l'idée de devenir gentleman-farmer, même si nulle preuve ne venait corroborer cette hypothèse.

Ses voisins, lorsqu'ils firent sa connaissance, furent rassurés de ne rien trouver de condamnable chez lui. S'ils le croisaient, il évoquait avec affabilité la vue qu'il avait de la lande depuis sa maison, la splendeur austère et l'incroyable diversité des cieux – les nuages toujours chargés de pluie –, chantait les louanges et les mœurs des gens du Yorkshire, ou encore parlait avec dédain de la vie citadine qu'il avait abandonnée. Il menait néanmoins une existence recluse. Quand on l'invitait à dîner, il invoquait une indigestion ; si on le conviait à prendre le thé, il ne restait que le temps requis par l'étiquette. Au bout d'une semaine ou deux, on comprit qu'il préférait la solitude, et chacun respecta son choix.

Six mois après son installation, Mr. Barton fut rejoint par sa femme.

Les raisons de la période de séparation que venaient de traverser Mr. et Mrs. Barton, qu'Emmy Harris avait racontées à toutes les femmes qu'elle connaissait, se révélaient aussi touchantes que romantiques. En bref, Mrs. Barton s'était rendue à l'étranger, au chevet de sa mère mourante, et avait elle-même contracté la maladie contagieuse qui avait terrassé celle-ci. Elle avait interdit à Mr. Barton de lui rendre visite, par crainte qu'il ne succombe au même mal, et ce ne fut que par la grâce de Dieu qu'elle avait survécu.

Mrs. Barton arriva à vive allure de la gare, d'où ne devait suivre qu'une seule malle, car elle avait perdu la majeure partie de ses bagages durant son voyage depuis les montagnes de Grèce… à moins que ce ne fût l'Italie… peu de monde au village le savait avec certitude. Emmy Harris expliqua toutefois que Mrs. Barton était une belle dame malgré son âge, et que tous les deux se livraient à des embrassades fougueuses qui « la faisaient drôlement rougir ».

Mrs. Barton (dont la première décision fut d'accorder un jour de congé à Emmy Harris) attendit que la bonne soit au bout de l'allée étroite avant de tomber dans les bras de son mari, en riant à gorge déployée.

— Tu as vu sa tête ?

Jacob Jones sourit.

— Très chère, je suis séparé de ma femme depuis six mois. Cette petite ne peut me reprocher de t'étreindre.

— Il va falloir la renvoyer. Elle est beaucoup trop jolie.

— Ça m'étonnerait. On ne dispose pas des domestiques comme on le veut, ici… On n'est pas à Londres, et ils sont fournis avec le domaine… ils font partie du mobilier.

— Jacob…

— Chut… fit-il avant de lui donner un autre baiser. Bien, souhaites-tu visiter la maison ?

— Je ne sais pas. Devons-nous vraiment passer l'hiver dans cet endroit lugubre ?

— Je pense que nous ne devrions pas retourner à Londres. Nous allons attendre le moment opportun ; on doit avoir oublié l'affaire. Alors nous nous installerons dans un lieu plus vivant.

— J'aurais préféré Paris, dit-elle, ou ailleurs sur le continent.

— Comment y serions-nous parvenus, alors que ni toi ni moi ne parlons le français ? Nous finirions par attirer l'attention sur nous, ce qui doit à tout prix être évité. Nous en avions convenu, n'est-ce pas ? Laisse donc cette petite aventure à Fortesque.

— Tu n'as pas eu de nouvelles de lui ?

— Tu plaisantes ? Tu n'imagines quand même pas que je lui ai donné mon adresse ? Et puis s'il choisit de dépenser sa part du butin pour se balader à Paris, à Rome ou au pôle Nord, je ne veux pas le savoir. Non, ma chérie, nous avons pris des chemins séparés ; nous nous étions mis d'accord.

— Si on l'arrête…

— Pourquoi l'arrêterait-on ? Gresham a gardé le silence, et personne ne se doute de rien. Allons, chasse ces soucis irrationnels… je vais te faire visiter.

Mrs. Barton accepta et, après un bref baiser, le couple commença le tour du propriétaire. Mrs. Barton marqua une pause dans le petit cabinet de travail, au fond de la maison, où elle avait remarqué plusieurs feuillets manuscrits disposés sur le bureau à dessus de cuir.

— Ça alors, tu tiens toujours ton journal !

— C'est une habitude que j'ai du mal à rompre. Un exercice plus ennuyeux, ces temps-ci, bien sûr.

— J'espère bien, rétorqua-t-elle.

À côté des feuilles volantes se trouvait un album, qu'elle parcourut.

— Ça aussi ? Toutes mes lettres… les articles de presse… les pages de ton journal… les passages originaux ! Jacob, tu as tout conservé…

— Un livre de souvenirs, rien de plus. Inutile de prendre ce ton outré.

— Si quelqu'un le découvrait…

— Je le garde sous clé. Et puis, la bonne ne sait pas lire.

— Tu devrais quand même le brûler, maintenant que nous sommes réunis, déclara-t-elle d'un air réprobateur.

— Ça me divertit, très chère. Tu m'as poussé à falsifier six mois de ma vie… ne suis-je pas en droit de vouloir les récupérer ? Si je ne les préserve pas, au bout d'un moment, il se pourrait que moi-même j'oublie les événements véritables ! Par quel autre moyen me rappellerai-je si notre Ellen adorée était une sainte, une traînée ou une folle ?

Mrs. Barton soupira.

— Cesse tes facéties.

Jacob Jones se laissa emporter par son élan.

— Certes, l'*Evening Chronicle* l'a décrite comme « un démon dans le corps d'une jouvencelle » ! C'est le souvenir que je préfère garder d'elle, je l'avoue. Ou alors « jeune femme capable d'une atrocité sans nom »… Je me remémore tous les articles !

— Tu parles d'« articles » ! Je te jure, Jacob, ça ne m'étonnerait qu'à moitié si tu en venais à nous donner à la police… rien que pour voir nos noms dans les journaux.

— N'aie aucune crainte. Je tiens à ma peau comme tout le monde. Je me plais seulement à penser que je possède « quelque qualité littéraire » et c'en est la preuve… n'est-ce pas fabuleux ? J'estime d'ailleurs que je mérite un minimum de reconnaissance… ils ont tout gobé !

Mrs. Barton ne put réprimer un sourire.

— Tu pèches par arrogance. Et l'inspecteur, alors ? Jamais il n'a cru le récit du pêcheur.

— Ce type a joué son rôle, et ça a suffi à faire naître un doute. Quant à Delby, il n'a jamais flairé notre piste, à aucun moment… tu l'as convaincu, ma chérie. Moi je suis un grand écrivain, toi tu es une formidable actrice… nous vivrons heureux ensemble jusqu'à nos derniers jours.

Mrs. Barton eut un hoquet de surprise quand il la plaqua subitement contre lui et entama une fausse valse, renversant ce faisant plusieurs bibelots. Elle alla même jusqu'à rire quand son amant s'emmêla les pieds et qu'ils manquèrent s'effondrer. Lorsqu'il eut terminé, cependant, elle le regarda dans les yeux avec gravité.

— Tu n'éprouves pas de regrets… pour Dora ?

— Dora ? Je lui ai rendu un immense service. Il ne restait plus rien d'elle après sa fausse couche. Tu ignores, très chère, ce que c'est que de devoir supporter un tel boulet… un tel parasite. C'est à vous anéantir ! Et puis elle nous avait vus, à Broadstairs, j'en mettrais ma main au feu. Si elle l'avait répété à son père, à ton mari… ou à la police… nous n'aurions eu aucune chance.

— Mon petit mari n'aurait pas représenté un grand danger. Je ne suis même pas sûre qu'il se soit aperçu de mon départ. Il s'en rendra peut-être compte dans un jour ou deux…

Mrs. Barton eut un instant d'hésitation.

— T'arrive-t-il de songer à Ellen Hungerford ? reprit-elle avec calme. Sa compagnie a dû te manquer.

— Qu'est-ce que tu racontes ? Je n'ai jamais apprécié qu'une seule qualité, chez elle, et celle-ci se trouvait entre ses jambes.

— Jacob !

— C'est la vérité, rien de plus. Et puis c'était un vrai fléau, cette fille. Dire qu'elle a perdu sa place chez Willis… à cause d'un embrouillamini ridicule avec un cocher qui refusait de payer… et qu'elle a osé me menacer !

Mrs. Barton se mordit la lèvre.

— Elle t'a vu à Pear Tree Court… elle savait que l'auteur de l'incendie, c'était toi. Tu as commis une grande imprudence. Il lui aurait suffi d'un mot pour te faire pendre. Si elle s'était confiée à une amie…

— Quelle amie ? Elle n'en avait pas… c'était une putain et elle connaissait la valeur de son silence. Tu aurais dû la voir quand je lui ai annoncé que j'allais céder à son chantage et lui dégoter un autre travail ! Quelle vanité !

— Je reste convaincue que tu l'aimais, déclara Mrs. Barton, même si ce fut sur un ton taquin.

— Elle n'était rien pour moi, très chère. Juste un problème auquel tu as proposé une solution très élégante. Avoue que le journal a fait sensation ! Nous avons livré à la police sa petite meurtrière, et le public a trouvé mon récit grisant. Tu n'estimes quand même pas que je devrais éprouver des remords ? Je n'en ai aucun.

Elle lui caressa la joue.

— C'est peut-être ce qui m'inquiète, dit-elle. Je suis sûre qu'Ellen te croyait fou amoureux d'elle. Elle était prête à s'enfuir avec toi, ce soir-là.

— On se fiche de ce qu'elle pensait. Elle est venue à la maison, et puis elle a attendu au marais, comme nous l'avions prévu.

— C'est toi qu'elle attendait.

— Es-tu jalouse d'un cadavre ? Nous avons tous les deux joué notre rôle à la perfection. Rien ne peut nous lier davantage. Maintenant, je t'en prie, veux-tu bien me suivre à l'étage ?

Mrs. Barton s'autorisa un sourire ironique.

— Allons, Mr. Barton… pourquoi donc ?

— Tu connais la réponse.

— Si tu me promets de brûler l'album.

— D'accord… tu obtiens ce que tu veux, comme d'habitude. Personne n'en lira jamais un seul mot.

CHAPITRE DERNIER

Mrs. Delia Antrobus est étendue sur le lit, dans un demi-sommeil.

Elle fait un rêve récurrent… il se déroule dans la maison où elle se livre à une pantomime élaborée.

Elle sonne à la porte, entre, salue son amie.

Pourtant il n'y a personne pour l'accueillir.

Elle suspend sa cape cerise sur un portemanteau.

Elle monte l'escalier jusqu'à la chambre.

Le corps de la femme gît au sol, le crâne fendu, sans vie. Elle doit rester environ une demi-heure ; elles sont censées avoir une conversation. Elle pourrait passer ce moment dans une autre pièce, bien sûr, mais elle estime que cette pauvre petite mérite sa compagnie.

Quel prodige ! La tuer puis se rendre tranquillement à son travail ! C'était leur arrangement : chacun devait jouer une part égale dans le stratagème.

Changement de décor – déplacement étrange et soudain – une route isolée. Une jeune fille est là, enveloppée dans son châle crasseux ; la surprise qui se peint sur son visage parle d'elle-même.

Elle dit : « Ce n'est pas vous que j'attendais… pas du tout. »

Mrs. Antrobus lui plante un couteau dans le ventre et fait tourner la lame.

Delia Antrobus se réveille. Jacob Jones dort à côté d'elle.

Ce rêve revient sans cesse.

Ça ne la contrarie pas beaucoup.